JAZZ EN DOMINICANA - 2020

LAS ENTREVISTAS

FERNANDO RODRIGUEZ DE MONDESERT

Ukiyoto Publishing

All global publishing rights are held by

Ukiyoto Publishing

Published in 2021

Content Copyright ©

Fernando Rodriguez De Mondesert

Cover Art by **Guillermo Mueses**

Corrections by **Alexis Mendez**

Author's Photograph by **Carlos Raul Ruiz**

ISBN 9789360161583

All rights reserved.
No part of this publication may be reproduced, transmitted, or stored in a retrieval system, in any form by any means, electronic, mechanical, photocopying, recording or otherwise, without the prior permission of the publisher.

The moral rights of the author have been asserted.

Names, characters, businesses, places, events, locales, and incidents are either the products of the author's experience or used in a fictitious manner.

This book is sold subject to the condition that it shall not by way of trade or otherwise, be lent, resold, hired out or otherwise circulated, without the publisher's prior consent, in any form of binding or cover other than that in which it is published.

Dedicatoria

Dedico esta obra, que recopila las entrevistas publicadas en el blog de Jazz en Dominicana en el 2020 a mi esposa Ilusha, mi todo, mi gran apoyo, consejera, inspiración y sobretodo … mi amiga. A Sebastián, Renata y Carlos Antonio, quienes día a día me dan razones y lecciones de cómo ser mejor y dar más. A Ianko, Grethel & Pedro.

A los que me han ayudado en grande con esta publicación: Alexis Méndez, Guillermo Mueses, Luís Reynaldo Pérez y cada uno de los entrevistados. A todos los actores en el jazz en la República Dominicana.

Es por todos ustedes y por el jazz en nuestro país, la República Dominicana, que estos esfuerzos se hacen y se seguirán haciendo!!

Agradecimientos

En octubre del 2006, con mucha ilusión, entrega, pasión y espíritu de caridad, inicié Jazz en Dominicana y estoy muy seguro que así continuará. Lo que comenzó como un medio digital enfocado en informar sobre la dinámica del jazz en nuestro país, se ha convertido en un proyecto que ha realizado una labor de promoción y desarrollo de nuestros talentos, en el país e internacionalmente. Las gracias a los músicos (los de ayer, los de hoy y a los del mañana); al gran público que sigue el jazz; a los establecimientos que han sido y son centros de presentaciones; a las marcas que patrocinan y creen en este género; a los medios escritos, digitales, radio y televisivos; y a los grandes amigos por su apoyo y respaldo.

Estoy muy agradecido de la Ukiyoto Publishing por creer que un blog de jazz y en español, pudiera tener un contenido de calidad, pudiera motivar a que ellos me invitaran a entregar un tercer título, siendo el primero Jazz en Dominicana - Las Entrevistas 2019 (2020) y el segundo Mujeres en el Jazz…, en dominicana (2021).

Igualmente quiero agradecer al equipo de Jazz en Dominicana: productores, técnicos de sonido, ilustradores, fotógrafos, colaboradores y más, quienes siempre están prestos para próximos eventos, proyectos y aventuras jazzísticas.

A todos, mi más profundo agradecimiento.

A modo de introducción

Fernando Rodríguez de Mondesert, a partir de una creativa gestión cultural, ha construido una plataforma para la promoción y difusión del jazz en varios aspectos: «Jazz en Dominicana» como medio de difusión, con más de 1800 publicaciones en su blog; una programación de conciertos semanales, más de 1200 eventos hasta el momento, en hoteles, bares, restaurantes y en escenarios inéditos para el jazz: el atrio de un centro comercial, en un espacio de foodtrucks, en unas escalinatas coloniales; la coproducción de discos de reconocidos intérpretes como Alex Díaz, Anthony Jefferson, Jonatan Piña Duluc; la producción de lanzamientos de álbum de intérpretes tales como el bluesero de New Orleans Peter Novelli, los antes mencionados Díaz, Piña Duluc y Jefferson, Juan Francisco Ordóñez, Sandy Gabriel y Retro Jazz, entre otros; y la intermediación para la invitación de músicos y bandas nacionales a reconocidos festivales internacionales como Barranquijazz, Panamá Jazz Festival, Indy Jazz Fest y el Mompox International Jazz Festival.

Pero no se queda ahí. Fernando ha venido realizando entrevistas a personajes relevantes del ambiente jazzístico dominicano músicos, difusores e investigadores, que enriquecen con su labor la escena del jazz local. Estas conversaciones fueron publicadas en el blog jazzendominicana.blogspot.com, que dicho sea de paso, fue premiado en los Global Blog Awards 2019. El premio en cuestión consistió en la publicación de un libro que resultó ser Jazz en Dominicana – Las entrevistas 2019. Luego publicó Mujeres en el Jazz, en dominicana, ambos publicados por la Ukiyoto Publishing y en versión bilingüe.

Ahora viene con su tercer libro: Jazz en Dominicana – Las entrevistas 2020, en el que reúne 12 entrevistas realizadas a los productores radiales Sandy Saviñón de Notas de Jazz; Franklin Veloz de Locos por el Jazz Radio y Octavio Beras Goico de Música a las Doce. Y a los reconocidos músicos Ernesto Núñez (trompeta); Rafelito Mirabal (piano); Isaac Hernández (guitarra); Javier Vargas (guitarra); Esar Simó (bajo); Guy Frómeta (batería); Sócrates García (guitarra); Paul Austerlitz (multi-instrumentista); y Jordi Masalles (batería). Además, una entrevista especial titulada Cazador cazado, realizada por el productor radial Alexis Méndez al propio Fernando Rodríguez de Mondesert.

Sin duda estas publicaciones son fruto del trabajo paciente y tesonero que ha realizado Fernando, motorizado por la pasión que siente por el Jazz, pasión que lo llevó hace más de una década a dedicar todo su esfuerzo en crear una escena para que el Jazz sea conocido y disfrutado en todo el territorio dominicano y que el Jazz hecho en el país sea reconocido en todo el mundo.

Como escribí alguna vez sobre este fenómeno cultural que es Jazz en Dominicana, Fernando Rodriguez de Mondesert ha perseguido su utopía hasta hacer que muchos de nosotros creamos y lo acompañemos en su caminar.

Auguramos que este sea el tercero de muchos libros más y que ustedes amantes del Jazz, conversen también con estos personajes esenciales de la escena musical dominicana.

Luís Reynaldo Pérez
Poeta, editor y gestor cultural
Abril 2021

Un libro con música para escuchar

Como una forma de hacer esta lectura interactiva y didáctica, hemos sustentado este texto con la inclusión de códigos de respuesta rápida ¨QR¨ (Quick Response Code). Este nos permite escuchar al instante, a través de un teléfono móvil u otro dispositivo tecnológico, muestras de los trabajos de los músicos entrevistados, así como de los programas radiales resultados.

Este es un recurso que que conecta a los lectores con los entrevistados.

** Descarga un aplicación de lectura de Código QR, disponibles en Google Play Store, si tienes Android, o App Store, si cuentas con tecnología de Apple.

CONTENIDO (Spanish Version)

Sandy Saviñon	1
Franklin Veloz	12
Octavio Beras Goico	23
Ernesto Núñez	36
Rafelito Mirabal	52
Isaac Hernández	80
Javier Vargas	92
Esar Simó	100
Guy Frómeta	110
Sócrates García	135
Dr. Paul Austerlitz	160
Jordi Masalles	178
Cazador cazado	202
Sobre el autor	218

CONTENTS (English Version)

Sandy Saviñon	228
Franklin Veloz	239
Octavio Beras Goico	249
Ernesto Núñez	261
Rafelito Mirabal	277
Isaac Hernández	305
Javier Vargas	317
Esar Simó	325
Guy Frómeta	335
Sócrates García	359
Dr. Paul Austerlitz	383
Jordi Masalles	400
The Interview "hunter" is hunted	424
About the Author	440

Sandy Saviñon

En septiembre del 2019 *Jazz en Dominicana - Serie Entrevistas* se empeñó en dar a conocer, además de los músicos, a otros actores de la escena del jazz en nuestro país. De ahí que publicáramos entrevistas con productores de programas radiales de nuestro país. En 2020 continuamos con estos importantes personajes, y por supuesto con músicos.

Es para nosotros un placer y honor que nuestra primera publicación de esta serie 2020 sea con el productor radial Sandy Saviñón del programa *Notas de Jazz*, el cual sale al aire cada sábado de 9:00 a 10:00 de la noche por la emisora Quisqueya FM, desde Santo Domingo.

Sandy Nelson Saviñón Pichardo es comunicador, abogado, y conferencista. Escribe para varios periódicos nacionales como: El Nuevo Diario y Acento. Es conductor del también programa de radio Efecto GL con Sandy Saviñón. Además, es director de contenidos y creatividad de producción de varios programas de la radio y TV dominicana.

A continuación, la entrevista.

Jazz en Dominicana (JenD): Iniciamos la entrevista preguntando quién es Sandy Saviñón según Sandy Saviñón.

Sandy Saviñón (SS): Sandy Saviñón es soñador que ha ido tras sus metas emprendiéndolas con sus propios proyectos, buscando desarrollar y aportar culturalmente al país. Es un emprendedor que no conoce límites y cree que es posible elevar a su máximo nivel el nivel cultural en todas sus manifestaciones en nuestro país.

JenD: ¿Cómo inicia tu pasión por la música? ¿Escuchándola? ¿Quiénes te influenciaron?

SS: Me inicié con mi padre Francisco (Paco) Saviñón, locutor. Siempre escuchaba la radio y a través de él conocí la música norteamericana: James Brown, Jackie Wilson, Elvis Presley, entre otros. Con mi padre, quien tuvo el honor de conocer algunos de los artistas mencionados, nació en mí ese interés y apreciación por la música. Más adelante empecé a sumergirme en el jazz, inicialmente llamaron fuertemente mi atención los jazzistas Dave Brubeck y Miles Davis. Inicié mis estudios de piano junto a mis hermanos, con un profesor particular y también estudié apreciación musical con la entrañable amiga Catana Pérez y otras materias supletorias al arte musical.

JenD: ¿Cómo te inicias en la radio?

SS: A los 18 años inicié a trabajar en el departamento de grabaciones de audio de la Corporación Estatal de Radio Dominicana (CERTV). Estudiaba la Licenciatura de Derecho y concomitantemente estudiaba locución en la escuela Otto Rivera, culminando ambas formaciones, a partir de lo cual acompañaba a mi padre en su programa radial llamado La Batalla de Recuerdos. Posteriormente conecto con el programa Jazzomanía, producido por Carlos Francisco Elías y Tony Domínguez, el cual se transmitía en la misma emisora que el programa de mi padre, Quisqueya FM 96.1. Se abrió a mí una oportunidad de estar en dicho programa, profundizando mis conocimientos sobre el jazz y participando activamente en ese espacio musical.

JenD: ¿Qué es Notas de Jazz? ¿Cómo nace?

SS: Después de culminar mi participación en Jazzomanía, inicié semanalmente a realizar "cápsulas de Notas de Jazz" como una sección en el programa de La Batalla de Recuerdos. A los pocos meses, estas cápsulas florecieron en lo que hoy es nuestro programa Notas de Jazz.

Notas de Jazz es el resultado de mi formación y vocación musical. Es un programa radial dedicado a la promoción de la cultura y los valores del jazz. Es mi aporte al desarrollo cultural de nuestro país, sobre todo a los jóvenes que muchas veces desconocen los artistas y la riqueza de esta música.

JenD: ¿Cómo preparas cada programa? ¿Cómo eliges la música?

SS: El programa es el resultado de lo que estudio y escucho día a día. Selecciono la música que sonará en el programa y luego de la selección, estudio cada tema para mejor referencia. No obstante, hay noticias e informaciones del momento que pueden llegar el mismo día del programa y que obligan a que sean abordadas e incluso fuerzan a una reprogramación, dedicando por ejemplo los programas a los repertorios musicales de artistas destacados por algún acontecimiento.

JenD: ¿Cómo eliges a los entrevistados?

SS: Dependerá del tema que se vaya a desarrollar. Además, siempre estoy muy atento a los nuevos talentos y artistas locales para abrirles las puertas de nuestro espacio.

JenD: ¿Cómo ha evolucionado Notas de Jazz? ¿Cómo es el formato actual?

SS: En principio fue difícil posicionarnos por ser un programa nocturno y sabatino. Intensificamos la promoción en las redes sociales para tener más alcance, dedicándonos cada sábado para hacer una buena entrega. Hoy en día, 4 años después, el programa cuenta con una amplia y fiel audiencia que es exigente y nos reta a renovarnos diariamente. Por eso, además de abordar temas de jazz, esporádicamente se tratan otros temas del ámbito cultural: teatro, cine y actividades culturales en general.

JenD: ¿Qué marca una diferencia en tu programa?

SS: Dos cosas marcan la diferencia: La sustancia joven hablando de temas culturales poco populares. Y también el fundamento del uso de las redes sociales como pilar distintivo.

La comunicación ha cambiado, pero ese cambio no se percibe en todos los espacios radiales, pues hoy día muchos comunicadores están desconectados de la tecnología y las nuevas formas de comunicar. Yo les llamo eruditos desconectados.

JenD: Eres, posiblemente, el que mayor uso le da, en estos momentos, a la tecnología y las herramientas que permiten las redes sociales. ¿Cómo decides el uso de estos, y como logras hacerlo en cada entrega?

SS: Laborando en el departamento de comunicación digital del Canal 4RD, siempre fue muy claro para mí la importancia de la utilización de los medios digitales. Siempre he sido un fanático de estos en todas sus expresiones, por tanto, el uso de las transmisiones en vivo y otras herramientas que nos ofrecen las redes sociales han sido parte esencial del programa. Tanto me encanta la comunicación que me encuentro cursando mi segunda licenciatura justamente en tales entornos: Comunicación digital.

En principio hacia la especie de "todólogo", pues conducía el programa y manejaba las redes sociales al mismo tiempo. En la medida que el programa se fue desarrollando conformamos un equipo de comunicación digital en quienes se distribuye todo el trabajo.

JenD: ¿Qué piensas del jazz en el país hoy día? ¿Cómo lo ves en comparación a hace 10 años?

SS: Indudablemente hay una expansión del jazz en el país, tanto en términos de realización de eventos como en la proliferación de nuevos artistas. Esto se debe a mi parecer a dos aspectos: 1) la determinación y permanencia en el tiempo de desarrollo de eventos de jazz en el país, independientemente de la rentabilidad, desde Federico Astwood hasta hoy en día con productores de eventos como: Fernando Rodríguez De Mondesert de Jazz en Dominicana, Ángel Feliz de Haina de Jazz e Iván Fernandez. Y, 2) los efectos del impacto de la globalización que han permitido que las últimas generaciones tengan un acercamiento al conocimiento del jazz. Lo que antes era una música para un grupo selecto, hoy es del disfrute de todos.

JenD: Se siguen abriendo puertas para nuestro jazz en festivales y eventos en el exterior; ¿Qué significa esto para el jazz en el país? ¿Qué significa para ti?

SS: Hoy en día son muchos los artistas dominicanos del jazz que se destacan en aguas extranjeras. Esto significa que nuestro talento transciende y que a través de la formación y el esfuerzo se logra impactar en otros países. Esto tiene un impacto en las nuevas generaciones mostrando que se puede crecer y avanzar apostando al jazz.

JenD: Iniciando un nuevo año y a la vez una década, que planes en este 2020 hay para Sandy Saviñon?

SS: Seguiremos impulsando Notas de Jazz. Este año iniciaremos charlas y conferencias para la promoción del jazz como una forma de llevar nuestro espacio fuera de la cabina y a su vez aportar a la pedagogía musical, principalmente en los jóvenes.

A su vez, hemos iniciado un nuevo proyecto denominado Efecto GL con Sandy Saviñón. Es una revista radial más abierta donde tratamos temas políticos, económicos, sociales, tecnológicos y muchos más. Efecto GL ha nacido, entre otros motivos, como una petición en Notas de Jazz de que se abordaran otros temas, y para no apartarnos de la esencia de Notas de Jazz, abrimos otro espacio para debatir temas de otra índole.

JenD: En estos días el mundo ha sido afectado por el corona virus. ¿En lo personal, qué ha significado este evento y este tiempo?

SS: Como corresponde, ha sido un tiempo de aislamiento social. He aprovechado intensamente desarrollando mis proyectos en el hogar y compartiendo con mi esposa. También, siendo consciente, me he mantenido pendiente y ayudando a algunas personas que no tienen la misma tranquilidad que otros en estos momentos.

JenD: A propósito de esta pandemia, ¿qué reto o retos te abordan como comunicador?

SS: Gracias a las plataformas digitales podemos seguir siendo productivos desde nuestro hogar. Continuamos utilizando los medios digitales. Los comunicadores en estos momentos debemos hacer un uso intenso de los medios digitales. Estamos retados a dar continuidad a nuestros programas radiales sin estar en cabina, llevando la información oportuna y veraz que la gente necesita.

El reto es adaptarse al 100 % a los medios de comunicación digital, con el uso de transmisiones en vivo en plataformas y herramientas que tienen años de creadas y de ahora en adelante se institucionalizarán como herramientas básicas de uso diario.

Estas plataformas nos demuestran que se puede hacer radio o televisión desde el hogar.

Sandy, ¿qué quisieras agregar a los lectores?

SS: Realmente la comunicación es una de mi gran pasión y es una rama muy importante en la vida diaria. Tener la oportunidad de conjugarla, en este caso, con el jazz, configura un espacio sumamente enriquecedor para mí y sé que es disfrutado por muchos. Me siento honrado de ser ejemplo a muchos jóvenes de mi país, devolviendo lo que me ha dado la patria.

Notas de Jazz

Productor: Sandy Saviñón

Co-productor: Jael Martínez

Dial: Quisqueya 96.1FM, Santo Domingo

Por internet: www.*quisqueyafmrd.com*

Sábados de 9:00 a 10:00 de la noche

Esta entrevista fue publicada el 4 de abril de 2020.

Al abrir el QR de arriba podrán disfrutar del canal de Sandy Saviñon en Spotify

Franklin Veloz

Continuamos con entrevistas a importantes actores en el jazz en nuestro país. Nos honra compartir la realizada a Franklin Veloz de Locos por el Jazz.

El 31 de agosto del 2015 nació, en Puerto Plata, el programa radial Locos por el Jazz. Inicialmente salía al aire de lunes a viernes, de 1:00 a 2:00 de la tarde, por Fantasía 90.5 FM. En el 2017 el programa hace la transición a radio on-line 24 horas al día, los 7 días de la semana. Por medio de canales tecnológicos logramos tener un encuentro con Franklin Veloz. A continuación, compartimos el resultado de éste.

Jazz en Dominicana (JenD): Iniciamos la entrevista preguntando ¿quién es Franklin Veloz según Franklin Veloz?

Franklin Veloz (FV): Nace un día 10 de noviembre del año 1966 en la ciudad de Puerto Plata, República Dominicana, y es el tercero de 11 hermanos. Felizmente casado con la joven señora Rocío Rojas y como fruto de dicha relación ahí están Gerard Fernando y María José. Ferviente creyente en Dios. Apasionado por la locución, la radio, la música en todos sus géneros y vertientes.

JenD: ¿Cómo inicia tu pasión por en la música? ¿Escuchándola? ¿Quiénes te influenciaron?

FV: Se dio a principios de los 80. Comencé a escuchar y descubrir las propuestas de Paquito D'Rivera, Claude Bolling & Jean-Pierre Rampal, Freddie Hubbard, Herb Alpert, Sergio Mendes, Pat Metheny, Paco de Lucía, Miles Davis, y otros. Gracias a personas como José Silverio Plá, Natalio Puras, Dr. Arnoldo Steen y Ángel Tomás Núñez.

JenD: ¿Cómo te inicias en la radio?

FV: En noviembre 1980 en un programa matutino de contenido cristiano en Radio Puerto Plata, en los 900 AM. En el 1982 tomo el primer curso de locución impartido en Puerto Plata por el locutor y abogado José Luis Taveras, obteniendo la más alta calificación entre 30 participantes.

JenD: A finales de agosto del 2015 nació Locos Por El Jazz, programa radial que se emitía desde Puerto Plata. Cuéntanos cómo inició.

FV: Tomando en cuenta la sentida necesidad y ausencia de la difusión en la radio local.

JenD: ¿Cómo fue evolucionando Locos por el jazz? ¿Cómo es el formato actual?

FV: Es un sueño que nació y se fortaleció durante una larga experiencia de más de 35 años de profunda identificación y pasión por la llamada "música de los músicos": El jazz.

De ser un espacio de una hora, se convirtió en una emisora digital On Line especializada en la difusión del jazz en su máxima expresión. Un canal abierto a toda la riqueza cultural, artística y humana que encierra el fascinante, exquisito y vibrante mundo del jazz. Y para ser más holísticos, incluimos géneros periféricos como bossa nova, samba, blues, funk, abarcando una audiencia más amplia.

Cuenta con los recursos tecnológicos post modernos de audio y vídeo, garantizando de esta manera una excelente recepción de nuestro distinguido público que nos prestigia entrando en contacto con nosotros.

El eslogan define de forma creativa un tipo ideal de público, "Sólo para cuerdos sin complejos". Alude a un público con un gusto preferencial por la música de calidad, hombres y mujeres adultos de almas jóvenes y bagaje cultural amplio, lo que les permite aquilatar y valorar el talento artístico trascendente y disfrutar el lenguaje envolvente de las notas de una exquisita pieza de jazz.

Locos Por El Jazz Radio es la primera Radio Digital On Line de Jazz 24/7 en su contenido y propuesta realizada desde Puerto Plata, República Dominicana para todo el planeta. Somos una radio emisora con alto criterio tecnológico mediante el uso de la unidad de estado sólido, dispositivo de estado sólido o SSD (acrónimo inglés de Solid-State Drive) es un tipo de dispositivo de almacenamiento de datos que utiliza memoria no volátil, como la memoria flash, para almacenar datos, en lugar de los platos o discos magnéticos de las unidades de discos duros (HDD) convencionales.

JenD: ¿Cuándo decidiste convertir el programa en una emisora 24/7 por Internet?

FV: En 2017, a raíz de que Fantasía 90.5 FM pasara a su propietario original. De programa vespertino de una hora lunes a viernes, pasa a emisora *On Line* 24/7 todos los días.

JenD: ¿Cómo preparas cada programa? Cómo eliges la música?

FV: Actualmente, transmitimos una programación informal por el factor recurso económico. En los próximos meses ya estarán listos los detalles para poder ofrecer una propuesta como hemos pensado y diseñado: En el día, de hoy 8:00 AM a 5:00 PM, jazz, samba bossa nova, blues, funk; de 5:00 PM a 7:00 PM, sólo jazz latino; de 7:00 PM a 9:00 PM, Grandes Divas del Jazz; 9:00 PM a 10:00 PM, Jazz Fusion; 10:00 PM a 12:00 de la media noche Inmortales del Jazz; 12:00 de la media noche a 7:00 AM, Smooth Jazz.

Los viernes de 9:00 PM a 10:00 PM, JazzTaBueno, producción venezolana grabada que conduce José

Luis Cova. Próximamente La Otra Música con Paco Sánchez desde Sevilla España, también grabado. Y Oreja de Jazz, producción/conducción en vivo por un servidor de lunes a viernes en el horario 12:00 del meridiano a 2:00 PM. Sobre la marcha, otros se sumarán.

La música la seleccionamos tomando en consideración altamente el criterio y valoración del blanco de público a quien va dirigida producción y contenido.

JenD: Para ti, ¿qué marca una diferencia en tu programa?

FV: Eso lo tiene que decir y calificar quien escuche el mismo. No es prudente emitir juicio de valoración uno mismo. Es mi forma de pensar. Soy así.

JenD: ¿Qué dificultades o retos significa programar música para 24 horas al día, 7 días a la semana?

FV: En absoluto, ni dificultades o retos. Vivimos a plenitud lo que hacemos y lo hacemos con entereza, pasión, amor, alma y corazón.

JenD: ¿Qué piensas del jazz en el país hoy día? ¿Cómo lo ves en comparación a hace 10 años?

FV: Número 1, falta más apoyo sincero del estado y el empresariado en sentido general. Número 2, hay más presencia y difusión por los medios y lugares que sirven como escenarios.

JenD: Danos tus opiniones acerca de:

Los festivales de jazz en el país:

¡Geniales! Pero tienen que integrar seriamente a los que estamos día a día divulgando tenazmente por todas partes (comunicadores, propietarios y directores de medios que realmente viven el jazz en su máxima expresión).

Los eventos fijos:

Deben mejorar la promoción, capitalizarla. Además, deben multiplicarse a medida que reciban el urgente patrocinio.

Los eventos periódicos:

Más apertura en todo el sentido de la palabra, alcanzables. Que todo el mundo tenga acceso a disfrutar.

Los medios y el jazz:

Cerrados. Hablo por experiencia propia. En reiteradas ocasiones he conversado con dueños de radio emisoras y su respuesta ha sido totalmente negativa, denotan mucha ignorancia. El Ministerio de Cultura, y otras instituciones estatales, no brindan el apoyo requerido. Tímida o nula la inversión (presupuesto).

JenD: Se siguen abriendo puertas para nuestro jazz en festivales y eventos en el exterior. ¿Qué significa esto para el jazz en el país?

FV: Es inagotable la cantera de talentos que hay en la República Dominicana. Me llena de gran satisfacción que estemos impactando más allá de nuestras fronteras.

JenD: Iniciando un nuevo año y a la vez una década, ¿qué planes hay en el 2020 para Franklin Veloz?

FV: Con el favor de Dios, consolidar Locos Por El Jazz Radio, transmisión en vivo por las redes sociales y con más fe trabajar para adquirir una frecuencia low power de radio FM. No me he divorciado de la radio convencional, insistimos para tener vigencia en la radio puertoplateña.

***

La llegada del Coronavirus en febrero y marzo cambio radicalmente el comportamiento de todos en el país y en el mundo. Por lo que pedimos a Franklin nos respondiera las siguientes estas dos preguntas:

JenD: ¿Que ha significado este evento y este tiempo para ti en lo personal? Cómo comunicador, ¿qué reto o retos te plantea esta pandemia?

FV: Uno: Total solidaridad, entiéndase, en la más alta escala. Mi esposa y un servidor vivimos del trabajo informal. Vendemos ropa de segunda mano, servicio de producción de spots publicitarios y dos emisoras OnLine, entre otros movimientos.

Dos: Desde los medios, se hace urgente y con mayor vehemencia la orientación sabia y oportuna para toda la comunidad, sin excepción. Es obligatorio reinventarse y elaborar nuevas estrategias para poder subsistir. Dios está de nuestro lado y eso es lo que al final importa.

JenD: ¿Qué quisieras compartir con nuestros lectores?

FV: Somos pocos los jazzófilos en el país, debemos tener encuentros fraternos y con regularidad, dos o tres veces al año y de esta manera fortalecer el vínculo de amistad y en consecuencia de solidaridad.

Locos Por El Jazz Radio

Productor: Franklin Veloz

Web Site: *https://www.locosporeljazzradio.com*

La programación de esta estación es 24/7

Esta entrevista fue publicada el 13 de abril de 2020

22 LAS ENTREVISTAS 2020

Al abrir el QR de arriba podrán disfrutar de la programación de Locos por el Jazz radio

Octavio Beras Goico

Nos honra cerrar el ciclo de entrevistas con productores radiales, con el largo "conversao" sostenido con Octavio Beras Goico, productor del programa radial Música a las 12 de Tutín Beras Goico, quien ha mantenido y mantiene viva la visión y misión de su padre de llevar la mejor música y la mejor programación posible a los oyentes que disfrutan de esta emisión radial de lunes a viernes, de 12:00 a 2:00 de la tarde por la 97.7FM, así como por estacion977.com en el internet.

Con Octavio he desarrollado una gran y larga amistad. Me siento orgulloso de ser su amigo, por su forma de ser, su fidelidad; por su sonrisa a flor de labio, su entrega, así como la manera en que prepara la programación haciendo uso de la vasta discografía que tiene de su padre y la suya, además de contar con los aportes que, a ésta, le han hecho amigos en común a través de los años. A continuación, en una interesante conversación, presento el encuentro con Octavio:

Jazz en Dominicana (JenD): Te pregunto. ¿Quién es Octavio Beras Goico según Octavio Beras Goico?

Octavio Beras Goico (OAB): No había pensado en autodefinirme; pero aquí vamos. Octavio Beras Goico es una persona amante de las cosas buenas, entre ellas la música. Soy muy medido en mis acciones, todas desinteresadas. Gracias a Dios, la herencia que he recibido del viejo me ha enseñado mucho de la honestidad, que cuando ayudas a otras personas, el favor se devuelve hacia ti. Soy muy sensible ante la injusticia. En eso sí que me detengo un poco; reaccionario quizás, pero muy meticuloso en el resultado de esas acciones. Me encanta sacarle provecho a las cosas que me gustan, estudiarlas, probarlas, como el buen vino, el whiskey, ron, cigarros. Disfrutar de estas cosas le da sentido al accionar en mi vida.

Soy amante de mi familia, de mis hijos, me entrego totalmente a las cosas de mi casa, a las que les doy prioridad. Toda la vida he sido así. Nunca dejo fuera la creatividad en la producción económica, lógicamente; no me considero una persona trabajadora, pero si dedicada a las cosas que emprendo. Una de mis cualidades es que trato de que todo me salga bien; independientemente de que en algún momento falle algo, me preocupo porque lo que haga cumpla con todos las metas que yo mismo me he establecido.

Soy una persona normal, que se mueve en todos los estratos sociales, no tengo distinción de clases, me muevo y tengo amigos en todos estos. Y gracias a Dios para mi han perdurado en el tiempo, porque soy sincero. Ese soy yo.

JenD: ¿Cómo inicia tu pasión por la música? ¿Escuchándola? ¿Quiénes te influenciaron?

OAB: No recuerdo un punto de inicio en la misma, desde que tengo uso de razón ha estado presente en mi diario vivir. Nuestras rutinas, al despertarnos en las mañanas, era ir al colegio, luego realizar las actividades extracurriculares en la tarde y regresar a casa, ver a mi padre llegar a prima noche, acomodando su vestimenta a sus famosas bermudas de kaki y sandalias de cuero y automáticamente, de manera sutil, el jazz inundaba toda la casa. Entonces llegaba el momento de estar con mi viejo para asistirlo en la limpieza de sus discos de pasta y compartir juntos su mayor pasión: la música.

Lógico que mi mayor influencia y gusto musical viene de la influencia de mi padre, don Tutin. Gracias a él comencé a sentir todo lo que escuchaba, a apreciar los buenos arreglos musicales y a entender como la música podía cambiar estados de ánimo. Y cuando hablo de música, entiéndase que no solo me refiero al jazz, sino a todos los géneros, especialmente el bolero.

JenD: ¿Cómo te inicias en la radio?

OAB: Por accidente realmente. Don Tutín Beras Goico ya tenía aproximadamente 2 años con el programa y de repente sufrió de un aneurisma por lo que tuvo que salir del país de emergencia en un avión ambulancia. Mi hermano y Madre se fueron con el. Me quedé solo en el país y lo primero que pasó por mi mente fue preguntarme, "¿y el programa del viejo?", ¿y ahora, que hago?, ¡se le va a caer el programa!" De inmediato fui a su casa y me encontré con el "bultico" que él siempre llevaba y dentro había una libreta donde el viejo registraba todos los programas que realizaba (tema, autor, compositor, intérprete, año de grabación, duración, etc), en fin, todo, hasta lo que iba a decir estaba escrito.Lo tomé y me presenté en la emisora, la cual me recibió con un cariño tremendo y me brindó todo su apoyo para que el programa continuara en la ausencia momentánea de mi padre.

Era la primera vez que entraba a una cabina de radio y hablaba a través de un micrófono, pero con el apoyo del director de la emisora en ese momento, el Sr. Paino Pichardo, todo se me facilitó. Esa misma tardecita- Una tarde de 2003- Música a las Doce salió al aire con Octavio Beras Goico pero con el libreto de Don Tutín (Risa).

Meses después, mi viejo regresó y comenzamos a hacer el programa juntos, hasta que un 20 de enero del 2005 Papá Dios se lo llevó al cielo, donde seguro nos encontraremos. Llevo ya 14 años sentado en ese lugar, continuando una labor difícil de superar, la de mi viejo. Hago lo mejor que puedo para seguir su legado.

JenD: ¿Qué es Música a las 12? ¿Cuándo nace?

OAB: El programa nace sencillamente de un gran deseo de don Tutín de compartir su discoteca con todos sus amigos y viceversa. Una tardecita cualquiera compartió esa idea con Norín Garcia Hatton en su casa, quien en ese momento era asesora musical de la Estación 97.5 FM, Inmediatamente Norín convenció a don Tutín de que la mejor manera de desarrollar su proyecto era a través de la radio. Los ejecutivos del Grupo Listín estuvieron de acuerdo en ese momento y el día primero de septiembre del 2001 salió al aire Música a las 12, cuyo horario se estableció de lunes a viernes de 12 pm a 2pm, hasta la fecha.

JenD: ¿Cómo preparas cada programa? ¿Cómo eliges la música, los entrevistados?

OAB: Música a las 12 se sigue produciendo conservando la tradición y lógicamente se ha ido adaptando a los nuevos tiempos. Tradicionalmente cada programa se preparaba de manera análoga la noche anterior, con la realización de un libreto y con la selección musical meticulosamente elegida por don Tutín (tema, información, comentarios y tiempo de duración). En vivo todo iba de acuerdo a ese libreto, por lo que el programa no era interactivo.

Ya a mi entrada comenzó la digitalización de toda la discoteca del viejo y la de nuestros colaboradores y amigos. Actualmente el programa es un espacio abierto a entrevistas y a segmentos específicos participativos, esto sin dejar de lado la línea tradicional del mismo. Música a las 12 tiene un equipo de producción en sociedad con el Grupo de Comunicación Listín Diario quienes planificamos su contenido.

Nos aseguramos de que todos los invitados y entrevistados vayan en la misma línea del programa que es estrictamente musical y atendemos y nos ponemos a la orden para todas las fundaciones que necesiten el espacio desinteresadamente. Artistas, nuevos proyectos, anuncio de actividades, conciertos, obras de teatro, actividades extracurriculares etc., forman parte de la planificación diaria del programa.

JenD: Has realizado programas fuera de cabina, como es el caso de la Feria del Libro y otros espacios. Háblanos de estas iniciativas.

OAB: Por supuesto. Por más de 8 años hemos hecho una alianza estratégica con el Ministerio de Cultura para seguir realizando Música a las 12 desde la Feria internacional del Libro (On Location), así como la cobertura del Torneo Internacional de Golf (DR Open) desde Puerto Plata, entre otras transmisiones. La idea es hacer este tipo de actividades más a menudo. Ha sido una experiencia maravillosa.

JenD: ¿Qué piensas del jazz en el país hoy día? ¿Cómo lo ves en comparación a hace 10 años?

OAB: Es increíble cómo ha evolucionado el género en nuestro país. La cantidad de exponentes locales y nuevos talentos de 10 años hacia acá, ha sido impresionante. En adición a nuestro Conservatorio Nacional de Música, ya tenemos, y es una realidad, la Escuela internacional de Música Contemporánea UNPHU, cuyos frutos (los estudiantes) ya están rodando por el mundo, afianzando más sus habilidades musicales y conociendo de la administración del negocio de la música.

JenD: Danos tus opiniones acerca de:

Los festivales de jazz en el país.

Hay que reconocer el gran esfuerzo, tanto económico como humano, que es realizar un festival de jazz. Felicito a todos los que se dedican a llevar eventos de gran calidad, y favorezco encarecidamente a los festivales que se realizan de manera altruista, los que a través de sus fundaciones llevan a cabo una labor educativa para el desarrollo de nuestra juventud, utilizando la música para lograr estos objetivos.

Todos los eventos que se realizan con el propósito de ayudar, siempre me dejan un mejor sabor. Es por eso que les brindamos apoyo total e incondicional.

Los eventos fijos.

Me encantan, pues le dan la oportunidad a nuestros artistas a tener ese contacto cercano con el público, tan necesario. Los dueños de negocios se han dado cuenta que tener presentaciones en vivo en sus locales les ha sido muy beneficioso en todos los sentidos. Un ejemplo de este tipo de actividades es el espacio de Jazz en Dominicana en la Azotea del Dominican Fiesta Hotel, el Fiesta Sunset Jazz, que ya ha sido reconocido internacionalmente como club de jazz a visitar.

Los medios y el jazz.

Hay poca difusión del género. Los medios tradicionales siguen publicando de vez en cuando y según la noticia. Hay muy pocos programas dedicados a la difusión del jazz; la mayoría tocan variedad de música, no tanto en el jazz. Me encantaría ver una estación radial dedicada al jazz 24/7 como en los Estados Unidos, como los que hay en Telecable, en los DMX. Me encantaría; pero no.

JenD: ¿Existe para ti un afrodominican jazz? ¿Qué piensas del mismo?

OAB: Definitivamente sí. Ya tenemos varios exponentes que así lo demuestran: Josean Jacobo y Tumbao, Joshy & su 4, Yasser Tejeda, entre otros. Estas mezclas y fusiones de nuestras raíces con la música en general han sido tan interesante que tiene atentos a los duchos en la materia a nivel internacional. Para ellos, éxito total.

JenD: ¿Qué planes hay para Octavio Beras Goico en los años por venir?

OAB: Evidentemente los planes van orientados a abrirnos digitalmente para seguirles llegando a la mayor cantidad de personas. Ya Músicaalas12.com esta casi lista para así montarnos en este tren que va demasiado rápido. Podemos estar un poco atrasados en ese sentido, pero a mí me siguen gustando las cosas más despacio y más tradicionales. Se disfrutan más.

***

La llegada del Coronavirus en febrero y marzo cambio radicalmente el comportamiento de todos en el país y en el mundo. Por lo que pedimos a Octavio nos respondiera estas dos preguntas:

JenD: ¿Qué ha significado este evento y este tiempo para ti en lo personal?

Esto ha sido terrible en todos los sentidos. La pandemia ha cambiado el curso y el accionar de todos los negocios y de todos sus participantes. Es un evento mundial que cambió la humanidad: su forma de pensar, de actuar, de interactuar; todo, increíblemente, lo ha cambiado, y nos queda un largo trecho para saber, concretamente, qué es lo que vamos a hacer después de que esto pase, que no le veo una fecha muy próxima. Ha sido algo sumamente aterrador para el mundo.

¿Qué reto, o retos, tienes como comunicador tras la pandemia que nos afecta?

Hay que reinventarse obligatoriamente. Ya nada va a ser lo mismo, difícil que volvamos a tener ese contacto que uno tenía en cabina, en mi programa al menos. Pienso que todo va a ser diferente. El gran reto va a ser tecnificarse, ser suficientemente creativos para, a través de estos nuevos medios, que ahora van a ser principales y masivos, sacar el mayor provecho posible y hacerlo de la manera más correcta e interesante posible, para seguir captando la atención de todo el público que te sigue esperando. Debemos lograr que la gente se adapte al cambio, capitalizar, ver cómo van a reaccionar todos tus clientes, ver hacía hacia dónde va el mercado, alinearse y tomar las medidas y precauciones necesarias para seguir montados en el tren del progreso y del avance en este medio tan importante, que para mí es de los más importantes del mundo.

JenD: ¿Qué otra cosa quisieras compartir con nuestros lectores?

OAB: Mi deseo de que sigan permitiendo que la música sea el motor que mueva sus corazones. Así seremos más humildes y mejores ciudadanos.

Un abrazo grande Fernando. ¡Mucha salud y éxito!

Música a las Doce

Productor: Octavio Beras Goico

De Lunes a Viernes, de 12 a 2PM

Dial: 97.7FM

Por Internet: *www.estacion977.com*

Esta entrevista fue publicada el 15 de abril de 2020

Al abrir el QR de arriba podrán disfrutar de la programación de la Estación 97.7 FM

Ernesto Núñez

En el mes de mayo de 2020 publicamos la entrevista que le hicimos al trompetista Ernesto Núñez. Y a propósito, compartimos, el famoso refrán que dice, "marzo ventoso y abril lluvioso sacan a mayo florido y hermoso". Esperamos que mayo nos regale su hermosura y que nos obsequie la esperanza que tanto necesitamos en estos días.

Ernesto Nuñez nace en San José, Costa Rica, y es considerado uno de los trompetistas latinos más versátiles de estos tiempos. Tiene el mérito de haber trabajado con artistas tan de diferentes géneros, entre lo clásico y popular, entre el jazz y la música latina; desde conciertos con la Orquesta Sinfónica Nacional, hasta galas de los Latin Grammy, Premios Lo Nuestro y Billboard; desde tarimas en pueblos, hasta festivales en los más afamados lugares de Europa, en Viña del Mar, New Orleans y otros.

Entre las figuras de la música con la que ha trabajado, se encuentran Juan Luis Guerra y 440, Chris Botti, Plácido Domingo, Andrea Bocelli, Dave Weckl, Arturo Sandoval, Elvis Crespo, Richie Ray y Bobby Cruz y Chichí Peralta. Es unos de los músicos más solicitados para grabación, contando con más de 200 créditos en producciones discográficas, varias de ellas ganadoras de premios Grammy.

Actualmente es parte de la banda de Juan Luis Guerra, múltiple ganador de premios Grammy y Latin Grammy- Además, lidera su propio cuarteto de Jazz que se presenta en variados espacios de jazz en Santo Domingo. Además, es artista Yamaha para Latinoamérica, uno de los miembros fundadores de la *Yamaha Brass Academy* y *Endorser Warburton*.

Conversamos con Ernesto gracias a la tecnología. Hablamos de la música en general, del jazz, de nuestra amistad, nuestros quehaceres y otros temas.

Jazz en Dominicana (JenD): ¿Quien es Ernesto Núñez según Ernesto Núñez?

Ernesto Núñez (EN): Es una pregunta complicada (*Risa*). Creo que Ernesto Núñez sigue siendo aquel muchacho que disfrutaba tocar la trompeta en su pueblo natal en Costa Rica. Lleno de sueños, pero con más experiencia, logros, decepciones, alegrías y tristezas. Me considero una persona normal. A veces las personas quieren verte como alguien especial, pero en realidad los músicos somos seres tan comunes y llenos de imperfecciones, miedos, inseguridades, así como de mucha sensibilidad y ganas de luchas por lo que hacemos.

JenD: Como te inicias en la música, en la trompeta?

EN: Empecé en una bandita municipal en San José, en Costa Rica, en un lugar que se llama Guadalupe, a los ocho años, y desde ahí nunca me he separado de la trompeta.

JenD: Quienes te influenciaron?

EN: En primer lugar mis maestros, Alfredo Barboza, Manuel Mora, Bary Chavez, Ricardo Vargas. Después han sido muchísimos los que me han influenciado en estos caminos, por ejemplo Arturo Sandoval, Miles Davis y Chris Botti.

JenD: Háblanos de tus estudios.

EN: Estudié en Costa Rica, en el programa juvenil de la Orquesta Sinfónica Nacional y en la Universidad de Costa Rica. Después fui seleccionado para una beca en Berklee College of Music; pero creo que he aprendido mucho más en la calle, tocando a diario, junto a maestros de la música y colegas.

JenD: ¿Cómo llegas a la música clásica y al jazz?

EN: Primero fui músico clásico, en el tiempo en que estudiaba los músicos clásicos y populares no se mezclaban mucho; pero después me enamore de la música popular y el jazz. Me considero un "utility", alguien que sabe hacer de todo (por necesidad) y que trata de tocar todas las expresiones posibles y así ser más versátil. Es casi imposible que los músicos de nuestros países se dediquen a un estilo en particular, pues es necesario tocar de todo para sobrevivir y eso nos ha llevado a tener ventaja.

JenD: ¿Cómo llegas a la República Dominicana?

EN: Llegue con Chichí Peralta. En ese tiempo vivía en Guatemala, y tocaba en un sitio con un cuarteto de jazz. Un día llego Onias Peralta, hermano de Chichí, y cuando termine de tocar se acercó a mi y me dijo, "mi hermano necesita un trompetista como tú, ¿te interesaría trabajar con Chichi Peralta?". Le dije que sí y acá estoy 15 años después.

JenD: Has tocado de todo: música sinfónica, jazz, jazz latino, pop-latino, salsa, merengue y muchos más. ¿Cuál música prefieres, y por qué?

EN: En realidad no tengo preferencia. Me gusta escuchar salsa y música americana de los 70, pero a la hora de tocar no tengo preferida. Creo que todo género tiene su estilo y hay que hacerlo bien y aprenderlo a tocar, así que investigo lo que pueda para hacerlo mejor cada día.

JenD: ¿Cómo ha ido evolucionando tu música?

EN: Pues creo que la música evoluciona con tu personalidad, como creces como persona. Normalmente no soy de escuchar mucha música que he hecho tiempo atrás, porque solo veo lo malo. Así que dejo el pasado musical atrás y me enfoco en las cosas nuevas.

JenD: Eres instrumentista, compositor, arreglista, líder de banda y productor. ¿Qué hay de especial en cada disciplina? ¿Cuál te gusta más?

EN: Realmente me encanta producir. El trabajo en estudio me apasiona y ahora la composición ha ido tomando forma dentro de mi diario vivir. A veces compongo cosas bien tontas, y las guardo y en determinado momento lo saco y modifico y se vuelve interesante. A veces paso horas haciendo música, experimentando y ni cuenta te das de cómo pasa el tiempo.

JenD: Eres considerado uno de los trompetistas latinos más versátiles de estos tiempos. Has trabajado con Juan Luis Guerra y 440, Chris Botti, Plácido Domingo, Andrea Bocelli, Dave Weckl, Arturo Sandoval, Elvis Crespo, Richie Ray y Bobby Cruz, Chichi Peralta, entre otros. ¿Qué ha significado para ti la versatilidad en el instrumento, así como el haber estado en tarima con estos gigantes de la música?

EN: Es un regalo de Dios. Creo que todos mis sueños se han ido cumpliendo, pero cuando alcanzo alguno siempre aspiro a más. A veces he estado con personas que han sido mis Ídolos y me doy cuenta que son personas comunes y corrientes. Me he encontrado con algunos que son insoportables, pero en general son seres humanos sensibles y si lo tratas como alguien común, sacan su parte humana, olvidándose que son estrellas.

Me ha pasado que he tenido que compartir con muchos maestros a los cuales admiro y de lo menos que hablamos es de música- Hablamos de la vida, contamos historias, chistes. Al final, terminamos siendo buenos amigos.

JenD: ¿Cómo has lo logrado que te soliciten para tocar en importantes eventos, y con grandes figuras de la música?

EN: Trabajando duro. Muchos solo ven el resultado, pero no el proceso. Piensan que llegaste ahí por arte de magia, o porque conoces a alguien que te ayudó. Nada más lejos de la realidad.

Hace un par de meses tuve la oportunidad de compartir un par de días con Arturo Sandoval, y cuando me contó su historia me sorprendí, porque vi el reflejo de mi historia, lo duro que ha sido y lo que ha costado llegar.

Por eso no hay que creer que llegaste a la cima, todos los días hay que aprender, y hoy puedes estar arriba y mañana abajo.

JenD: ¿Qué recomendaciones tienes para la juventud que comienza a estudiar y a dedicarse a la música?

EN: Mi consejo es que estudien, se superen, no solamente en la música, sino como persona, y en otras áreas que les interese. El mundo va muy rápido y tienes que reinventarte a cada momento, ir al lado de la tecnología y no solo tocar el instrumento.

Hasta aquí la primera parte de este interesante encuentro. En la próxima compartirá con nosotros diversas opiniones sobre varios temas.

***

Continuamos con la segunda parte del encuentro que sostuvimos con Ernesto Núñez. Resumiendo, lo conversado anteriormente, desde los 8 años, Ernesto decidió que iba a ser trompetista. Luego de graduarse del colegio, entró a la Universidad de Costa Rica a estudiar la carrera de música, específicamente música clásica. Cuatro años después conseguiría una beca en Berklee College of Music en Boston, Massachusetts. En el 1995 se muda a Guatemala, donde forma parte de la Orquesta Sinfónica de dicho país, y desde ahí, viaja a la República Dominicana como integrante de la banda de Chichí Peralta.

La versatilidad es algo que lo define. Algunos de las figuras con la que ha tocado son:

En el clásico con Andrea Bocelli, Plácido Domingo, la Los Angeles Phillarmonic, Orquesta Sinfónica de Centroamérica, Orquesta Sinfónica de Guatemala, Orquesta Filarmónica de Guatemala, Orquesta Sinfónica de Maracaibo y Orquesta Sinfónica Nacional de la República Dominicana.

En el jazz ha colaborado con Dave Weckl, Chris Botti, Justo Almario, Néstor Torres, Arturo Sandoval, Ed Calle, Walfredo de los Reyes, Poncho Sánchez, Víctor Mendoza, Abraham Laboriel.

En la música popular ha trabajado con Juan Luis Guerra y 4.40, Chichí Peralta y Son Familia, Juanes, Alejandro Sanz, Luis Fonsi, Wilfrido Vargas, Danny Rivera, Rey Ruiz, Richy Rey y Bobby Cruz, Millie Quezada, Eddy Herrera, Tito Rojas, Oscar D León, Elvis Crespo, Andy Montañéz, Cheo Feliciano, Ismael Miranda, Ilegales, Tercer Cielo, Alux Nahual, Juan Carlos Alvarado, Doris Machín, Redimidos, y otros.

Cuenta con cinco producciones como solista, destacándose "Belucity", álbum donde combina jazz latin, bolero y merengue jazz, y que cuenta con la participación de Ed Calle, Isaias Leclerc y Janina Rosado, entre otros.

A continuación, la segunda parte de la entrevista:

JenD: Has puesto en circulación varios álbumes, siendo Belucity el más reciente. Háblanos de esta producción.

EN: Belucity es especial. El nombre es un homenaje a una seguidora mía de Argentina que se llama Belu, la cual tuvo un accidente de tránsito y quedó en coma. Su familia le ponía música mía, y cuando despertó, lo único que recordaba era mi música y que decía en su interior, no me puedo morir sin conocer a ese trompetista. Fue algo que me tocó mucho. Aunque cada canción tiene su historia y está relacionada con un acontecimiento de mi vida, quise darle ese homenaje a ella.

Belucity fue lanzado en el 2017, y lo pueden escuchar en Spotify, abriendo el código QR que se encuentra a continuación:

JenD: ¿Cómo te sientes al crear, al componer?

EN: Pues es como darle vida a algo. Es difícil de describir, empiezas de cero, con un sentimiento o una experiencia y tratas de plasmar eso en notas musicales. En realidad, es interesante y te llena de satisfacción cuando escuchas el resultado final.

JenD: Eres patrocinado por la Yamaha. ¿Qué implica ésto?

EN: Yamaha es una marca mundial. Y estar respaldado por ellos significa que confían en ti y en lo que haces. Gracias a Yamaha he podido ir a muchos países y llevar mi música, mis experiencias y mi cultura.

JenD: Eres muy solicitado, fuera del país, para dar talleres y clases magistrales. ¿Por qué crees que el país hay tanta apatía para la asistencia a talleres, clases, y actividades similares?

EN: República Dominicana es especial. Muchas veces das clases gratis y no las aprovechan. En realidad, no sabría decirte porqué sucede. Creo que acá hay muchos músicos preparados y los estudiantes colegas no aprovechan eso. Vas a países como Argentina, Chile y Perú y van cientos a las clases. Recientemente organizamos en Colombia un masterclass sobre el merengue con algunos de mis compañeros de 4.40 y fueron más de 300 alumnos de una conocida universidad de Bogotá. Entonces creo que acá existe una falta de valoración en cuanto al aprendizaje.

JenD: ¿Para ti, qué es el afrodominican jazz? ¿Existe hoy en afrodominican jazz?

EN: Creo que no existe mucho. Hay algunos colegas que están haciendo un buen trabajo, como Josean Jacobo, pero en realidad no creo que muchos se dediquen a hacer de su cultura una fuente de expresión musical.

Opiniones:

JenD: ¿Cuál es tu opinión sobre el estado del jazz en la actualidad en nuestro país?

EN: Creo que el apoyo es poco. Uno hace jazz porque le gusta, pero económicamente no es rentable. A eso se suma que los sitios para tocar cada vez son menos. Pero hay instituciones como la UNPHU que vienen a dar un respiro y la preparación necesaria para un mejor desenvolvimiento en este mundo del jazz.

JenD ¿Qué opinas de los festivales y los espacios de jazz en vivo?

EN: No hay casi festivales y es muy difícil que te tomen en cuenta. He mandado muchas solicitudes para participar, pero no he recibido respuestas positivas. A veces veo grupo en los festivales que me pregunto cómo llegaron ahí, y los que de verdad debieran estar, no son tomados en cuenta (y no hablo de mi).

JenD: Los medios y el jazz (escritos, radiales, digitales).

EN: Prácticamente nulos.

JenD: Estos días se han visto afectado por la pandemia del COVID-19. ¿Qué ha significado este evento y este tiempo para ti?

EN: Es algo que tomo por sorpresa a toda la humanidad. Nos está afectando a cada uno de nosotros de distinta manera. En lo personal ha marcado un alto, últimamente estaba sumergido en el trabajo y el trajín diario, y esto ha venido a darme un descanso obligado. Y creo que es bueno, pienso que la humanidad saldrá más humana (valga la redundancia) y podremos apreciar las cosas importantes de la vida.

JenD: ¿Qué retos, como músico, te ha impuesto la pandemia que nos afecta?

EN: Ha sido muy difícil. Por lo general los músicos no tenemos una estabilidad laboral y seguro médico, entre otras cosas, así que pueden imaginar que el colectivo artístico está ampliamente angustiado por lo que será el futuro. Se estima que no se vuelva a tocar en vivo en, el mejor de los casos, hasta julio o agosto, así que esto afecta directamente a todos los artistas, no importa si son grandes o pequeños.

Últimamente veo muchos lives de músicos y me pregunto, ¿cuál es el propósito? No le veo utilidad, porque son tan informales en su mayoría que creo que no he podido ver uno completo. No critico a quienes lo hacen, pero en lo personal no lo hago y no creo que aporte nada a solucionar la crisis que estamos viviendo los artistas, sumado al poco dinero que se gana en las plataformas, el desentendimiento de los líderes de orquestas y grupos en cuanto a sus empleados, y la nula ayuda del gobierno (al menos en este país) hacia la clase artística (y hablo de músicos, bailarines, artistas plásticos etc).

JenD: ¿Qué planes tienes para el 2020?

EN: En realidad tenía muchos, pero con esta situación hay que parar y ver que depara el futuro. Tengo un disco bastante avanzado y pensaba sacarlo a final de año. Espero que pueda ser así.

¿Qué quisieras agregar?

EN: Gracias a Jazz en Dominicana existen espacios para poder presentar nuestros proyectos que son propuestas de calidad. No dejen de asistir a estos conciertos y de apoyarnos. Consuman nuestra música en las diferentes plataformas y ayuden a difundir el jazz dominicano.

Hace poco, Ernesto compuso el tema Renacer, el cual formará parte de su nueva producción discográfica (en proceso) y no tenía planeado darlo a conocer hasta dentro de un par de meses, pero debido a la situación actual nos la ha regalado a todos nosotros.

Y dice, "espero lo disfruten y que sea un oasis en medio de este desierto".

Pueden disfrutar de Renacer al darle click en el QR de arriba

Esta entrevista fue publicada en dos partes los días 5 y 7 de mayo de 2020

Rafelito Mirabal

Siempre será un deleite reunirme con Rafelito Mirabal. A los dos nos gusta hablar, expresarnos, compartir. Nuestra amistad data de años, inició gracias al jazz. Hoy cómplices, hermanos, cuyo único interés es, desde donde nos toca, gritar a los cuatro vientos que en dominicana hay un jazz que vale la pena, que nada envidia a otros y que, cada día, éste aporta a las páginas de la historia del género en el mundo.

Nuestras conversaciones inician con un tema en particular y luego llegan otros en el que invertimos mucho tiempo. Esta vez no fue diferente, preguntas hechas, respuestas dadas; y en tres partes publicamos el resultado de nuestro encuentro virtual.

Antes de entrar de lleno en la entrevista, conozcamos un poco de Rafelito Mirabal, quien nace en Santo Domingo, y quien estudió y creció en Santiago de Los Caballeros. La mayor parte de su experiencia musical es autodidacta, además de haber tomado prácticas y master clases privadas con profesores dominicanos y extranjeros.

Rafelito ha actuado con casi todos los grupos de renombres del país, desde 1985. Su talento lo ha llevado por más de 25 países. Ha producido y compuesto la música para innumerables jingles comerciales para radio y TV. Fue tecladista de Juan Luis Guerra, desde 1999 hasta 2006. Compuso y grabó la música para las salas de exposiciones permanentes del Centro Cultural Eduardo León Jiménes. Ha sido el director musical del festival Arte Vivo desde 1999, el cual se celebra anualmente en Santiago de los Caballeros, convirtiéndose en espacio del arte más genuino y auténtico de toda la región norte del país. Así mismo es, desde el 2000, el coordinador musical de El Hangar de la Cultura, la más grande Feria de Negocios de nuestro país.

Desde 1986 ha dirigido la banda Sistema Temperado, que participa constantemente en festivales y conciertos de jazz en todo el país y en el extranjero. Este grupo trabaja investiga y combina ritmos étnicos locales con otros estilos musicales del mundo. Es uno de los grupos de jazz más constantes del país y goza de gran prestigio. En abril de 2007, participó en un concierto con su banda Sistema Temperado, donde estuvieron los miembros originales, además del Teatro Cocolo Danzante o Guloyas (declarado Obra Maestra del Patrimonio Oral e Intangible de la Humanidad por la UNESCO en 2005). También, hace una donación a las autoridades municipales de San Pedro de Macorís, de su composición Guloyazz, (una fusión de jazz con la música de los Guloyas).

Su estilo de fusionar la música y el folklore dominicano con el jazz y otros géneros, le ha brindado grandes éxitos en los más importantes escenarios de jazz del país y fuera de él, lo que se traduce en la realización de más de 200 conciertos. Se destacan sus exitosas participaciones en todos los festivales del país, así como en el Montreal Jazz Festival, única agrupación dominicana que se ha presentado en el mismo; el Puerto Príncipe Jazz

Festival y otros en el Caribe y Europa. Sistema Temperado ha realizado conciertos y giras por Canadá, Alemania, Guyana Inglesa, Italia, Bélgica, entre otros lugares.

Su reconocida composición Periblues se encuentra en la antología Un Siglo de Música Dominicana.

Iniciamos con la primera de tres entregas de esta entrevista con Rafelito Mirabal.

(1 de 3)

Jazz en Dominicana (JenD): Iniciamos la entrevista preguntando, ¿quién es Rafelito Mirabal según Rafelito Mirabal?

Rafelito Mirabal (RM): Soy una persona que, gracias a Dios y a mis padres y familiares, tuve el privilegio de estar ligado a la música desde mis primeros años, algo que me permitió y motivó a conectar lo que había dentro de mí con ese desconocido y maravilloso mundo exterior.

JenD: ¿Cómo te inicias en la música? ¿Por qué el piano?

RM: Siguiendo con la idea anterior, en casa de mi abuela paterna había un piano acústico al pie de la escalera de la entrada que mi tía Meni tocaba de vez en cuando y que un día teniendo yo como 4-5 años, encontré abierto y comencé a poner mis manos en las teclas, percibiendo ese mágico sonido producido única y exclusivamente por mis deditos. Un sonido diferente y armonioso en cada tecla. Eso me marcó para siempre. Luego descubrí que podía encontrar las notas correctas para reproducir las melodías que escuchaba o que estaban en mi memoria.

JenD: ¿Quiénes te influenciaron?

RM: Como dije anteriormente, mis padres influyeron decisivamente en mi inclinación por la música. Después que crecí, me enteré que mi madre ponía música clásica mientras yo estaba en su barriga y decían que era para que yo la escuchara. Mi padre, un melómano amante de la buena música, siempre tuvo una amplia selección de 8 tracks en el carro y Long Plays y discos de 45 rpm. en la casa, que iban desde Stan Getz hasta Marco Antonio Muñiz, pasando por Herp Albert, James Last, Samba do Terreiro, Miles Davis, Mozart, Rafael Solano, Ravel y Johnny Mattis. Por eso mis primeras influencias tienen que ver mucho con el pop y con lo clásico. Cuando fui creciendo, el pop-rock, el jazz y la música brasileña fueron mis principales influencias. Era la época del disco, de Motown, de Spyro Gira, Gato Barbieri y

Chuck Mangione. Esos me abrieron las puertas hacia el jazz. Ya en la etapa de mis inicios en el jazz tuve gran dicha de conocer la música de Chic Corea, Weather Report y el Pat Metheny Group. Luego de ahí es muy extensa la lista de grandes grupos y músicos de todas las épocas del jazz que he podido descubrir y que han marcado en parte mi estilo de tocar y componer.

JenD: ¿Qué nos cuentas de tus estudios?

RM: En mi adolescencia inicié en la Escuela de Bellas Artes de Santiago y luego tuve varios profesores privados de órgano eléctrico y de armonía. Luego y hasta ahora, mis conocimientos son por métodos autodidactas. Mi inclinación hacia los teclados viene de esa época. De hecho, me considero tecladista, no pianista. Desde temprana edad gracias a mi padre tuve órganos de aire, sintetizadores y teclados eléctricos. Luego comencé a trabajar como músico desde muy temprana edad y pude comprarme mis propios instrumentos.

JenD: Has tocado de todo, jazz, blues, pop, rock y más. ¿ Por cuál de estos géneros te inclinas y por qué?

RM: Se te quedan el merengue, la música brasileña, la música raíz dominicana y caribeña y otras músicas populares. Hay varias razones por las que mi abanico de estilos musicales abarca mucho. Una de ellas es, como ya expliqué, la música que escuchaba en mi propia casa, la cual era muy variada y siempre buena. De hecho, no había música mala grabada, podía ser música que no entendiera o que no me gustara pero mala no era, cosa que lamentablemente ahora sí hay; pero ese es otro tema. Otra razón es mi criterio personal de no excluir fuentes de aprendizaje y de trabajo de mi entorno musical. A principio de los años 80, cuando comencé a tocar profesionalmente, tocaba en una Iglesia dirigiendo un coro, acompañaba cantantes populares, tocaba en un grupo de copy band de soft-rock-pop y trabajé con un quinteto de merengue en un crucero donde también tocábamos un set de *standards* del real book. A partir de entonces mi vida profesional cambió mucho. Me fui a la capital y comencé a tener contacto con casi todos los músicos, cantantes y productores de mi generación y de generaciones anteriores y eso obviamente incluía jazz, fusión música folclórica, solistas, el entorno de los jingles, pop, baladas, etc. Me refiero a Guy Frómeta, Sonia Silvestre, Xiomara Fortuna, María Cordero, Fernando Báez (EPD), Cecilia García, Efraim Castillo, Rafael Solano, José Emilio Valenzuela, Manuel Tejada, Tony Vicioso, Irka y Tadeu, Waldo Madera, Alex Mansilla, Víctor Víctor, Juan Luis Guerra, Luis José Mella, Bienvenido Bustamante, Claudio Cohen, Manuel Jiménez, Roldán, David Almengod, Juan Francisco Ordoñez, Héctor Santana, José Antonio Rodríguez, etc. En Santiago ya había tenido contacto con Jochy Sánchez, Kike Del Rosario, Bule Luna, Edwin Lora, Peng Bian Sang, Fellé Vega (ese tiene su historia aparte), Arnaldo Acosta, Patricia Pereyra (con quien siempre ha habido una conexión muy especial), la lista es muy larga y seguro se me están quedando varios.

Pero definitivamente lo que prefiero es el jazz. Primero porque con éste he encontrado un espacio para la composición y la improvisación con mi grupo Sistema Temperado, poder tener interacción con increíbles músicos, viajar a otros países, conocer y poder tocar obras de grandes compositores del jazz y, lo más importante, aportar un granito de arena para que tengamos un mejor entorno. La música es alimento para el espíritu junto con las demás artes y el jazz llega al alma porque sale de ella.

JenD: ¿Cómo ha ido evolucionando tu música?

RM: Uno va incorporando elementos a lo que ya tiene dentro. Si me surge una melodía o una secuencia de acordes trato de aprovecharla al máximo y darle forma. A veces me siento en el piano a buscar la inspiración y otras veces es la inspiración la que me hace sentarme en él. El arreglo y la instrumentación muchas veces van pensados para los músicos que tocamos juntos. Trato de respetar la idea original que me surge ya sea buscada o inspirada y ella misma va sugiriendo que instrumentos y ritmo tendrá. Es un trabajo bonito, exigente y muy libre. No me gusta seguir un patrón rígido pero muchas veces me inclino por tener una premisa de algún ritmo dominicano antes de componer como ha sido con algunas de mis composiciones que venían con una intención deliberada de que iba a ser un gagá, un merengue, una bachata o un pambiche. Cuando compongo para jingles podría resultar más fácil porque hay muchas premisas que cumplir pedidas por el cliente. Cuando hago un arreglo a una canción solo trato de descubrir los instrumentos que ya estaban ahí y embellecer la obra con adornos, armonía y sonidos. Siempre estuve al día en sintetizadores, software, etc.

JenD: Eres instrumentista, compositor, arreglista, líder de banda y productor. ¿Qué hay de especial en cada disciplina? ¿Cuál te gusta más?

RM: Mi vida musical es bastante variada y como todo lo que hagamos en la vida, trato de ponerle entusiasmo y dedicación. Todos los trabajos son igual de importantes. En un momento puedo estar tocando el teclado, dirigiendo la banda, ser el compositor y arreglista de lo que estamos tocando y ser el productor artístico del evento. Son facetas que tengo que cumplir para poder sacar el máximo provecho a lo que hago.

Hasta aquí con la primera de tres publicaciones de esta tan interesante entrevista a Rafelito. En la próxima dedicaremos buena tinta a la afamada agrupación Sistema Temperado, sus composiciones y algunos eventos especiales, que son esperados cada año.

Les dejemos con el reconocido tema Periblues. Esta versión se interpretó en vivo en el evento Convivir con To en 2011. Lo podrán disfrutar al darle click en el código QR que sigue a continuación:

***

(2 de 3)

La última vez que vi a Rafelito en un concierto, sentí como que su grupo llegó por la autopista Duarte, nos montaran en su vehículo musical y nos llevaran en un viaje por los ritmos de nuestra isla y más allá, logrando que todos (el público, y por supuesto la banda) disfrutaran de la noche, gozaran plenamente de los ritmos, las fusiones y el folklore.

Muchos quizás no sepan que Rafelito se vuelve loco con un río, le fascinan las montañas, es fervoroso con escribir rimas y décimas, y tiene un especial amor por la astronomía, tanto que es miembro directivo del Club Astronómico de Santiago.

Continuemos con nuestra entrevista.

En el 2017 Sistema Temperado cumplió 30 años, y desde abril de ese año celebró el hito en grande con una gira de conciertos que comenzó en Jazz en La Zona y el Fiesta Sunset Jazz; luego 2 conciertos por el Día Internacional del Jazz con Néstor Torres en Santiago y Puerto Plata. Igualmente festejaron en los *Lunes de Jazz* y el *Oktoberfest* en Santiago. La fiesta de los 30 continuó en el *Dominican Republic Jazz Festival*, en *La Vega Jazz Festival* y en diciembre cerró con broche de oro en el *SaJoMa Jazz Festival*.

Jazz en Dominicana (JenD): Cuéntanos la historia de Sistema Temperado.

Rafelito Mirabal (RM): A principios de los 80 yo decido venir a la capital a desarrollar mi carrera y tener contacto con los músicos de mi generación que estaban en la misma aventura musical de búsqueda, disfrute y estudio. Ya en Santiago había un lugar llamado Casa de Arte donde hacíamos descargas y *jam sessions* conociendo y divulgando el jazz. Siempre estuvo presente poner nuestro sello en lo que tocábamos. Al llegar a la capital esto tomó forma y decidimos juntarnos los cibaeños Lázaro Luna (El Bule) en la guitarra y composiciones, Enrique del Rosario (Kike) en el bajo, el joven talentoso capitaleño Waldo Madera en la batería y en el saxofón George Hernández, dominicano residente en New York que había regresado al país.

Nuestro primer concierto fue en marzo de 1987 en un lugar que tiene su historia en la música dominicana, que estaba ubicado en la Av. Tiradentes, llamado Punto Clave. Las primeras composiciones eran en su mayoría del Bule Luna y los arreglos míos. Pocos meses después, completamos con tres cibaeños: la percusión con Fellé Vega, la batería con Arnaldo Acosta y en el saxo Carlito Estrada. Ahí logramos impregnarle al grupo nuestro sello particular incorporando nuestros ritmos autóctonos a nuestras composiciones y fusiones, aunque se nos hizo imposible entrar a estudio de grabaciones por diferentes causas.

Más adelante el Bule formó su propio grupo (Aravá) y yo continué lidereando a Sistema Temperado con las composiciones, los arreglos y la dirección musical hasta la actualidad. En estos 33 años hemos tocado en todos los Festivales de Jazz que se han realizado en República Dominicana, algunos de ellos ya desaparecidos como el Festival de Jazz de Palafitos Moca, El Bávaro-Punta Cana Jazz Festival, El Festival Jazz en La Zona, El Festival de Jazz de La Montaña de Jarabacoa, etc., y otros aún vigentes. Como tú has comentado, hemos participado internacionalmente en el Festival de Jazz de Jazz de Montreal, Canada (1989) acompañando a Irka y Tadeu; también en La Feria Expo Hannover de Hannover, Alemania (2000); en el Festival Carifest en Guyana Inglesa (2008); Festival de Música de Alba, Italia (2010); en El Concierto de Artes Dominicanas en Bruselas, Bélgica (2011); Festival Internacional de Jazz de Puerto Príncipe, Haití (2012); En el South Florida Dominican Jazz Festival (2016 y 2018); y en El Festival de Música Latinoamericana y El Caribe Beijing, China (2019).

JenD: Por la banda ha pasado grandes exponentes de nuestro jazz, una real escuela. ¿Quiénes han sido?

RM: Imagínate, con más de 30 años de formado, los músicos toman el camino que les dicta la vida y yo debo continuar tocando y componiendo, de manera que ha sido muy provechoso para todos los que hemos estado conectados con Sistema Temperado en todos estos años.

Seguimos siendo amigos, cuando se puede alguno de los antiguos miembros ha participado en conciertos importantes internacionales, tenemos un grupo de Whatsapp en el que compartimos recuerdos, informaciones actuales, nuestras vivencias, nuevas composiciones y proyectos. En fin, somos una hermandad de músico que se ha mantenido a través de los años. Un veterano en el grupo era reemplazado por un talentoso joven con deseos de aprender. Así y en ese orden, han sido parte del grupo los siguientes músicos:

Batería: Waldo Madera, Arnaldo Acosta, Frank García, Hisdra Alvarez, Pablo Peña (Pablito Drums), Otoniel Vargas, Jafet Pérez (actual). Como bateristas invitados han estado Pedro Checo, Guy Frómeta, Miguel Montás y John Bern Thomas.

Bajo: Kike Del Rosario, Daniel Álvarez, Abel González y Kilvin Peña (actual).

Percusión: Fellé Vega, Moñán Rodríguez, Cukín Curiel (actual), Edgar Molina y David Almengod (actual). Como percusionistas invitados han estado Joel Guzmán, Juamy Fernández y Venturita Bonilla.

Saxofón: George Hernández, Carlito Estrada (actual), Sandy Gabriel, Frandy Alcántara (Frandy Sax) y Rafael Suncar. Como saxofonistas invitados han estado Remy Vargas, Denis Beliakov y Jonathan Piña.

Guitarra: Bule Luna, Freddy Ginebra, Rocky Raful, Dionisio de Moya, Abel González (actual). Como guitarristas invitados han estado Pascual Caraballo, David Holguín, Alex Jacquemin e Iván Mirabal.

En varios formatos con metales han participado los trompetistas Jose Luis Almengod, Gabriel Jiménez y Ernesto Núñez, y los trombonistas Patricio Bonilla y Rey González. En la voz por unos memorables años estuvo Alba Cols.

Entre los artistas internacionales con los que Sistema Temperado ha realizado conciertos están el bajista norteamericano Mark Egan (Pat Metheny y Elements), el saxofonista Furito Rios, el trompetista Humberto Ramírez, el renombrado percusionista Giovanny Hidalgo y el afamado flautista Néstor

Torres (estos últimos cuatro de Puerto Rico), el arpista uruguayo de fama mundial Roberto Perera, el grupo alemán El Violín Latino y el legendario saxofonista cubano Paquito D'Rivera, ambos radicados en New York, entre otras colaboraciones.

Nota: Pueden seguir a Sistema Temperado en Facebook, el código QR a continuación lo llevará en directo..

JenD: ¿Cómo te sientes al crear, al componer?

RM: Es una sensación inexplicable al principio y muy gratificante al final. Cuando la primera idea va surgiendo es como las contracciones que le avisan a una embarazada que va a parir y hay que hacerle caso a eso. Luego que la idea nace hay que "criarla" y darle forma hasta poder dejarla salir para ser interpretada y escuchada. Lo que pasa con la improvisación en el jazz u otros géneros es que se dan muchos "mini nacimientos" de ideas que se van entrelazando y desarrollando a la velocidad del pensamiento, pasan por la actividad mecánica de los dedos y el instrumento y van llegando al oyente a la velocidad del sonido. Al improvisar estamos componiendo al instante. Componer y crear música es un privilegio y un don de Dios.

JenD: Hay varias composiciones tuyas con sus historias, como Periblues y El Cadete. Háblanos de éstas y dinos si hay otras.

RM: Al componer la inspiración puede surgir de variadas fuentes. Algún episodio en nuestra vida, una película, libro o incluso otra composición, un personaje, un desamor, un encargo, un sueño, un recuerdo, una idea pura que suena en nuestro interior o una intención deliberada de sentarse a crear algo. He pasado por todas esas. La historia del Periblues la he contado mucho, esa fue producto de una particular combinación de circunstancias: En el año 1995 cuando yo vivía en Jarabacoa, a una cuadra de la casa todos los domingos y lunes por la noche presentaban conjuntos de merengue típico o "perico ripiao" en vivo que se oían como si fuera en mi sala que estuvieran tocando. Esa noche en particular yo estaba estudiando y practicando las escalas de blues, escuchando standards de blues, transcribiendo solos, en fin, inmerso en mi mundo. Pero aún con mis audífonos puestos, seguía escuchando la música del local. Entonces para conciliar este conflicto se me ocurrió la idea de componer una pieza con el ciclo armónico del blues y con el ritmo del perico ripiao tratando de incorporar los sofisticados y complejos brakes de percusión característicos de ese género. Pude estrenarla ese mismo año con Sistema Temperado en un festival de jazz que se hizo en "Café Capri" y para nuestra sorpresa fue la pieza más aplaudida de la noche. Lo demás es historia. Fue grabada por el Ministerio de Turismo cuando Félix "Felucho" Jiménez terminaba su gestión en el año 2000 dentro de la producción "100 años de Música Dominicana". No quiero tomar tanto tiempo contando las anécdotas que acompañan a varias de mis composiciones como "El Cadete e' un Tíguere", "Asúmela Con Secuencia", "¡Oh! Pino", "Agujero Negro", "Destello de eternidad" y muchas composiciones que no han sido ni siquiera tocadas en vivo todavía.

JenD: Varios de tus temas están en la recopilación de las mejores 100 canciones de la música dominicana. Muchos han estado y están esperando un disco de Rafelito Mirabal &

Sistema Temperado. ¿Piensas grabar una producción discográfica?

RM: Siempre he estado más enfocado en los conciertos en vivo y el contacto directo con el público. En realidad, esa ha sido la parte principal de mi vida musical con cientos y cientos de conciertos en el país y fuera de él en estos más de 30 años. Siempre había una justificada razón que postergaba las grabaciones en esos primeros años: Las prioridades de manutención familiar, el mercado no era tan grande, ausencia de empresas disqueras interesadas, no contar con los recursos técnicos actuales donde cada quien puede grabar en su casa, de hecho un requerimiento que he tenido y cumplido siempre con las grabaciones es reunir en una misma sesión la mayor cantidad de músicos posibles tocando juntos para lograr capturar la energía y la sinergia lo cual también complicaba un poco más las grabaciones.

Recientemente mientras logramos terminar la producción completa de Sistema Temperado, opté por colocar en las plataformas digitales de Amazon, Spotify, iTunes, Google play, y otras, una parte de las composiciones que estarán incluidas en el album "Agujero Negro". Esas son: "Periblues", "Gagayas", "Sextentidos" y "El Cadete e' un Tíguere (live)".

JenD: Cada año podemos contar con tus conciertos con motivo del Día Internacional del Jazz y el NaviJazz. ¿Cómo han sido estas experiencias?

RM: Comencé a celebrar los conciertos Navijazz en el año 2012 con el propósito de recaudar fondos para comprar juguetes a niños de escasos recursos. La solidaridad con los más necesitados fue algo que aprendí en mi familia y en el Colegio De La Salle con el Hermano Alfredo Morales, quién además de ser mi tutor musical, fue un ser humano extraordinario que supo inculcar grandes valores a sus alumnos. La idea siempre ha sido reunir en un concierto músicos y cantantes para hacer nuestras versiones jazzeadas de canciones tradicionales de navidad de todo el mundo. Ya son muchas las instituciones de servicio que han recibido el humilde aporte del Navijazz en estos 8 conciertos. Esperamos este año poder celebrar este ya tradicional evento en Santiago. Ojalá podamos presentarlo por primera vez en La Capital. Entre los que han participado en el Navijazz están los cantantes: Grupo Tes a T, Patricia Pereyra, Ingrid Best, Pirou Pérez, Sergio Laccone, Claudia Sierra, Sonia Alfonso, Fátima Franco, Lo' Primo', Anthony Jefferson, Sabrina Estepan y Retah Burton (EPD).

En cuanto a los conciertos del Día Internacional del Jazz hemos logrado tener como invitados a Néstor Torres, Roberto Perera y Alex Jacquemin, entre otros artistas locales celebrando esa importante actividad mundial con mucho entusiasmo y una gran asistencia de público en Santiago y Puerto Plata. Este año, por las razones que ya conocemos, no pudimos realizar el concierto que teníamos preparado. Esperamos que en el 2021 podamos tener una doble celebración, más grande.

Hay otros conciertos anuales que producimos como el del día de Santa Cecilia o día del Músico en noviembre en Casa de Arte, celebrando con una gran descarga de jazz con músicos de todo el país. Hace 3 años tenemos a cargo la coordinación artística de El Hangar De La Cultura de Expo Cibao con presentaciones de Ballet, Teatro, música de cámara, exposiciones de pintura, artesanía, fotografía, conciertos populares y tertulias literarias.

Hasta aquí llegamos con esta segunda de tres entregas. En la próxima trataremos sobre sus opiniones personales sobre una variedad de temas.

***

(3 de 3)

Con esta publicación llegamos a la tercera y última parte del "conversao". La misma se torna alrededor de sus opiniones sobre diversos temas del jazz en nuestro país, la pandemia, y más, llamémosle "MiraOpiniones".

Antes de entrar en materia, quiero expresar mi gratitud a Rafelito por siempre darnos de su tiempo, y de lo mejor de si mismo. Siempre será un gran placer y honor compartir con este gran músico, excelente ser humano y muy buen amigo.

A continuación, las "MiraOpiniones".

Jazz en Dominicana (JenD): ¿Para ti qué es el afrodominican jazz? ¿Existe el afrodominican jazz?

Rafelito Mirabal (RM): Es un género local que por la cantidad de nuevos grupos, músicos y compositores de jazz interesados y exponentes que existen actualmente, ha tomado un nombre y una conformación; pero en realidad hace muchos años que este concepto viene manejándose en nuestro país. Músicos y compositores como Tony Vicioso, Tadeu de Marco, Xiomara Fortuna, José Duluc, Irka Mateo, David Almengod, Luis Dias, Kike del Rosario, Títico Carrión, yo mismo y otros, hemos incluido en nuestro repertorio desde hace muchos años piezas con esta fusión de ritmos incluyendo música de gagá, la sarandunga, el pri-pri, palo, conguitos, e instrumentos como el balsié, el tambú, los atabales, etc. Es de mucha alegría y satisfacción para los músicos de nuestra generación que comenzamos esta búsqueda ver cómo ahora hay tan excelentes agrupaciones y músicos que han investigado y están conscientes que ese debe ser el sello de nuestro jazz en el mundo y que tienen buenísimas producciones como por ejemplo Yasser Tejeda y Palotré, Josean Jacobo y Tumbao, Hedrich Báez y la Juntiña, Jonathan Piña Duluc y varios más que no tengo los nombres.

De todas formas, el merengue jazz sigue manteniendo su lugar en nuestra música actual. Estilo comenzado sin saberlo por Tavito Vázquez y sus fabulosas improvisaciones sobre nuestro merengue tradicional sin nada que envidiarle a los mejores saxofonistas de jazz de Estados Unidos, Manuel Sánchez Acosta con esa influencia jazzística de Monk escondida en su armonía, mejor conceptualizado por Guillo Carias y 4+1, Félix del Rosario y sus fabulosos inventos, un efímero e insuperable disco Soplando de Juan Luis Guerra evocando magistralmente a Manhattan Transfer , continuado por Crispín Fernández y Licuado, Darío Estrella, Alex Díaz y más recientemente Patricio Bonilla.

JenD: ¿Cuál es tu opinión sobre el estado del jazz en la actualidad en nuestro país?

RM: Haber sido parte de las bases para que hoy estemos donde estamos hace que uno vea el progreso desde una dimensión más amplia. Es como cuando esta generación prácticamente nació con el celular, el internet, etc. y uno estuvo en la época de los teléfonos fijos de 4 dígitos y la TV a blanco y negro y ha vivido la transición. La dedicación de los músicos, la existencia de varios importantes Festivales de Jazz, empresarios artísticos locales que presentan jazz en vivo, un público que aprecia y valora el género, programas de radio, jazzófilos de toda una vida, y por supuesto el determinante empuje de estos últimos años de Jazz en Dominicana, todos han contribuido a que estemos en un gran momento del jazz dominicano. Por ejemplo, tu entras a Spotify y puedes hacer un extenso playlist de composiciones y artistas de jazz dominicanos. Creo que hay que lograr una organización mayor en cuanto a este renglón del arte dominicano. Formalizar un poco más los músicos y las propuestas. Debemos crecer y agruparnos como clase.

JenD: ¿Qué opinas de los festivales y los espacios de jazz en vivo?

RM: Como mencioné en la pregunta anterior, y a lo largo de la entrevista, tenemos importantes festivales de jazz en el país. Todavía falta mucho por lograr, hay algunos festivales que ya han desaparecido pero que llenaron una época, pero no hay dudas que los vigentes -*Dominican Republic Jazz Festival* en sus 2 versiones anuales, el *Santo Domingo Jazz Festival de Casa de Teatro*, el *SaJoMa Jazz Festival* y los más recientes *South Florida Dominican Jazz Festival* que se celebra con gran proyección para nuestro jazz en la ciudad de Miami y el *Festival de Jazz Restauración*- representan una sólida confianza en este género por parte de los organizadores. También, los lugares de jazz en vivo vienen y van según la intención de los dueños de espacios y el apoyo de los patrocinadores. Tenemos en Santiago hace muchos años *Los Lunes de Jazz* y en la capital el *Fiesta Sunset Jazz*.

JenD: Dime de los medios y el jazz (escritos, radiales, digitales y sociales).

RM: Lo mencioné en anterior respuesta. Tenemos varios programas de radio algunos especializados en jazz y otros que lo incluyen dentro de su esquema. Los blogs y páginas han sido claves en esta era digital. Estamos aún en el proceso de crecimiento. El bombardeo comercial, hacia jóvenes, de géneros musicales poco elaborados y sin contenido ha mermado un poco ese crecimiento; pero siempre existe un equilibrio en la juventud pensante y sensible que logra desarrollar una oferta de música de calidad y original con contenido y una de ellas es el jazz dominicano.

JenD: Estos días se han visto afectados por el COVID-19. ¿Qué ha significado este evento y este tiempo para ti?

RM: Definitivamente que será un antes y un después. Es algo que nos ha marcado en diferentes aspectos. Los que pensamos mucho, analizamos las cosas que suceden en la vida más profundamente. He pasado más tiempo escuchando música, practicando, componiendo, grabando; pero sobre todo volviendo a poner en su lugar principal lo que verdaderamente tiene valor en mi vida.

En cuanto al trabajo, esta pausa involuntaria ha llegado en un momento de mi vida personal y profesional que me permite valorar, apreciar, agradecer todos los momentos vividos en los escenarios durante estos casi 40 años dedicado a la música. Escenarios que ahora han estado ausentes. Nos tocó celebrar por primera vez el día Internacional del Jazz de forma virtual. Ha sido un tiempo para estrechar lazos de amistad aún en la distancia y sobre todo dar gracias por las artes, en especial la música, que me ha permitido expresarme y vivir haciendo lo que me gusta y poder transmitir a las personas una vibra alegre, amena, agradable, valiosa y esperanzadora.

JenD: ¿Qué retos tienes como músico debido la pandemia que nos afecta?

RM: En realidad el mayor reto ha sido pensar en formas alternativas futuras de trabajo y visualizar una nueva forma de hacer eventos en vivo para varios públicos de forma remunerativa.

JenD: ¿Qué planes hay en lo que resta de éste 2020?

RM: En estos momentos estoy comenzando a trabajar en una producción musical internacional muy interesante de la que Jazz en Dominicana será la primera en enterarse. Hemos colocado música de Sistema Temperado en las diferentes plataformas digitales y al final de año esperamos tener más.

¿Qué quisieras agregar?

RM: A todo en la vida hay que verle el lado positivo. No hay dudas de que este es uno de los momentos más difíciles que han vivido las generaciones actuales. Pero pensemos en los que han pasado guerras, terremotos, huracanes devastadores, en aquellos que tienen décadas viviendo en la miseria sin agua potable, pasando hambre. La humanidad definitivamente no va por buen camino y ojalá esto nos sirva para que podamos retomar un mejor rumbo, de más justicia, más conciencia sobre el medio ambiente, más igualdad, menos codicia, darle más importancia al arte genuino y serio y sobre todo que actuemos por amor.

Para despedirnos les dejo con el canal de Spotify de Rafelito Mirabal y Sistema Temperado, donde podrán disfrutar de 5 excelentes temas.

Esta entrevista fue publicada en tres partes del 11 al 13 de mayo de 2020

Isaac Hernández

Con dos producciones discográficas, y preparando la tercera como líder de banda, ha crecido el interés por conversar con él. Hace un tiempo que hemos querido entrevistar al guitarrista, compositor y arreglista Isaac Hernández y por fin lo logramos.

Fernando Rodriguez De Mondesert

A través de los medios tecnológicos nos reunimos con Isaac para un largo "conversao" sobre sus inicios, su estadía en Argentina, su retorno al país, su proyecto IH5, sus participaciones en las agrupaciones de Patricia Pereyra y de Irka Mateo, su álbum Raíz y otros proyectos. Lo que nos dijo fue muy interesante, apasionante, tanto que pasaron las horas sin que nos diéramos cuenta.

Antes de iniciar, he aquí algunas pinceladas sobre este talentoso músico. Isaac Alejandro Hernández es un carismático guitarrista, compositor y arreglista. Es más conocido por sus composiciones y producciones de jazz, pero también participa en grabaciones, arreglos y actuaciones de otros artistas en diversos géneros.

Sus inicios en la música y ejecución de su instrumento fueron de manera autodidacta, con influencias de grandes artistas y estilos de la época en la República Dominicana. Entre el 2007 y 2009 vivió en Argentina, donde se desarrolló profesionalmente y obtuvo estudios con especialidad de guitarra jazz en la Escuela de Música Contemporánea de Buenos Aires, afiliada a Berklee College of Music. A su regreso, Isaac tomo fuerza como guitarrista en la escena musical de República Dominicana dando a conocer su aptitud y aprendiendo de la riqueza musical que ofrece el país y sobre todo sus músicos.

Ha realizado presentaciones y/o grabaciones para Tadeu de Marco y Batukaribe, Irka y Tadeu, Maridalia Hernández, Patricia Pereyra, Carolina Camacho, Pavel Nuñez, Hector Anibal, Pengbian Sang y Retro Jazz, Ernesto Nuñez Cuarteto, Gustavo Rodriguez, Tony Almont, Audrey Campos, Frank Ceara, Marel Alemany, Clarisse Albrecht, Macrofunk, Maluko, Pablo Cavallo, Gnomico, Vicente Cifuentes y Vicente García, entre otros.

Tiene en su haber dos producciones discográficas: Perspectiva del 2015 y Raíz del 2018.

A continuación publicamos, en su totalidad, el resultado de nuestro encuentro!

Jazz en Dominicana (JenD): Te pregunto, ¿Quién es Isaac Hernández según Isaac Hernandez?

Isaac Hernández (IH): Una persona tranquila. Quien ha escrito los capítulos de su vida con música y experiencias.

JenD: ¿Cómo fue tu viaje musical hacia Argentina y de vuelta al país?

IH: Argentina me "afiló" el oído. Yo digo que mi estancia allá ayudo a moldear mi criterio artístico en general, pero uno de los más grandes aportes que tuve fue la amplitud que sufrió mi sentido de la sensibilidad. No volví una persona diferente, más bien alguien con más claridad emocional y artística. Y no solo por haber estudiado allá, sino porque fui a todos los conciertos que pude, de bandas grandes que admiro y que no tenía la posibilidad de presenciar en la isla. Fue algo inmenso en mi vida.

JenD: Al poco tiempo de retornar formaste el proyecto IH5, reconocido por su carácter innovador y sonido original, abarcando diversos estilos, desde el swing, bebop y jazz tradicional hasta el avant garde, free jazz, nu jazz y jazz latino, con una fuerte base de música folclórica dominicana: pri-pri, congos, bachata, pambiche, música de gagá. ¿Qué significó el proyecto y esa etapa en tu música?

IH: Lo interesante de ese proyecto es que nunca ha dejado de ser un work in progress o un experimento continuo para el descubrimiento de cosas nuevas a través de la música. Así es que lo veo. Significa mucho para mí y tiene mucha historia en mi vida profesional y personal. He aprendido mucho del proceso creativo y técnico de la música gracias a este proyecto. Comencé a componer mientras estuve en Buenos Aires y cuando volví al país lo puse en marcha al poco tiempo. Fue una época muy interesante. Y había esa emoción de estar haciendo algo nuevo sin realmente saber cuál iba a ser el resultado.

He querido mantener ese aire de soltura con esta música, trazar pautas y que todos nos expresemos de la manera más natural posible. Es una "pasada" (como dicen). Con el próximo, a punto de salir, completamos el 3er., el cual es resultado de una presentaciónn en vivo en la Librería Mamey. A mi parecer, está *super cool*.

JenD: Con dicha agrupación sacaste Perspectiva, tu primera producción. ¿Qué significó este momento para ti?

IH: Principalmente una liberación. Fue el primer álbum, por lo que en cuanto a invención estábamos ansiosos y enfocados. Ya a la hora de sacarlo se habían aglomerado sentimientos: emoción, temor y un poco de vergüenza. Me costó soltarlo, debo reconocerlo. Sacamos el tema Spirits como primer sencillo. Recuerdo que me emocioné mucho por la reacción de la gente.

Pueden escuchar a Perspectiva en Spotify, el código QR a continuación lo llevará a disfrutarlo en dicha plataforma digital:

JenD: En el 2017 estuviste en el Shrine World Music ¿Cómo fue esa experiencia?

IH: Fue super cool. Creo que fue la primera vez que toqué mi música en la Gran Manzana. En Harlem, tantas historias y cultura se sienten en el aire. La banda estaba formada por músicos residentes en Nueva York, que armamos gracias a mi amigo Willy Rodríguez (Batería), junto a Tamir Shmerlin (Bajo) y Kyumin (Teclados). Fue toda una experiencia positiva. Yo de despistado dejé un artefacto que me impidió utilizar mis pedales y tuve que tocar directo al amplificador sin ningún efecto (Risa); pero todo resulto muy bien. Eran varios sets por artistas y el siguiente al nuestro le daba el turno a Lenny Stern y su banda. Alegría total.

JenD: ¿Cómo entiendes que has evolucionando en tu manera de tocar, de componer?

IH: Ambas, componer y tocar siempre están en movimiento. Es como la vida, de hecho están muy ligadas. La música si no es pura y honesta con uno como individuo, no funciona. Quizás funcione por un tiempo, pero será pasajero. Las cosas reales se quedan y para mí, esta es la forma de proceder siempre, y ayuda a medir un poco en qué momento nos encontramos. El artista o creador, se consolida y reconoce por su arte o creación.

JenD: ¿Qué es para ti es el afrodominican jazz? ¿Existe?

IH: Claro que existe. Es la música que de alguna forma incorpora las raíces musicales autóctonas dominicanas al Jazz. Hay varios exponentes de este estilo dentro del Colectivo de Jazz Afrodominicano. Cada vez hay más gente interesada en esto. Es súper lindo y nos da nuestro espacio, nos separa en el mundo del jazz.

JenD: En 2018 lanzaste la producción Raíz. ¿Qué diferenció este álbum de Perspectiva? ¿Hacía

donde apuntaste con la música en su contenido? ¿Quiénes te acompañaron en Raíz?

IH: Cuando lo compuse estaba en otro lugar distinto al que me encontraba cuando nacieron los temas de Perspectiva. Pero, puede ser que el cambio más notable sea la instrumentación, ya que Incluimos la percusión dominicana y los sintetizadores y sustituímos el piano por el Rhodes. Es un sonido más moderno y la música estaba más enlazada con el folclor nuestro, en Perspectiva lo hicimos, pero en menor escala.

Estuve acompañado por Josean Jacobo en teclados; Esar Simo, contrabajo y baby bass; Marlene Mercedes, sintetizador; Mois Silfa, percusión; y Otoniel Nicolás, batería y percusión.

Nota: *En el álbum Raíz, se destaca el trabajo de Isaac Hernández como guitarrista de una forma más íntima y expresiva que en Perspectiva. Nuevos sonidos sin que se pierda el fundamento básico y color que lo identifican a artista, dándole una voz singular dentro del jazz hecho en Dominicana.*

Puedes escuchar Raiz en Spotify. El código QR a continuación lo llevará a disfrutarlo en dicha plataforma digital:

JenD: Una inquietud que me nació en éste momento, ¿por qué hay tantos guitarristas en nuestro jazz?

IH: La guitarra siempre ha sido un instrumento popular, por algunas características llama la atención. Es fácil al principio, pero cuando quieres profundizar se va poniendo cada vez más difícil (Risa). Pienso que es un instrumento muy accesible, y si sumamos que es clave para tocar la música nuestra, la bachata, hace que muchos opten por el instrumento. La parte del jazz diferencia a los guitarristas de otras épocas. Antes quizás no era música tan presente en el país como hoy en día, debido a factores ya conocidos. Lo importante es que haya muchos guitarristas y que, en particular, logremos definirnos como personas y como músicos profesionales; estas van de la mano. Cada quien es único y debemos representar quienes realmente somos mediante la música, mediante la guitarra en este caso. Eso nos dará nuestra voz individual.

JenD: ¿Cuál es tu opinión sobre el estado del jazz en la actualidad en nuestro país?

IH: El jazz va en marcha. Estoy viendo a los estudiantes de la UNPHU y del Conservatorio Nacional de Música que son buenísimos. "Están puestos pa' lo suyo" y eso es muy refrescante. También están esos talentos que se encuentran fuera del país, estudiando en Berklee y otras academias, contamos con muchos impulsores del arte y música. Por ese lado excelente.

Por otro lado, también los que estamos un poquito más consolidados, los que tenemos álbumes y música original, tratando de hacer el trabajo y continuando haciendo música nueva. Somos algunos y seremos cada vez más.

Hay varios festivales apoyando la escena jazzística dominicana. El más grande e importante es el DR JAZZ Festival. También está el Festival de Jazz de

Casa de Teatro, y Festivales artesanales como al que fui el año pasado, Picnic Jazz Fest en el Centro Español (Santiago), un evento chulísimo, donde había diversidad musical y un ambiente divertido. Yo con el IH5 también tuve la oportunidad de tocar en el Fiesta Sunset Jazz, así como en Noches de Jazz en La Zona, una gran iniciativa. En fin, lugares para expresarnos tenemos, solo hay que seguir produciendo la música.

JenD: Estos días nos han visto afectados por la pandemia del COVID-19. ¿Qué ha significado este evento y este tiempo para ti en lo personal? ¿Qué retos tienes como músico debido a la referida pandemia que nos afecta?

IH: Yo me la he pasado muy tranquilo, Trabajando, haciendo música todo el tiempo. Estoy produciendo un album a un artista nacional, entre esas labores y el álbum del IH5 en Vivo, componiendo y grabando y haciendo las tareas "guitarristas" he mantenido mi mente ocupada.

JenD: ¿Qué planes hay en lo que resta de éste 2020 para Isaac Hernández?

IH: Sobrevivir primero y luego sacar toda la música que estoy siendo terminando. Tengo composiciones nuevas que quiero grabar durante el último trimestre del año, si se puede. También seguir preparándome y estudiando algunos conceptos que estoy trabajando en estos momentos. Esos son mis enfoques más importantes. Hay más cosas, pero son grabaciones cotidianas y cosas así. Me gustaría conocer algún país nuevo también. Al final, la vida va hacia delante, por más inmóvil que se sienta en la actualidad.

Agradecimos a Isaac Alejandro por su tiempo, le felicitamos por sus andares y los logros. Ha sido un placer dialogar con él. Antes de terminar la entrevista le preguntamos si quería agragar algo más, y su respuesta fue:

Solamente decir a las personas que vivamos el momento. Por más duro que sea, todo pasa por algo y quizás es lo que necesitamos para atender las cosas que realmente importan, y dejemos de lado la superficialidad, un poco al menos. Quiero también agradecer a todo el que se tomó el tiempo de leerme, espero haya servido de algo. Gracias Jazz en Dominicana, y a ti, Fernando.

Esta entrevista fue publicada el 26 de mayo de 2020

Javier Vargas

Iniciando el 2020 nos propusimos terminar de publicar las entrevistas con los productores radiales que nos quedaban (Franklin Veloz, Sandy Saviñón y Octavio Beras-Goico) y continuar con nuestros músicos. De esa manera, continuamos disfrutando de encuentros especiales con Ernesto Núñez, Rafelito Mirabal e Isaac Hernández. Luego de una pausa, para poder hacer entrega de la serie Mujeres en el jazz…Dominicana, volvemos a publicar los resultados de encuentros virtuales con personajes especiales, actores principales que a diario escriben y suman páginas a la historia del jazz en Dominicana. Continuamos con el guitarrista, compositor, arreglista, líder de banda y educador Javier "Javielo" Vargas; luego vendrá otras entregas muy interesantes.

Siempre ha sido muy placentera la experiencia de conversar con Javielo sobre lo que está pasando con él, con su grupo ATRÉ y con El Conservatorio Nacional de Música (CNM) y sus estudiantes. En la actualidad, él Director del programa de Música Popular y Folclórica del CNM, en la cual imparte la cátedra de Armonía Contemporánea, Arreglos y Composición; además, es el Director de la Orquesta de Jazz (Big Band) de la institución y de diversos ensambles que de ella se desprenden.

Jazz en Dominicana (JenD): ¿Quién es Javielo según Javier Vargas?

Javier Vargas (JV): Javielo es un ser humano (Risa). Bueno, en serio... ya. Soy una persona muy apasionada de las cosas que hago y me gustan. Eso creo que me describe o por lo menos eso creo yo.

JenD: Aunque muchos de nuestros lectores te conocen de entrevistas previas, compártenos un poco de tu biografía.

JV: Nací y crecí en Santo Domingo. Agarré la guitarra a los 14 años y nunca más la solté. Esa compañera me ha llevado a lograr cosas que nunca imaginé.

JenD: ¿Cuáles fueron algunas de las grabaciones (discos) que tuvieron el mayor impacto en tu crecimiento?

JV: Yo siempre he escuchado mucha música, desde antes de tocar guitarra. Escuché mucho de rock, como el álbum Moving Pictures de Rush que me marcó de una forma increíble. Ahora, hablando de jazz y de fusión tengo que mencionar tres álbumes: Electric City de Chick Corea, Face First de Scott Henderson y Tribal Tech y IOU de Allan Holdsworth. Esos discos estuvieron en heavy rotation por mucho tiempo conmigo e influyeron en mí muchísimo. Hay muchos más, pero si debo mencionar otro es Still Life Talking de Pat Metheny, pues ese entiendo que cambió mi perspectiva de cómo yo quería hacer música.

JenD: Vamos con el tema del momento, ya que este virus está marcando un antes y después en la vida de todos. ¿Qué quisieras compartir con nuestros lectores sobre el Covid-19?

JV: Esta situación ha cambiado nuestra perspectiva de la vida totalmente. Cosas que dábamos por sentadas ahora vemos lo importante que son.

JenD: ¿Cómo impactó el tema de la pandemia al CNM?

JV: Como institución educativa tenemos que acogernos a los lineamientos del Ministerio de Educación. Logramos finalizar el semestre impartiendo clases en línea. Esto fue sorprendentemente exitoso pues todos los profesores asumieron el reto con excelentes resultados.

JenD: ¿Qué crees de las torres de relevo están surgiendo en el país?

JV: Como persona que trabaja directamente en la formación de estos talentos debo decirte que de 10 años para acá el nivel ha subido muchísimo, de hecho, ya muchos de esos jóvenes están haciendo música profesionalmente y el nivel sigue subiendo. Entiendo que hay medios y oportunidades que antes no existían, y que permiten que los talentos se desarrollen a nivel máximo.

JenD: ¿Nos pondrías al día contigo, con ATRÉ y tus proyectos?

JV: Bueno con todo este tiempo he replanteado lo que quiero hacer con mi música. Han nacido ideas nuevas y se han actualizado otras. Vamos a entrar al estudio desde que sea posible pues quiero que el disco esté listo antes de final de año.

JenD: ¿Qué repertorio tienes para el mismo?

JV: Todas las composiciones hechas para ATRÉ en su mayoría son mías. Algunos aportes de miembros de la banda y aún estamos buscando un par de clásicos dominicanos para tocarlos al estilo de ATRÉ.

En el código QR de arriba podrán disfrutar del tema Slow Change de Mike Stern por Javier Vargas & ATRÉ

JenD: ¿Cómo consideras que va el jazz en el país?

JV: El Jazz en general sigue creciendo pues hay muchos jóvenes formándose y haciendo vida en el área.

JenD: ¿Y qué dices del jazz afro dominicano?

JV: Este es una realidad, tan fuerte que se puede decir que la mayoría de los grupos de jazz o música creativa con temas originales, se preocupan de que sea auténtico y representativo de nuestra cultura.

JenD: ¿Los Músicos?

JV: Siempre hemos tenido mucho talento. Lo más interesante es que ahora mismo en un grupo puedes encontrar hasta 3 generaciones de músicos tocando juntos. Eso habla mucho del crecimiento.

JenD: ¿Los Espacios y Eventos?

JV: Bueno con todo suspendido ya veremos como todo se irá reiniciando.

JenD: ¿Los Festivales?

JV: Lo mismo hay que ver cómo serán dentro de esta nueva realidad.

JenD: ¿Los Medios?

JV: Pienso que aun estos no se han abierto cómo deben a esta música.

JenD: Háblanos de las sesiones Jazz Fusion Lines que has estado realizando a través de los

medios digitales. ¿Qué buscas con estas? ¿Cómo ha sido la experiencia y los resultados?

JV: Son frases musicales en el estilo de jazz rock que he ido recopilando a través de los años. De libros, métodos, discos, etc. Las comparto para que el que le interese puedan agregarlas a su vocabulario melódico.

JenD: ¿Cómo consideras será el mañana post-virus?

JV: Las cosas no volverán a ser iguales, la marca psicológica que esto ha dejado plantea una nueva realidad.

JenD: ¿Quieres agregar algo más para nuestros lectores?

JV: Sigan apoyando todo lo que es el arte y la cultura. Si algo ha demostrado esta situación es lo importante que son éstas para el ser humano.

Con estas palabras terminamos la entrevista, las gracias a Javielo por su tiempo, por compartir con nosotros, por ser como es, por su entrega, pasión y espíritu de servicio. Siempre es muy placentera la experiencia de conversar con Javielo sobre lo que está pasando con él, con su grupo ATRÉ, con el CNM y con sus estudiantes.

Esta entrevista fue publicada el 28 de julio de 2020

Al darle click al código QR de arriba pueden ver a Javier Vargas & Atré en su presentación en la Serie Conciertos del Colectivo de Jazz Afro Dominicano. Canal 4RD. Presentación y Entrevista.

Esar Simó

Mantener una conversación entre dos "panas" es fácil; sostenerla con una finalidad determinada, para que tus preguntas, sus respuestas y comentarios sean dadas al público, no tanto. Hace mucho que he querido sostener un encuentro con Esar Bernardino Simó Vásquez, increible y multifacético personaje: músico, productor, actor, educador y, sobre todo, amigo.

De Esar, valoro mucho su amor y entrega a todo lo que hace, su pasión absoluta, su excelente dominio en el instrumento, ya sea en jazz, rock, otras músicas populares y música clásica, géneros en los que incursiona. Hoy presentamos la entrevista en su totalidad, resultado de varias conversaciones a través de los medios que la tecnología nos regala en estos momentos que estamos siguiendo las pautas tras la pandemia.

Esar nació un 2 de junio, hijo de Israel Claudio Simó Rojas y Lourdes Irene Vásquez. Toca el bajo acústico y el eléctrico. Estudió en el Conservatorio Nacional de Música Nacional, luego pasó al Conservatorio de Música de Puerto Rico, donde estudió el contrabajo con el profesor Federico Silva y luego con la profesora Bárbara Roberts en la Universidad de Columbus State, en Atlanta, Georgia. También recibió clases privadas con Luis Gómez Imbert, profesor de contrabajo de Florida International University. En San José, Costa Rica, participó en el Tercer Curso Regional de Contrabajos, realizado en el Centro Interamericano de Estudios Instrumentales. Allí estudió con el profesor Lawrence Hurst.

Ha sido contrabajista de la Orquesta Sinfónica Nacional, Orquesta de la Catedral Primada de América, Orquesta Filarmónica de Puerto Rico

Arturo Somohano, Orquesta Sinfónica Juvenil de las Américas, Columbus Symphony Orchestra, FIU Symphony Orchestra, CSU Orchestra and Jazz Band. Ha participado en grupos como Triángulo, No Estacione, Duluc & Dominican, Conuco Eléctrico, Irka & Tadeo, Los Guerreros del Fuego, Síndrome, Irka con Bohuti, La Siembra, Cool Jazz, Blues en Vértigo, el Jaco Campisi Quartet., Josean Jacobo y Tumbao, Jordi Masalles y Tiempo Libre, Gustavo Rodríguez y Pirou, y Salime Caram Project, entre muchos otros.

Como músico, participó en: las obras de teatro La Cocina y Amanda; compuso la música original para la obra Vigilia en Do Mayor; músico/autor en los espectáculos Repertorio II y Rodeados junto al grupo Ballet Roto; músico/actor en la obra Opera Seca junto al grupo Katarsis; escribe y actúa en el monólogo Naturaleza Muerta III, la generación del mar y del asfalto, junto al grupo Katarsis; y la obra 41,2 Hercios, también con el grupo Katarsis.

En el año 2001 integra un laboratorio musical de rap, rock, funk, hip-hop, música electrónica, bachata, pambiche, lanzando su primer disco, ICSR Project El Radio.

Esar se autodefine como "alguien curioso". A continuación, damos inicio a la entrevista.

Jazz en Dominicana (JenD): ¿Cómo te inicias en la música?

Esar Simó (ES): Mi padre fue miembro fundador de La Orquesta Sinfónica Nacional y a través de él fui iniciado en la música. Aunque, en general, crecí en un ambiente musical.

JenD: ¿El bajo ha sido siempre tu instrumento?

ES: Mi primer instrumento fue el violín, en el cual me inicié a los 6 años, en la Escuela Elemental de Música Elila Mena y el Conservatorio Nacional de Música. De igual manera estudié, de manera particular con mis padres, viola, flauta, así corno el inglés. Varios años después ingresé, una vez más, al Conservatorio Nacional de Música a estudiar contrabajo.

JenD: ¿Quiénes te influenciaron?

ES: Israel y Manuel Simó, por acercarme a la música genéticamente. En el contrabajo, mis maestros Jacinto Roque (RD) y Freddy Silva (PR).

JenD: ¿Qué determinó tu norte en esta etapa?

ES: El jazz europeo (ECM), el rock progresivo inglés y el jazz afroamericano.

JenD: Has convivido en varios mundos, entre ellos el clásico, el Jazz, lo popular. ¿Cómo haces para pasar de uno a otro?

ES: Siempre he sido influenciado por la música popular. Desde muy joven, en casa escuchaba todos los estilos musicales a través de mi padre, mi madre y mis tias. Luego descubrí los grupos de rock, heavy metal, música progresiva, soul, hip hop y jazz que escuchaba mi generación y la anterior. Tocando bajo eléctrico y acústico con los grupos Tripas, Triángulo, No Estacione, Duluc & Dominican, Conuco Eléctrico, Asigun, Irka & Tadeo, Los Guerreros del Fuego, Síndrome, Irka con Bohuti, Xiomara Fortuna, Ingrid Best, Patricia Pereyra, La Siembra, Cool Jazz, Blues en Vértigo, Jaques Martínez Trío, 4 o 5, LM & Luinis y Guy Frometa Quartet, Au Vivo, Oscar Michelli me expuse a la experimentación dentro de géneros como la fusión, rock progresivo, blues, música brasileña y *afro-dominicana*.

JenD: ¿Cómo has evolucionado en tu música en cada género?

ES: Me he mantenido abierto a seguir tocando en el ambiente musical alternativo, presentándome y grabando en los proyectos de Anthony Jefferson, Paul

Austerlitz, Isaac Hernandez, Josean Jacobo, Hedrich Baez, Kike Céspedes (El Campesino), Salime Caram, Joshy Melo, Nikola (Nicole Santiago), DieselRD, US, Micky Créales y Elsa Liranzo, Gustavo Rodriguez y Katherine "Pirou" Perez, Sebastian Murena, además de mucho trabajo como Freelance Bass Player.

JenD: Además de músico, eres compositor y educador. ¿Cómo te sientes al crear, al componer, al educar?

ES: Mi proceso creativo va de la mano con las artes escénicas, como son los performances y las obras de teatro en las cuales he trabajado con el Grupo Katarsis y con El Laboratorio del Actor. Estas experiencias me han dado las herramientas creativas que nutren mis proyectos musicales y la disciplina para transmitírsela a mis estudiantes.

JenD: ¿Qué es ICSR Project? ¿Quién es Nadie?

ES: ICSR Project surge como una reflexión a las temáticas, o los sucesos, que han sido relevantes en la historia dominicana, y en algunos aspectos a nivel mundial, desde tiempos inmemoriales. No es una denuncia, es un rebote a la sociedad cuyo sistema incansable nunca "pasa la bola". Una mezcla de funk, hip hop, electrónica, rock, R&B, jazz y de elementos de la música dominicana como el merengue, crean lo que denominamos "Dominican Fun". Nuestro punto de partida fueron las innumerables historias urbanas, sub-urbanas y rurales que "paren" diariamente los dominicanos y las dominicanas. Aquí el héroe, o la heroina, vive en la esquina y es la antropología social de la cotidianidad dominicana. Este es un resultado criollo.

NADIE es una artista dominicana clandestina, política, que en estos momentos está dedicada a la investigación de la "música chatarra". NADIE propone una reflexión hacia ciertos tipos de géneros que han transformado la conducta social del dominicano debido a la transculturación.

NADIE entiende que un artista debe de estar alerta, y vigilante, ante el malestar social que provocan este tipo de letras, sonidos y ritmos, por medio de la distorsión de géneros desde una educación artística altamente precaria y por la falta de estructura para poder interpretar su realidad. NADIE llegó para quedarse y a NADIE le interesa la oportunidad de compartir ciertos malestares.

JenD: Nos pondrías al día contigo y tus proyectos.

ES: En la actualidad hay una nueva producción del ICSR Project cuyo primer single, y video, ¿"Qué trama?" con la participación de La Maker y Gaudy Mercy, una producción del ICSR Project y Búcara Culture Lab, ya ha salido al aire.

El código Qr que está a continuación les permitirá disfrutar del tema arriba mencionado.

Por otro lado, soy actor en la web-serie "Guíllese" de Búcara Culture Lab, donde interpreto al "Vecino de al Lado". La serie trata sobre las grandes ciudades, las decisiones personales, la cándida falta de intimidad entre sus habitantes y parte de la realidad de la República Dominicana. Claro, todo con humor. Tres vecinos y un callejón comparten la perpetua comedia que puede ser la convivencia entre desconocidos. Hasta ahora, los otros dos miembros del elenco son:

Loraine Ferrand y José Miguel Fernandez, "La vecina" y "El vecino de la Esquina" respectivamente. Pueden ver los primeros cuatro capítulos por youtube en el canal de Búcara Culture Lab. Hay más, pero empecemos por ahí.

JenD: Esar, vamos con el tema del momento, ya que este virus está marcando un antes y después en la vida de todos. ¿Qué ha significado para ti? ¿Qué quisieras compartir con nuestros lectores sobre este tema?

ES: Me la he pasado, responsablemente, confinado durante la cuarentena/toque de queda, produciendo, practicando, desarrollando un nuevo método de contrabajo para la enseñanza/aprendizaje, de oído; además, he estado jugando Baloncesto.

JenD: ¿Qué piensas sobre el estado del jazz a nivel general, en los Estados Unidos, Europa, Asia, Latinoamérica?

ES: Está creciendo a nivel performático y educativo, sin lugar a dudas, gracias a las facilidades de la tecnología digital. En el mundo de hoy es muy fácil tener contacto con conciertos, talleres, master classes de los grandes artistas, intérpretes y creadores de distintas generaciones.

JenD: ¿Cómo consideras que va el jazz en el país, el jazz afro dominicano, los espacios y eventos?

ES: Va muy bien. Están creciendo los espacios de música en vivo. Espero que el movimiento resurja luego de esta pausa. Hay muchos músicos y proyectos con material nuevo para explorar y mostrar.

JenD: ¿Cómo consideras será el mañana, el post-virus?

ES: Desde el punto de vista artístico musical vamos a ver una evolución en todos los géneros. La nueva modalidad de conciertos virtuales está dando apertura al rock y a la música alternativa y las propuestas se están presentando con un alto nivel técnico audiovisual. Pienso que el público y los lugares de eventos apreciarán más la música en vivo. La relación del público con los artistas, y viceversa, va a crecer. Espero que el confinamiento nos devuelva las ansias de salir y escuchar música en vivo, con el debido protocolo.

JenD: ¿Algo más que quieras decir para nuestros lectores?

ES: Salud y prosperidad a toda la comunidad musical (artistas y escuchas) en lo que queda del 2020 con miras al 21.

Esta entrevista fue publicada el 16 de agosto de 2020

Guy Frómeta

El siguiente invitado de nuestra Serie Entrevistas 2020 es el reconocido músico baterista y productor Guy Frómeta. Es un honor compartir con él, hace años que compartimos una amistad más allá de la música, sin intereses, de esas en la que cada cual se siente libre; libre de actuar y de hablar, de dar y recibir, de pensar y expresar, de apoyar y aconsejar.

Guy fue uno de los responsables de dar "el empujón" para que naciera Jazz en Dominicana, y través de estos 14 años, su apoyo y consejos han sido invaluables para mí y el proyecto.

Hace unos días nos sentamos a disfrutar de sendas tazas de café y a desarrollar un "conversao enmascarado". El resultado es esta entrevista, la cual publicaremos en su totalidad y, por su tamaño, en dos partes. Iniciamos con la primera entrega.

(1 de 2).

Comenzamos hablando sobre Guy Frómeta. Creció escuchando a Jimi Hendrix, Miles Davis y Chick Corea. Toca la batería desde los 6 años y ha sido su instrumento principal desde entonces. A los 18 empezó a tocar con Luis Dias & Transporte Urbano, una de las bandas de rock más importantes de la República Dominicana, en la que permaneció por 23 años.

En 1988 se trasladó a Nueva York para estudiar en la renombrada escuela para bateristas Drummers Collective. De allí pasó a perfeccionar su arte gracias a su amigo y mentor Joel Rosenblatt con quien estudió por 3 años. También tomó clases privadas con Zach Danzinger, Marvin "Smitty" Smith y Sam Ulano.

Ha tocado con Gonzalo Rubalcaba, Michel Camilo, Gato Barbieri, Leni Stern, Oscar Stagnaro, Wayne

Krantz. Además, con Juan Luis Guerra y 4-40, Ricky Martin, Miguel Bosé, Carlos Vives, Alejandro Sanz, Arturo Sandoval, Pavel Núñez, Juanes, Luis Fonsi, Xiomara Fortuna, Patricia Pereyra, Tribu Del Sol, Spyro Gyra, Mike Stern, Giovanni Hidalgo, Néstor Torres, Victor Victor, Manuel Tejada, Bule Luna, Rubén Blades, Chichi Peralta, Oscar Micheli Trio, José Antonio Rodríguez, Ramón Vázquez, Sandy Gabriel, Chucho Valdes y Retro Jazz.

Guy ha participado en decenas de festivales de jazz, tanto en su país como alrededor del mundo (Estados Unidos, Japón, Canadá, Dinamarca, Perú, Cuba, Venezuela, Colombia, España, Argentina y México). Es artista exclusivo de las marcas Meinl Cymbals, DW Drums, Pedals & Hardware, Aquarian Drumheads, Los Cabos Drumsticks, Cympad, Beats Headphones y Micrófonos Audix.

Desde su estudio de grabación, The Rooster Room, graba constantemente y produce para artistas locales e Internacionales.

Empecemos.

Jazz en Dominicana (JenD): Iniciamos la entrevista preguntando, ¿Quién es Guy Frómeta según Guy Frómeta?

Guy Frómeta (GF): Gordo, tú me conoces. Tu sabes que yo no hablo mucho de mi, no me gusta; pero puedo decir que soy un soñador, siempre estoy envisionando situaciones ideales, soy un apasionado de la buena música y de varias cosas más (arquitectura, diseño, fotografía, motores). Pero siempre he sido músico. Nunca he hecho otra cosa. Estoy tocando batería desde que tengo uso de razón; pero no soy maestro, ni jazzista, ni rockero, ni merenguero. ¡Nada de eso! Soy una persona que le gusta lo que hace, me gusta tocar. Gracias a la música tengo amigos que son mi familia. Creo 100% en esa conexión de gente antes que el músico.

Me da mucha pena cuando veo músicos increíbles, tipos fuera de serie, pero como personas son todo lo opuesto. Como músico cada día estoy más seguro de lo que quiero, sé con quienes quiero tocar, con quienes no quiero tocar o volver a tocar, aunque eso represente una buena oportunidad de trabajo, soy de los que piensa que no todos los trabajos se deben hacer.

JenD: ¿Cómo te inicias en la música?

GF: Me inicié profesionalmente tocando con Luis Dias y Transporte Urbano, creo que eso lo sabe mucha gente (!), pero empecé tocando en mi casa.

Mi casa estaba llena de instrumentos, mi papá tenía un espacio exclusivo para el piano, las guitarras, un bajo y, por supuesto, una batería. Crecí en un ambiente de música muy específica. Digo esto pues hay muchas personas que salen de hogares musicales, pero no necesariamente quiere decir que crecieron escuchando buena música (!!). La gente no se imagina lo importante que es esto para alguien que basa su vida en el arte. Las horas que inviertes en el instrumento y "la calle" ayudan a formarte como músico, pero el respeto por la música, por lo que haces, es algo que se aprende en casa.

JenD: ¿Quiénes te influenciaron?

GF: Siempre estuve en contacto con músicos desde pequeño. Por mi casa pasaban todos los músicos dominicanos y uno que otro jazzista que estuviese tocando en el país.

En esa época conocí a Wellington Valenzuela. Todo el mundo aquí sabe que Wellington era mi mayor influencia. Por años lo imité totalmente hasta que llegó el momento de conocer más músicos, más bateristas. Cuando llegué a NYC en el 1988 fue un despertar para mi, aunque ya había absorbido y estudiado, vía discos y libros, a varios bateristas.

Hablar de influencias a estas alturas es imposible. La lista es interminable. Además, cada uno es la continuación del otro, una constante redefinición de estilos. Stewart Copeland, Mitch Mitchell, Shelly Manne, Neil Peart, Tony, Elvin, Max, Roy, Jack, Weckl, Vinnie, Dennis, Joel Rosenblatt, Steve Jordan, Clyde Stubblefield, Peter Erskine, Jeff Porcaro, Jim Keltner, Manu Katche, Tommy Lee, Joey Jordison, Phil Collins, Negro, Cliff Almond, Brad Wilk, Carter Beauford, Mark Guiliana, Jojo Mayer, Louis Cole, Antonio Sanchez, Marcus Gilmore, Thomas Pridgen, Bill Stewart, Obed Calvaire, Moritz Mueller, Euan Leslie, David Chiverton, Orestes Gómez, JD Beck... Todos los días hay alguien haciendo algo que te renueva las ganas de practicar.

JenD: Háblanos de tus estudios.

GF: Me avergüenza decirlo, pero no estudié música, estudié batería y hoy estoy pagando el no haberlo hecho. Para producir, componer o dirigir un grupo, es obligatorio tener conocimientos de teoría musical. La tecnología y toda la música digerida por años (y que continúo escuchando) me ayudan muchísimo a elaborar y a entender ciertas cosas. Aunque no estudié formalmente, puedo leer partituras y tengo un conocimiento básico de armonía que me permite estructurar cualquier idea de forma clara para los demás.

Mi plan era ir a estudiar a Manhattan School of Music. Mi hermano Waldo Madera me había convencido de "arrancar para allá". En ese momento tenían un Summer Jazz Workshop dirigido por John Riley, pero no pude llegar a tiempo porque me negaron la visa americana (!). No fue hasta después de varios intentos y gracias a la ayuda de mis amigos del USIS que pude obtener una visa y bueno, lo demás es historia.

JenD: Tocas todo tipo de música. ¿Qué género te gusta más tocar y por qué?

GF: Para mi solo hay dos tipos de música: buena y mala. Me gusta la buena música, no importa el género. Toco en varios grupos con estilos totalmente distintos y como sabemos, vivimos en un país donde los músicos tenemos que tocar de todo para poder vivir y en algunos casos, tocar distintos instrumentos también.

En mi caso, desde hace un buen tiempo he podido ser selectivo en cuanto al tipo de música que toco aparte de los grupos a que pertenezco. Tengo la suerte de poder trabajar en mi estudio de grabación, no solamente grabaciones de baterías, también trabajo Producción, Edición, Sonorización, Mezclas, etc. Esa es la realidad de la mayoría de los músicos en cualquier parte del mundo. Lo ideal sería poder hacer jazz con mi grupo, viajar por el mundo y vivir exclusivamente de ello, como los músicos de las grandes ligas que escuchamos, pero ahora mismo el jazz es más bien una decisión personal. Lo estudio el mayor tiempo posible y trato de hacerlo lo mejor que puedo cada vez que hay la oportunidad.

JenD: En el jazz, vienes tocando muchos estilos con diversos grupos. ¿En qué formato prefieres tocar?

GF: Me gusta cualquier formato donde haya libertad para expresarse. Creo que por eso prefiero los grupos pequeños a ensambles grandes. Un Trío o Cuarteto siempre va a tener contacto y cercanía, aparte del *input* que requiere de sus ejecutantes. Especialmente en el jazz, siempre habra espacio para improvisar.

En un formato grande, una orquesta de 16 músicos o un Big Band con 30 y tantos músicos es muy difícil que todos estén conectados en la misma frecuencia... en el mismo canal de información.

JenD: ¿Cuál consideras es tu estilo? ¿Tu sonido?

GF: ¡Uaoo! Me la pusiste bien difícil Gordo… No creo que pueda hablar de lo que puedo hacer o no, más bien los demás deben verlo, escucharlo y sacar sus propias conclusiones. Una persona que me ve tocando con Pavel (Nuñez) no va deducir que yo pueda tocar jazz, por igual el que me vio tocar por años con Juan Luis (Guerra), no se imagina que yo toco rock, pop, metal u otros estilos. De verdad, la gente te ve ahí y cree que sólo sabes tocar eso.

A mi me encanta el jazz, pero sería una falta de respeto bien grande de mi parte decir que yo soy jazzista... Un jazzista vive, come, respira jazz 24/7.

Siempre he tratado de escuchar y de aprender decenas de estilos y sus variaciones, algunos los tengo más claros que otros, por supuesto, y creo que soy eso: una mezcla de mucha música y de muchos bateristas a la vez. Trato de "canalizarlos" en el momento y contexto apropiado, pero siempre trato de llevarlos al vocabulario dominicano. Eso no quiere decir que a todo le meto una Canoita o un gagá (Risa), pero hago el intento de filtrar ciertas frases ya descodificadas, familiares.

Es lo mismo con el jazz, tienes un idioma que está ahí y debes regirte por él, de lo contrario, no vas a sonar muy auténtico que digamos.

Ese ejercicio te da una perspectiva totalmente diferente, te proporciona un feel distinto y claro, cómo lo aplicas musicalmente, es quizás lo más importante.

Con los años eso me ha proporcionado un "sonido" que los demás identifican. Pienso que eso es vital en la carrera de cualquier músico.

JenD: Hace mucho grabaste un álbum como líder: El Guy Frómeta Quartet, en el 2003 si la memoria no falla. Tienes planes para liderar otro proyecto? Para realizar otra proyecto discográfico?

GF: El tiempo pasa volando… ¡Eso fue hace 20 años! (17 para ser exactos). Ese CD fue parte de un momento en que estábamos trabajando full como grupo Esar Simo, Jack Martinez, Sandy Gabriel y Yo. En esa época hablar de un disco de jazz era utópico, la industria de la música era muy diferente, pero todo eso cambió.

¿Quien oye CD 's ? no existen literalmente, al menos que sea para regalarlos como promoción. Esas preocupaciones de gastos altísimos por un estudio, pagos de músicos, si el disco iba a funcionar o no ($

$), etc., ya no son obstáculo. Ahora cada quien hace lo que quiere y como quiere, siempre y cuando tenga los medios para hacerlo.

Yo se que muchos dirán, "¿pero por qué Guy no acaba de grabar? tiene 10 años hablando de un disco", "¿Qué es tan complicado?". La verdad es que en mi cabeza todavía ronda un poco la inseguridad, soy perfeccionista, mejor dicho, psicorrigido. Siempre creo que no estoy preparado o que las cosas pueden quedar mucho mejor.

Las grabaciones son el "microscopio" de los músicos. Nunca mienten, pero este momento que estamos viviendo me ha puesto a pensar que todo eso son puras excusas y que simplemente tengo que sentarme a darle, a empezar el proceso. De hecho, ya lo empecé y tengo el material seleccionado.

La idea es hacerles un pequeño homenaje a varios músicos dominicanos de los cuales estoy super agradecido por todo lo que pude aprender de ellos. Voy a revisitar esa música con la que crecí tocando y hacerle adaptaciones o, mejor dicho, hacer mi versión de ella.

JenD: ¿Has empezado a componer?

GF: ¡Ayayaii! No digas eso... yo no soy compositor. Tengo muchas ideas y puedo armar melodías que funcionan para ciertas cosas, pero nunca diría que soy compositor.

JenD:¿Cómo surgió The Dominican Jazz Project? ¿Quiénes conformaron esta agrupación?

GF: Stephen (Anderson) vino a Santo Domingo con Guillo Carias en el 2013 a tocar un evento privado. Yo toqué con ellos y la verdad fue un buen concierto, pero yo me sentía bien extraño con todo lo que sucedió esa noche. Me fui a mi casa seguro de que había hecho una M bien grande, pero para mi sorpresa Guillo llamó al otro día y me dice "Steve quiere hablar contigo". Yo juraba que me iba a recomendar que dejara la música o que me buscara un buen profesor de jazz y empezó a decirme lo mucho que le gusto tocar conmigo y que quería invitarme a North Carolina a tocar con él en la universidad donde da clases (!)

Yo lo invite a los pocos meses a tocar en Casa De Teatro y Sandy Gabriel estaba en el grupo también. Stephen estaba muy interesado en hacer un disco de música latina, pero que no partiera de la clave cubana y le enseñamos parte de lo que hacemos con el folclore aquí y ese fue el inicio de una relación que se ha convertido en uno de los proyectos más importantes de mi carrera.

JenD: The Dominican Jazz Project lanzó su, hasta ahora, única producción en el 2016; ¿hay planes para otra?

GF: ¡Claro! ahora mismo estamos en la parte de pre-producción del 2do CD. Si todo sale como está planificado, para el mes próximo (octubre) estaremos grabando.

JenD: ¿Con quién sería? ¿Qué tipo de material piensan incluir? ¿Habrá composiciones tuyas?

GF: Este disco está dedicado a nuestro querido Jeffry Eckels (bajista de DJP) quien falleció hace 2 meses atrás. Ha sido un golpe duro para nosotros, pero estamos seguros que él estará feliz con la idea de que el grupo continúe. A partir de ahora estará con nosotros Ramon Vazquez en el bajo.

Las piezas de Stephen en este disco son mucho más complejas que el disco anterior y definitivamente estructuradas alrededor de nuestra música folclórica.

Sandy también aporta 2 temas de su autoría y el disco viene con varios ritmos dominicanos muy populares: sarandunga, congos y merengue típico.

En el grupo está David Almengod (como dirías tú que no necesita ninguna introducción). David es el percusionista dominicano con mayor conocimiento sobre el folclore. Tendremos 2 invitados de lujo y por supuesto el artífice de esta alianza, el Padre del Jazz Dominicano, Guillo Carias, estará una vez más con nosotros.

Hasta aquí llegamos. En la próxima entrega sus participaciones en festivales, pensamientos sobre la pandemia, opiniones varias y más.

Al hacer click en el código QR de arriba podrá disfrutar de la participación de Guy Frómeta con la agrupación Retro Jazz en la entrega del tema Pena

(2 de 2).

Hoy entregamos la segunda y última parte de la entrevista con Guy Frómeta.

Estoy muy agradecido del "Gallo" (como le apodan sus amigos) por el tiempo que tomó para esta entrevista; por siempre estar velando por el caminar de "nuestro jazz"; por trillar caminos para facilitar a los que siguen; por respaldar y apoyar a todos los diversos actores, no solo en el jazz, sino en la música de nuestro país; por sus consejos y motivaciones; por ser como es: generoso, humilde, entregado, apasionado, positivo; sobre todo por su amistad, estoy agradecido de su amistad.

Continuemos la conversación.

Jazz en Dominicana (JenD): Has participado en festivales fuera del país. ¿Con qué agrupaciones? ¿Dónde? ¿Cómo han sido estas experiencias?

Guy Frómeta (GF): Bueno, debo tener unos 30 y tantos años viajando a distintos países y a festivales. Acordarme de todos va ser bien difícil, pero vamos a mencionar los de jazz propiamente.

En NY empecé viajando, en el 1992, con Gato Barbieri al Playboy Jazz Festival y toqué en varias presentaciones con él. Recuerdo que la primera vez que tocamos ni se sabia mi nombre (Risa).

En ese mismo año viaje a New Zealand con Houseafire y toqué con ellos varios conciertos en el área de New York. En 1993 fui a Tokio, Nara, Kyoto, Osaka y Yokohama (Japón) en una gira con Howard Prince. Entre 1994 y 1995 estuve con Leni Stern Band. Viajé a Munich (Alemania) y vinimos a

Cabarete, Sosua cuando el festival se llamaba Hola (todavía no era el Dominican Republic Jazz Festival) También toqué con ella en varios clubes de USA. Con Xiomara Fortuna (2004-2008) fui a Lima (Perú), Pirineos (España) y Ottawa (Canadá). Con Juan Luis Guerra & 440 fui al North Sea Jazz Festival en Curazao (2011) y al New Orleans Jazz & Heritage Festival en el 2013. Con Oscar Micheli Trío y Sandy Gabriel viajé al South Florida Jazz Festival (2012-2014). Con Oscar también fui al renombrado Indy Jazz Fest (Indianápolis) en el 2018 y viajé con Retro Jazz 2 veces al Mompox Jazz Festival en Colombia (2017-2018). Con The Dominican Jazz Project hicimos una serie de conciertos en USA en 2019, que culminó con una presentación en el Dominican Republic Jazz Festival (Puerto Plata).

Todos estos viajes han sido experiencias inolvidables y de mucho aprendizaje para mi. Fuera de la emoción que representan en lo musical, también conocer nuevas culturas, hacer nuevos amigos, no tiene precio; pero uno siempre recuerda con mucha alegría los inicios. El 1er festival de jazz que toqué fue el Carnaval Du Soleil en 1986 en Montreal (Canadá) junto a Patricia Pereyra. En ese momento el grupo éramos Juan Francisco Ordoñez, Héctor Santana, Isidro Bobadilla y yo.... ¡el viaje más increíble de la historia!

JenD: La pandemia ha hecho estragos en el arte, los actores en sus diversas ramas han tenido que adaptar sus quehaceres a una nueva realidad. ¿Cómo ha sido para ti, músico, esta época que estamos viviendo?

GF: Son tiempos muy difíciles para todos, especialmente para los músicos que dependen de la música en vivo.

Los grupos con que toco están en pausa, en algunos, nos hemos propuesto aprovechar este momento tan extraño y trabajar nueva música, componer, grabar, sacar singles. Pienso que es lo más saludable, de lo contrario, el camino que queda es la frustración, ira, depresión.

Yo he seguido trabajando desde mi estudio, en menor cantidad por supuesto, pero no he dejado de trabajar gracias a Dios. La situación aun siendo abrumadora, nos ha forzado a enfocarnos en estudiar, en practicar, en aprender cosas nuevas, en crecer. Todas las situaciones extraordinarias tienen un lado positivo, un lado de esperanza.

Reestructuración es la palabra de este momento, en todos los sentidos.

Opiniones.

JenD: ¿Cuál es tu opinión sobre el estado del jazz en la actualidad en nuestro país?

GF: Esta situación (Covid-19) ha sido un golpe muy fuerte para la música. ¿Cuánto tiempo tenemos sin tocar? ¿Cuánto tiempo real de inactividad nos queda todavía?

Yo pienso que después de la vacuna, el proceso de "desparanoisación" va ser largo. La gente le va a tomar un tiempo volver a los conciertos y sitios cerrados, lo cual es triste pues quizás el circuito de jazz estaba ahora mismo en uno de sus mejores momentos. Ha venido reactivándose gracias a la presencia de muchos de los músicos dominicanos que fueron a estudiar con el programa de becas Berklee Santo Domingo. Ya estábamos viendo una 2da y 3ra promoción de graduandos con un nivel de ejecución y composición mucho más depurado que la generación pasada, sobre todo, los que se especializaron en el género. Definitivamente el standard ha sido elevado.

Además, estas llegadas aparte de ser muy beneficiosas para el circulo de jazz, son aún más positivas para los estudiantes de música que no tienen la oportunidad de salir fuera y que puedan recibir esta información de mano a mano, ya que muchos de estos graduados inmediatamente entran a la docencia.

Por igual los grupos de jazz establecidos (activos) han ido madurando su repertorio y han dado un giro en cuanto a conciertos se refiere, retomando presentaciones de mayor escala y con un trabajo de producción más elaborado.

Pero yo siempre he dicho que el problema de la escena del jazz dominicano no radica en los músicos ni los intérpretes, el problema radica en la falta de difusión, producto de la ausencia de material, grabaciones y discos de sus más prominentes exponentes. Desde mediados de los años 70 hasta prácticamente inicios de los 2000 hay un vacío generacional. Solo unos cuantos artistas de ese periodo tienen grabaciones, pero varias de estas ni siquiera vieron la luz, algunas todavía están engavetadas.

Darío Estrella, Guillo Carias y 4+1, Manuel Tejada, Sistema Temperado, Irka y Tadeu, Crispín Fernández, Patricia Pereyra, El Bule, Materia Prima y el Grupo Isla grabaron discos en su momento, pero solo los de Darío, 4+1, Irka & Tadeu, Crispín y las producciones Cabaret Azul y Gala de Patricia Pereyra fueron publicados.

Es una pena que tan importante movimiento cultural pase desapercibido para las nuevas generaciones. Mucha gente, muchos estudiantes me preguntan a cada rato que como va ser que no haya vídeos o audios de esos conciertos… ¡la gente no se imagina el mundo sin internet! Solo el que asistió a los conciertos en vivo de esa época tiene la recolección del nivel y la buena música que existía desde ese entonces.

JenD: Festivales, espacios de jazz en vivo.

GF: Pienso que los grupos activos se preparan con miras a los festivales para una presentación que representa un mayor público, pero los festivales como tal han ido cambiando un poco la logística y el line-up de músicos, tanto locales como internacionales, obviamente por un tema de presupuesto; pero el Dominican Republic Jazz Festival sigue siendo el festival más grande de nuestro país y del Caribe hasta donde tengo entendido.

Ojalá que después de todo esto el movimiento se retome y quizás podamos ver nuevos espacios para la música en vivo y las propuestas alternativas, mientras tanto, Jazz en Dominicana continúa (y continuará) presentando cada viernes a los grupos del circuito de jazz en su espacio del Dominican Fiesta Hotel y los miércoles en Acrópolis Center.

JenD: Los medios y el jazz (escritos, radiales, digitales y sociales).

GF: Tú sabes que aquí el periodismo cultural es inexistente, salvo algunas excepciones que por lo usual tocan otros tópicos del arte. En cuanto a música se refiere, yo recibo la información de mano a mano y/o algunas publicaciones muy interesantes en las redes.

Los programas de radio, los que he escuchado *on-line* o cuando ando manejando, unos tienen excelentes *playlists*, otros, no están tan al día con lo que está pasando en el jazz. El tipo de música que programan habitualmente, yo como músico, no creo ser el target de esas transmisiones, pero eso es una cuestión de gustos, porque conozco muy bien a varios de ellos y sé el gran trabajo que han hecho y continúan haciendo con llevar esta música (de los músicos) a una audiencia que espera con ansias estos programas ya que la otra cara de la radio dominicana es mejor ni hablar de ella.

Yo pienso que debe haber más colaboración de parte de los programas de radio e internet con los músicos. Quizás un día a la semana, "Hoy Guy (o cualquier otro músico) nos sugiere este playlist" y que la gente sepa que ese programa está basado en parte de la música que escucha X músico dominicano, sin necesidad de hacer un programa especial con invitados, entrevistas, etc. Algo tan sencillo como hacerles un listado de lo que estamos oyendo actualmente, puede ayudar mucho a que tengan más audiencia y una mejor música definitivamente.

Qué viene en los próximos meses:

JenD: Como Músico.

GF: Que te digo. La pandemia ha "rodado" todos los planes, conciertos, giras, etc. Ahora mismo estoy preparándome para grabar el 2do CD de The Dominican Jazz Project.

JenD: Como Compositor/Arreglista/Productor.

GF: Quiero enfocarme en mi CD, no será para este año, pero espero que para principios del 2021 ya pueda ir mostrando algo.

Por otro lado, ahora mismo estoy produciendo para un artista un CD que no es de jazz propiamente, pero es una mezcla de música tropical con un toque de jazz.

JenD: Como Educador.

GF: Hace un par de semanas viajé a San Diego, California para filmar contenido para un nuevo canal de bateristas. Por cuestiones éticas no puedo dar mucha información todavía, pero ya empezaran a ver los teasers en las redes y la publicidad. Les adelanto que es completamente en español. Hecho por latinos para los latinos.

JenD: Finalmente, ¿qué quisieras agregar?

GF: Yo se que mucha gente quizás no comparte la idea de que esto es un buen momento para reinventarse como músico, como grupo, como seres humanos. Yo soy músico y sé lo difícil que es no tocar, no producir dinero, no poder hacer las cosas que estamos acostumbrados a hacer. Como dije cuando empezamos a hablar, soy un soñador y siempre trato de ver el lado positivo de toda situación adversa. En medio de todo esto nos estamos dando cuenta de cuántas cosas nos faltan por aprender y cuánto tiempo perdemos en cosas innecesarias. Muchas herramientas que han estado ahí siempre y nunca las hemos aprovechado y ahora son un salvavidas, literalmente.

Quiero cerrar la entrevista diciendo algo que siempre digo, pero nunca me he aplicado a mi mismo hasta este momento: "Nunca es tarde para empezar".

¡Gracias Gordo!

Al cliquear el código QR de arriba podrá disfrutar de la participación del Guy Frómeta Trío en concierto para Big Show Productions.

Esta entrevista fue publicada el 14 de septiembre de 2020

Sócrates García

Desde que empezamos a publicar nuestras entrevistas he querido hacerle una a un tremendo ser humano, músico y amigo que mucho admiro. Me refiero a Sócrates García.

Recuerdo tantos momentos. Él siempre estaba manteniéndome al tanto con su carrera al irse del país; por ejemplo, cuando en marzo del 2008 me llamó para decirme que se graduaba en sus estudios de Maestría en Composición de Jazz de la *Middle Tennessee State University* (MTSU); sus participaciones anuales en el *Jazz Education Network*; cuando fue premiado por su composición Heads or Tails (primer premio nacional del *Jazz Education Network*); su mudanza a Colorado para iniciar como miembro del staff de educadores de la *University of North Colorado:* cuando otra de sus composiciones fue premiada a nivel nacional en Estados Unidos, *Just a Matter of Time*; su big band, su álbum y tantos otros momentos.

Logramos sacar un buen tiempo con Sócrates a través de los medios tecnológicos a nuestra disposición y muy agradecido compartimos con nuestros lectores el resultado de nuestro largo "conversao".

Sócrates es compositor, arreglista, productor, ingeniero de grabación, director de orquesta, guitarrista y educador. Actualmente es Profesor Asociado de Música y Director de Tecnología Musical en la *Universidad del Norte de Colorado* (*UNC-University of Northern Colorado*), donde imparte una variedad de cursos sobre tecnología musical y arreglos avanzados de jazz.

Como arreglista/productor e ingeniero de grabación, su trabajo se encuentra en numerosos álbumes y una miríada de proyectos paralelos.

Los créditos de grabación y/o interpretación de García incluyen el álbum Yo Por Ti de la artista puertorriqueña Olga Tañón, ganadora del premio Grammy como Álbum de Merengue del Año 2001; Tesoros de mi Tierra de Milly Quezada, que alcanzó el puesto 14 en las listas de canciones tropicales de Billboard; y actuaciones nacionales e internacionales con la *Socrates Garcia Latin Jazz Orchestra*, entre otros.

Como guitarrista y/o tecladista, se ha presentado en muchos países de América Latina, incluidos México, Colombia, Venezuela, Bolivia, Costa Rica, Aruba y en toda la República Dominicana. Ha presentado clínicas y talleres sobre tecnología musical y/o composición/arreglos de jazz a nivel nacional e internacional. García y la *Socrates Garcia Latin Jazz Orchestra* también se han presentado a nivel nacional e internacional, incluidos conciertos en varias conferencias del *Jazz Education Network*, *Vanderbilt University* (con la *Blair Big Band*), el Festival Internacional de Jazz Restauración en la República Dominicana y en el *Dazzle Jazz*, un club top-100 de jazz, entre otros.

Su música para grandes conjuntos de jazz ha sido interpretada por las mejores orquestas de jazz de universidades/facultades, incluida la *Manhattan School of Music's Latin Jazz Orchestra*, *UNC Jazz Lab I*, *California State University Long Beach's Concert Jazz*

Orchestra, la *Big Band del Conservatorio Nacional de Música de Santo Domingo*, y la *Vanderbilt University's Blair Big Band*.

Antes de su puesto actual en la UNC, se desempeñó como profesor adjunto de música en la Universidad Estatal de Middle Tennessee y, entre 2000 y 2005, enseñó Armonía y Teoría del Jazz en el Conservatorio Nacional de Música de Santo Domingo.

Su último álbum, *Back Home* interpretado por *Socrates García Latin Jazz Orchestra*, es una combinación simbiótica de géneros afro dominicanos y afro caribeños dentro de la estética del jazz orquestal contemporáneo. Un álbum premiado, ha recibido numerosos elogios tanto de la crítica como de los fanáticos del jazz, tanto a nivel nacional como internacional.

Socrates es un artista/educador de *Strandberg Guitars* a través de su programa strandberg.edu, así como artista de *Warm Audio*. También usa con orgullo Bias Amp2 y Bias FX de *Positive Grid*.

A continuación, nuestra entrevista planteada en dos partes.

(1 de 2).

Jazz en Dominicana (JenD): Iniciamos la entrevista preguntando, ¿quién es Sócrates García según Sócrates García?

Sócrates García (SG): Un tipo super dedicado a su pasión, la música, y a su familia. Un constante estudiante, que nunca está satisfecho con lo sabe y quiere seguir aprendiendo y, a la vez, pasando a los demás lo que ya sabe.

JenD: ¿Cómo te inicias en la música? ¿Cómo te inicias en la guitarra?

SG: Cuando tenía 6 años, fui con mi mamá a comprar un regalo para Los Reyes. Y yo le pedí una guitarra plástica que parecía eléctrica. Recuerdo que le dije, "eso es lo que quiero hacer en mi vida". No fue hasta los 12 años cuando lo tomé más en serio. Me fui a vivir a Constanza (después de haber vivido en Santo Domingo por varios años) y allá comencé a tomar clases y a practicar. Ya para ese tiempo sabía que quería tocar rock, y para los 14, ya de vuelta a la capital, formé mi primer grupo, Ikarus (nunca salió). Luego formamos Hekaton, que fue un grupo de buen renombre en el rock local. Ya la pasión por la guitarra estaba ahí y luego seguí explorando otros aspectos del ámbito musical.

JenD: ¿Quiénes te han influenciado?

SG: Cuando empecé en el rock, mis influencias fueron Kiss, Iron Maiden y AC/DC; luego Metallica y los grupos de thrash metal de los 80. Después de entrar al Conservatorio Nacional de Música es cuando descubro el mundo del jazz. Como guitarrista te diría que Frank Gambale siempre ha sido una gran influencia, así como Allan Holdsworth, Scott Henderson, Mike Stern, Steve Vai, Joe Satriani, y muchísimos otros. Pero también tengo muchas influencias en las otras áreas profesionales como productor/ingeniero, y definitivamente como compositor.

Como productor e instrumentista trabajé con Jorge Taveras, Dante Cucurullo y con Manuel Tejada en su estudio. Todos han sido gran influencia. Donde Manuel trabajé junto a Allan Leschhorn, uno de mis grandes amigos, y una gran influencia en mí como ingeniero.

Gustavo Rodriguez también marcó una gran parte de mi desarrollo al introducirme al mundo de la composición de Jazz. Son muchos los compositores que yo estudio y escucho en busca de inspiración, entre ellos están Maria Schneider, Jim McNeely, Bob Brookmeyer entre los más destacados. Con otros he desarrollado una relación más cercana, convirtiéndose en mis mentores como lo fué Dick Grove, y Fred Strum con quienes estudié hasta que murieron. David Caffey, es mi mentor con quien hablo regularmente sobre música, y de todo en general. También encuentro inspiración entre mis colegas a los cuales he guiado en alguna época de su desarrollo como compositores, como lo son Ryan Middagh y Cassio Vianna, por mencionar algunos.

He tenido la dicha de compartir y/o trabajar con muchos de mis ídolos, lo cual para mí es lo mejor que me ha pasado.

En conclusión, te puedo decir que todos los músicos con los que he trabajado me han influenciado.

JenD: ¿Como fueron tus estudios en la República Dominicana? ¿Cómo fueron en Estados Unidos?

SG: En el país estudié primero en el Conservatorio. Allí fui de los fundadores de la Big Band a principios de los 90. Tuve la dicha de estudiar con Sonia de Piña, Dante Cucurullo, y muchos otros maestros excelentes. Luego estudié con Gustavo Rodríguez, quien me abrió las puertas al mundo de la teoría y composición de jazz. Gustavo había estudiado en la Dick Grove School of Music, y él me introdujo a todos esos conceptos. Luego tuve la gran dicha de estudiar el programa de Composición y Arreglo (CAP) de Dick Grove directamente con él. Eso fue una gran inspiración y, obviamente, tremendo aprendizaje.

A los 33, ya con una familia, decidimos mudarnos a los Estados Unidos para continuar nuestros estudios. Ya en Estados Unidos, asistí a Luther College dónde terminé mi licenciatura (que ya había comenzado en INTEC, como ingeniero), pero esta vez la hice en Teoría Musical y Composición. De ahí nos mudamos a Nashville, a Middle Tennessee State (MTSU) donde hice mi maestría en Composición de Jazz, con otra gran influencia en mí, Jamey Simmons. Enseñé allá por un año después de graduarme. Luego vinimos Colorado, a la University of Northern Colorado (UNC), que tiene uno de los programas de jazz más respetados en el mundo. Aquí hice mi doctorado en Composición de Jazz, mientras Wanda, mi esposa, hacía su maestría en Dirección Coral y Educación. Nos graduamos el mismo día.

En el segundo año de mi doctorado me ofrecieron el trabajo de profesor y director de el Departamento de Tecnología Musical en UNC, el cual he ejercido por los últimos 10 años.

JenD: Te has graduado y preparado en varios renglones de la música: músico, compositor,

arreglista, productor, ingeniero de grabaciones, líder de banda y educador. ¿Cual sombrero te gusta más, y como te manejas en tan diversos "trabajos"?

SG: (Risa) ¡Tremenda pregunta! Por años me enfoqué en cada aspecto por separado hasta que sentí que lo dominaba. En este punto de mi vida todo está mezclado y no puedo separar uno del otro. Supongo que todo depende de lo que esté haciendo ese día: si estoy tocando, trato de concentrarme en eso, pero si estoy en el estudio grabando o produciendo, mi cabeza se va ahí, sin dejar en ningún momento de lado los otros aspectos. Cada uno de los diversos aspectos que mencionas se complementan mutuamente y todos me los disfruto. Hay días que prefiero estar practicando o escribiendo música, y otros que prefiero estar mezclando o grabando algo. Tengo la dicha de tener un sensacional estudio en la universidad y un estudio casero bastante decente (Risa).

JenD: Del rock al jazz, ¿como fue ese viaje? Tocas todo tipo de música. ¿Qué género te gusta más tocar y por qué?

SG: Cuando estaba en INTEC tuve mi primera experiencia con el jazz. Para ese tiempo tocaba en mi grupo de metal, Hekaton. Fue chistoso, pues un profesor me regaló un cassette de Thelonious Monk. Ya te imaginas, no entendí nada, por lo que dije, "si eso es jazz, por ahí no voy" (Risa). Pero luego descubrí a Chick Corea (con Frank Gambale), Tribal Tech (Scott Henderson), y otros por esa línea. Era más a lo que estaba acostumbrado como guitarrista. Ese fue el puente para mí. Hablaba con Frank (Gambale) de eso el otro día en una conversación live en Instagram (que pueden ver en mi canal de youtube, *socratesgarciamusic*). Ya de ahí en adelante sentí una urgencia increíble de escuchar todo lo que podía conseguir en ese mundo. Dick Grove me abrió los ojos al mundo de las bandas grandes. De ahí en adelante no hubo vuelta atrás.

Aún me fascina tocar rock; pero mi mayor pasión como guitarrista y compositor es la fusión de estilos, particularmente rock, jazz, y nuestra música dominicana.

JenD: Vienes tocando esos estilos y géneros con diversas formaciones. ¿En qué formato prefieres tocar?

SG: Como guitarrista me encanta tocar en grupos pequeños y disfruto la mezcla de rock y jazz, donde puedo usar un tono distorsionado y los acordes y la intelectualidad característica del jazz. Como compositor me encanta estar frente a la banda grande, como lo es mi proyecto *Socrates Garcia Latin Jazz Orchestra*. Estoy buscando la manera de mezclar esos dos mundos tan diferentes para sentirme más en el mundo en que quiero estar.

JenD: Amas ser educador, no solo en la universidad, sino también dando conferencias por todas partes. ¿Has podido dictar algunas recientemente?

SG: El pasado enero fue mi última presentación en una conferencia profesional académica. Teníamos muchos planes y proyectos para el 2020, como todos, pero un misterioso virus lo interrumpió todo. Independiente de la actual pausa por el virus, yo he podido mantenerme activo. Por ejemplo, ahora mismo estoy dando unas clínicas/talleres virtuales a mas de 100 profesores y estudiantes de *Vanderbilt University* en Nashville. Sigo con mis clases normales en la universidad, también de manera virtual, y este semestre estoy impartiendo una clase en la maestría de Educación Musical de la O&M. Hice una clínica de mezcla en colaboración con Allan Leschorn, que fue bien divertida.

JenD: ¿Como va el proyecto de tu página web y el Blog?

SG: La página web sigue actualizada y es siempre un buen punto para conocer de mis proyectos y agendas.

El blog es una herramienta que yo utilizo para plasmar mis memorias y experiencias. Recientemente yo he tomado las redes sociales como la via de comunicación y promoción mis proyectos actuales. Durante la cuarentena yo hice una serie de conversaciones en vivo, que llamé Conversaciones en Aislamiento. Durante esta temporada intercalé mis conversaciones, donde una semana la conversación fue en Ingles y la siguiente en Español. Decidí hablar con varios de mis amigos y fui dichoso de contar con su apoyo. Es muy divertido como la gente quiere escuchar lo que tú hablas con tus amigos (Risa).

En inglés tuve a Jeff Coffin (*Dave Mathews Band, Bela Fleck*, etc.); Ron Jones (compositor de películas y TV como *Star Trek, Family Guy, Fairly Odd Parents*); uno de los ingenieros de mezcla más buscados, Bob Horn; Compositores de jazz (David Caffey, Cassio Vianna, Ryan Middagh); guitarristas como Frank Gambale, Alex Machacek, Tim Miller, y cerré con el productor Spencer Gibb (hijo de Randy Gibb de los Bee Gees).

En español tuve a grandes amigos como Tony Almont, Javier Vargas, Yasser Tejeda; una sesión con los bateristas y percusionistas que tocan conmigo (Helen, Waldo, Ivanna, Pablito, Daniel, El Abuelo); y varios guitarristas como los chilenos Lore Paz y Koke Benavides y el mexicano José Macario.

Esto fue super divertido y espero que haya servido para que la gente se sienta un poco mejor dentro de la situación que nos ha tocado vivir. Todas estas conversaciones, excepto la de Tim Miller, están disponibles en mi canal de youtube. Ya cerré la primera temporada, pues al comenzar clases se me hace difícil sacar el tiempo.

Hasta aqui la primera de dos entregas. En la próxima hablaremos de su álbum, sus proyectos actuales y futuros, y más.

(2 de 2).

Bienvenidos a la segunda y última parte del interesante encuentro que hemos tenido con Sócrates García, el cual hemos compartido en forma de entrevista.

Sócrates García es el desinteresado amigo que nunca se deja desanimar, que siempre está actualizándose, practicando y trabajando en cumplimiento de sus metas, que es un ejemplo de persistencia, trabajo arduo, optimismo y esperanza; es una persona entregada a su familia, por quien todo lo daría sin pensarlo. Nuevamente gracias a él por este tiempo. Continuamos.

Jazz en Dominicana (JenD): Has participado en festivales dentro y fuera del país. ¿Con cuales agrupaciones? ¿En cuales lugares? ¿Cómo han sido estas experiencias?

Sócrates García (SG): He tenido la dicha de participar en festivales en los Estados Unidos como el en *Jazz Education Network* en multiples ocasiones, y también en la República Dominicana con mi proyecto de la *Socrates Garcia Latin Jazz Orchestra*. En nuestro país el proyecto se presentó dentro del marco del Festival de Jazz Restauración, Santo Domingo Jazz Festival en Casa de Teatro y durante la conmemoración del Día Internacional del Jazz en el Teatro Nacional con la Banda de Jazz del Conservatorio Nacional de Música. En Miami, tocamos el Dominican South Florida Jazz Fest. Tuve la magnifica experiencia de escribir una composición para el Festival de Jazz de la *Beijing Contemporary Music Academy*, titulada "*In a Faraway Fairyland*" basada en una melodía tradicional china con infusiones de música latina.

A parte de los festivales, he tenido la oportunidad de ir a dirigir mis composiciones con la banda de instituciones educativas. Por ejemplo, dirigí la banda de *Vanderbilt University*, trabajé mis composiciones con la banda *Manhattan School of Music* dirigida por Bobby Sanabria y la banda del Conservatorio Nacional de Música. La experiencia siempre es ¡increíble! Cuando la gente ve nuestros instrumentos dominicanos como la tambora, la güira, y a eso le agregas la experiencia de nuestro sonido musical, siempre recibimos una respuesta positiva. Comenzamos los shows usualmente solo con tambores y desde ahí ves cómo la gente se envuelve con la música. Para mí es un honor y un placer poder hacer esto y ver cómo el público se deleita con nuestros ritmos.

Siempre me causa mucha satisfacción cuando recibo correspondencia de bandas que disfrutan tocar mi música alrededor de los Estados Unidos.

JenD: Hablemos de tu álbum *Back Home*. ¿Cómo se te ocurrió hacer un álbum con composiciones basadas en géneros afro dominicanos y afro caribeños con el jazz, y en formato de *Big Band*?

SG: *Back Home* fue la culminación de una etapa y, a la vez, el principio de otra. Había estado escribiendo mucha música para *big band* siguiendo a mis influencias como Maria, Jim, Fred, etc. Pero un día en el 2008, Jamey Simmons, quien fue mi profesor de composición en MTSU, me preguntó "¿Qué cosa nueva tu traes a la mesa?". Yo me quedé pensando y no supe que contestar. Un par de años después, cuando estaba haciendo mis investigaciones para mi tesis de doctorado, me llegó. Lo nuevo que puedo traer a esta mesa es lo que yo siempre he tenido adentro: merengue, bachata, salsa, palos, etc. De ahí en adelante, me dediqué a escribir la música de mi tesis, que es parte de Back Home también. El merengue mezclado con el formato de banda grande ya había sido creado, en un contexto parecido, en las *big bands* de los 40-60; lo que me pareció innovador fue utilizar el la bachata y los palos en este formato. Anteriormente, se habían hecho algunos en otros ensambles, por ejemplo, Crispín, Xiomara, Tony Vicioso. La salsa, es lo que más se ha hecho en ese contexto, pues la música afro cubana constituye una gran parte de lo que conocemos como *latin jazz*.

Lo que hice fue poner en práctica los conceptos de jazz contemporáneo trabajados en el contexto de la música afro dominicana. Gracias a Dios, funcionó y a los conocedores del jazz y al público en general les gustó la mezcla. He tenido la dicha de tocar esa música en escenarios donde no se conoce mucho la música dominicana, y siempre ha sido de gran impacto y un gran honor.

JenD: ¿Quiénes participaron en ese proyecto?

SG: Para la grabación tuve la dicha de contar con una sección rítmica increíble de músicos dominicanos, como lo son, Manuel Tejada (piano), Pengbian Sang (bajo), Helen de la Rosa (batería) y un gran amigo norteamericano, Steve Kovalcheck (guitarra). Ellos vinieron a Colorado, donde grabamos en vivo con la banda entera. En las trompetas tengo la dicha de contar con Brad Goode, uno de los mejores trompetas del país, en la primera trompeta. Junto a él estuvieron Jordan Skomal, David Rajewski, Miles Roth; en los saxofones, Wil Swindler, uno de los más renombrados saxofonistas de Colorado, en alto; además, Brianna Harris, Kenyon Brenner, Joel Harris, Ryan Middagh. Y en los trombone, Joe Chisholm, Frank Cook, Guillermo Rivera, Gary Mayne, y Jonathan Zimmy.

Terminada esa parte, fui a Santo Domingo a grabar las percusiones y los coros. Allá me puse el sombrero de ingeniero (para seguir con tu pregunta de antes) con José (la criatura) Hernandez. En esta parte estuvieron grandes amigos y excelentes músicos como son Félix García (el Abuelo), Rafael Almengod (River), Josué Reynoso y Otoniel Nicolás. Y en los coros, Hovernys Santana, Lia Nova, el Abuelo, y River.

Luego volví y con la colaboración de Greg Heimbecker (mi compañero en UNC) mezclamos el disco. Fue un trabajo arduo, pero de muchas satisfacciones.

Para la banda en vivo he tenido la dicha de contar con los increíbles bateristas y percusionistas Helen de la Rosa, Waldo Madera, o Ivanna Cuesta; Pablito Peña (Pablito Drums) y Daniel Berroa. Tocamos un show en Miami donde vino Manuel Tejada y tuve a Eduardo Samá en el bajo. Pueden ver ese show entero en mi canal de youtube. En ese concierto tuve la maravillosa experiencia de tener a mi hijo, Liam, en la guitarra, por primera vez en ese contexto. ¡Eso fue un momento de mucho orgullo como papá!

JenD: ¿Fueron temas como Heads or Tails y Just a Matter of Time precursores al proyecto?

SG: ¡Por supuesto! Estaba buscando mi voz en esos proyectos. *Heads or Tails* me dio mi primer premio nacional (del Jazz Education Network). Y *Just a Matter of Time* también ganó premios. Esas piezas me permitieron explorar muchos de los conceptos armónicos y melódicos del jazz contemporáneo, que fueron aplicados en las composiciones de *Back Home*.

JenD: ¿Hay planes para ora producción similar con el Socrates Garcia Latin Jazz Orchestra?

SG: ¡Sí! Ya estamos conceptualizando nuestro siguiente proyecto. Espero poder darte más detalles pronto.

JenD: ¿Con quienes sería? ¿Que tipo de material piensan incluir en ella? ¿Habrá composiciones tuyas?

SG: En planes tenemos composiciones propias, pero también existe la posibilidad de incluir arreglos de composiciones de varios amigos guitarristas de fusión que admiro, con los cuales me encantaría colaborar. Entre ellos están Frank Gambale, Alex Machacek, Tim Miller, y Gustavo Assis. Este proyecto también representa la posibilidad de poder presentarme ante mis seguiros como guitarrista. Dentro de los retos de un proyecto de esta magnitud, está el costo, lo cuál requiere trabajar cuidadosamente la logística y adquirir el apoyo financiero necesario. Lamentablemente la situación actual resultado del COVID-19 ha retrasado el proceso.

JenD: Llevas tiempo siendo artista de Strandberg Guitars. ¿Qué significa esta distinción para ti?

SG: Tengo ya desde el 2017 con ellos. Liam, mi hijo, y yo siempre hemos admirado este instrumento. Desde que recibí mi primera guitarra de ellos, ¡me enamoré! ¡Para guitarristas o bajistas, es increíble cómo se siente! Después que empecé a tocarlas no me siento cómodo tocando ningún otro instrumento. Tengo la dicha de contar con excelentes guitarras y están enganchadas en el estudio. Lo que pasa con las Strandberg es que son super livianas (5 libras) y ergonómicas. Como no tienen cabeza, son muy cómodas para viajar. Me la pongo como una mochila y se me olvida que la llevo en la espalda.

Tengo tres ahora mismo, todas de 6 cuerdas: La Boden Original, la Classic (que es como su versión de la clásica Fender Stratocaster), y la que viaja conmigo que es la Boden Fusion. Tengo toda mi vida buscando el instrumento perfecto. ¡Para mí es este!

JenD: La pandemia ha hecho estragos en las artes, los actores en sus diversas ramas han tenido que adaptar sus quehaceres a una nueva realidad. ¿Cómo ha sido para ti, músico y educador, esta época que estamos viviendo?

SG: He sufrido mucho ver a varios de mis amigos pasando por toda esta situación. Obviamente cuando abres las noticias es un desastre tras otro. Es muy triste ver cómo en USA mucha gente ha politizado la situación y no quieren aceptar el peligro de la pandemia. Nosotros sufrimos la perdida de notables y valiosos amigos, como lo fueron René Rodríguez y Víctor Víctor. René murió al principio de esto y era uno de mis mejores amigos. ¡Nosotros lo hemos tomado en serio!

He visto cómo la gente se ha tenido que adaptar y es muy estimulante el nivel de creatividad desarrollado por los artistas, todo esto para poder seguir adelante.

En mi familia, particularmente, tenemos la dicha de tener trabajos que nos han permitido mantenernos estables. Hemos estado trabajando mucho desde la casa. Nos mudamos hace un año y ahora tuvimos el tiempo de trabajar en terminar el estudio, preparar para clases en el otoño, y lo más importante, pasar mucho tiempo juntos, que es algo que no siempre se da.

Es algo positivo que ha salido de todo esto. Anhelo volver a tocar en vivo, ver obras de teatro, ir al cine, etc.

En mi universidad, la escuela de música es prácticamente virtual. Sólo tenemos grupos pequeños ensayando. Y logramos cuadrar el escenario de la sala de conciertos para poder ensayar con las big bands, manteniendo el distanciamiento social. Hasta ahora, mis clases han sido virtuales, aunque puedo ir al estudio (hay suficiente espacio para mantener distancia y los estudiantes han sido bastante diligentes con lo de las máscaras).

Opiniones.

JenD: ¿Qué opinas sobre el estado del jazz en la actualidad en nuestro país?

SG: Me siento emocionado con la cantidad y la calidad de los proyectos que están surgiendo. Ese era el sueño de todos nosotros cuando comenzamos esa aventura al principio de los 90 en el Conservatorio. Me alegra ver que el trabajo educacional que empezamos en esa época y luego hicimos en el conservatorio (junto a Gustavo Rodriguez, Ania Paz, Jaco Martinez, Crispín Fernández, Oscar Micheli, Juan Valdez, Joe Nicolas, Federico Mendez y otros) ha seguido progresando. Javielo y su equipo han llevado a otro nivel la educación jazzística en el país. Yo me siento honrado de haber servido de eslabón para ese crecimiento.

Espero que siga creciendo. Lo que más tenemos en el país es talento.

¿Qué dices de los festivales y espacios de jazz en vivo?

SG: Tú, Fernando, has sido un gran precursor en ese ambiente. El hecho de que haya varios festivales durante el año es muestra de que el jazz sigue creciendo en el país. No desmayes, que el trabajo que lo que has hecho con Jazz en Dominicana es impresionante y necesario. Y sigo siempre con las ansias de presentar mi música con mayor frecuencia en nuestra bella isla.

¿Qué opinas de los medios y el jazz (escritos, radiales, digitales y sociales)?

SG: He tenido la dicha de compartir con varios amigos como Alexis Méndez y Sandy Saviñón. Leo lo que se publica. Aún creo que necesitamos más apoyo. No se le puede dejar todo el trabajo a un grupo pequeño de personas que se han tirado toda la carga. Siempre disfruto cuando vamos en el carro escuchando la estación local de jazz y mi música esta sonando.

Bobby Sanabria siempre me escribe cuando va poner alguno de mis tracks en su show, y Saul Zavarce tiene un programa en PBS Australia dedicado al jazz latino que promueve mi música.

¿Qué viene en los próximos meses, año?

JenD: Como Músico/Compositor/Arreglista/Productor.

SG: Seguir trabajando en el proyecto de banda grande y en colaboración con mis ídolos y amigos guitarristas, arreglando y practicando. Componer para una colaboración con amigos compositores de jazz. Yo siempre estoy escribiendo, tocando, produciendo o mezclando algo.

JenD: Como Educador:

SG: Espero poder seguir influenciando y guiando a las futuras generaciones en este mundo de la música. También espero seguir sirviendo de puente para que muchos de nuestros jóvenes puedan tener la oportunidad de venir aquí y crecer más como músicos y cómo personas. Pronto aplico para lo que aqui se llama Profesor "Full". Eso me tiene emocionado, es un gran paso y representa un gran logro. En el sistema de universidad aquí, te pasas 5 años en cada paso hasta llegar a ser "Full Professor".

JenD: Para finalizar, ¿qué otra cosa quieres compartir con nuestros lectores?

SG: A los estudiantes, no se desanimen. Sigan practicando y trabajando en cumplir sus metas. El éxito es una mezcla de talento, persistencia y trabajo arduo. Al público, apoyemos nuestro talento local. Todo el mundo es local primero antes de hacerse internacionalmente conocido. Compren discos, y cuando se pueda vayan a conciertos. Es la única manera que uno como artista pueda seguir creando arte.

¡Bendiciones a todos!

En el 2016 la Sócrates García Latin Jazz Orchestra lanzó su producción discográfica Back Home. Pueden disfrutar del álbum, en su totalidad, dando click en el siguiente código QR

Esta entrevista fue publicada el 22 de septiembre de 2020

Dr. Paul Austerlitz

Hace un buen tiempo que he querido plasmar las ideas y conversaciones sostenidas con el multi instrumentista, compositor y etnomusicólogo Paul Austerlitz, quien combina su experiencia como investigador en música afro caribeña y académico con su trabajo creativo como músico de jazz. El uso de la tecnología nos permitió conversar. El resultado está plasmado en esta interesante entrevista que compartimos con nuestros lectores.

El es norteamericano por crianza y finlandés de origen. El Dr. Paul Austerlitz se especializa en la categoría jazz y lo llama "afro-universal, música creativa e improvisada". Actualmente es profesor de etnomusicología y Estudios Africanistas en *Gettysburg College*, Pennsylvania, EE.UU. además de ser un disciplinado músico y compositor.

Como instrumentista, Austerlitz se ha dedicado a dominar los clarinetes bajo y contrabajo. También toca clarinete Bb (soprano) y saxofón tenor. Como compositor, Paul marida su formación en jazz y etnomusicología, produciendo obras que incorporan las músicas que investiga. Ha estado activo de manera especial en la fusión de música latina y caribeña de la República Dominicana, Haití y otros lugares con formas libres de jazz.

En 1983, recibió su Ph.D. en etnomusicología en *Wesleyan University*. Su trabajo como etnomusicólogo incluye los libros *Merengue: Música e Identidad Dominicana* (*Merengue: Dominican Music and Dominican Identity*) (1997), *Jazz Consciousness: Music, Race and Humanity* (2005), entre otras publicaciones.

En su discografía se anotan *Water Prayers for Bass Clarinet*, *The Vodou Horn y Dr. Merengue* (2018), *Journey* (2007), *American Dreams* (Sueños americanos) (2003), *Un clarinete bajo en Santo Domingo y Detroit* (1998).

Por el amplio contenido, decidimos publicar esta entrevista por partes. A continuación, la primera de tres entregas del "conversao" con Paul.

Jazz en Dominicana (JenD): ¿Cómo te inicias en la música?

Paul Austerlitz (PA): ¡Vaya, recuerdo que intenté tocar la trompeta, mientras bailaba, cuando tenía unos cinco años! Después de eso, toqué el violín durante un tiempo y luego tomé clases de piano. Comencé a tocar la guitarra de oído cuando tenía diez años, y cuando tenía 14, comencé a tomar clases de clarinete. Vivir en Nueva York fue estimulante, porque escuchaba música clásica en casa, música pop como los Beatles en la radio y salsa en la calle.

JenD: ¿Quiénes te influenciaron?

PA: Mis principales influencias son John Coltrane, Jimi Hendrix, el merengue y la música religiosa africana como los palos de República Dominicana y los batá de Cuba.

JenD: ¿Cómo decides especializarte en el clarinete bajo?

PA: Cuando era joven, tuve el privilegio de estudiar con el trompetista y compositor Bill Dixon. En ese momento yo estaba tocando el clarinete y Dixon sugirió que tocara el clarinete bajo. Siempre he pensado que este instrumento es interesante por su asociación con las vanguardias, no solo porque el gran Eric Dolphy lo trajo al jazz, sino también por este importante papel en la introducción a Rite of Spring de Igor Stravinsky y Pierrot Lunaire de Arnold Schoenberg, ¡dos piezas que recomiendo que estudien todos los músicos de jazz!

JenD: ¿Cuáles grabaciones (álbumes) tuvieron mayor impacto en tu crecimiento?

PA: *A Love Supreme* de John Coltrane, *Are You Experienced* de Jimi Hendrix, las grabaciones de Verna Gillis de música dominicana de palos en *Smithsonian Folkways Records* y *Poder Musical* de Wilfrido Vargas.

JenD: ¿Cómo llegas a estudiar, graduarte y ejercer como etnomusicólogo?

PA: Cuando era joven, en la década de 1970, también tuve el privilegio de estudiar con el gran percusionista Milford Graves. Combina su experiencia en música afroamericana con influencias de la música afrocubana, la música clásica india, la batería africana y las filosofías del este de Asia, especialmente China. Además de músico, Graves es un experto en artes marciales y sanador que usa raíces y plantas para hacer sus propias medicinas. Su enfoque holístico, que incorpora música de todo el mundo, me inspiró y motivó a estudiar etnomusicología (antropología musical), obteniendo un doctorado en ese campo en 1993. Años más tarde, en 2006, escribí un capítulo sobre Graves en mi libro, *Jazz Consciousness*.

JenD: Tocas, compones, enseñas, escribes. ¿Cómo logras balancear el tiempo con todo lo que haces? ¿Cuál sombrero te gusta más y por qué?

PA: Puedo equilibrar el tocar, componer, enseñar y escribir porque estos esfuerzos están muy relacionados. Como dije, uno de mis libros trata sobre Milford Graves. En 1996, después de tocar en bandas de merengue en Nueva York, escribí un libro titulado *Merengue: música e identidad dominicana*. También he creado mis propios arreglos y composiciones de merengue-jazz. Mi enseñanza se trata de compartir mi creatividad y mi investigación etnomusicológica con los estudiantes. Del mismo modo, mis composiciones se basan en la música que he investigado.

JenD: Has convivido en varios mundos: en los Estados Unidos y el Caribe (principalmente en Haití y en nuestro país). ¿Cómo llegas a ellos y que destacas en cada uno?

PA: Nací en Finlandia y hablo finlandés. Mi madre era de Finlandia, mientras que mi padre era un judío de Rumania. Vine a los Estados Unidos cuando tenía un año, pero siempre hablamos finlandés en casa y tengo la ciudadanía finlandesa. En realidad, nunca he vivido en Finlandia, pero visito a menudo. En la década de 1980, después de conocer la cultura dominicana tocando merengue en Washington Heights, vine a República Dominicana, que es mi segundo país. ¡Me gusta aquí! Creo que probablemente tenga más amigos en República Dominicana que en cualquier otro lugar del mundo. Mientras estuve visitando RD al menos una vez al año, a veces quedándome hasta nueve meses seguidos, nunca he vivido aquí, ¡aunque parece que sí! He enseñado en la UASD y el Conservatorio Nacional de Música, y soy miembro de la *Academia de Ciencias de República Dominicana*. Actualmente trabajo en el Instituto de Estudios Dominicanos de la *City University of New York*, lo cual es un gran privilegio. Allí, ayudé a crear un sitio web que documenta la Historia de la Música Dominicana en los Estados Unidos.

He pasado menos tiempo en Haití, pero hice muchas visitas, generalmente como excursiones desde la

República Dominicana. En Haití, me ha impresionado las ricas tradiciones de la música clásica africana, sí, la música clásica que llegó allí (también llegó a RD, Cuba, Brasil, etc.) de varias partes de África, incluido, el Congo, Dahomey, los Yoruba y otras civilizaciones. He notado muchas similitudes, y también muchas diferencias, entre la música africana de República Dominicana y Haití. Es interesante notar que los primeros africanos en la isla Española estaban del lado español, el lado que hoy es la República Dominicana. Varias formas de música de influencia africana han jugado un papel importante en la espiritualidad basada en África en los EE. UU., en la República Dominicana y en todas las Américas, así como en el empoderamiento de los afrodescendientes en la lucha en curso por la justicia racial. ¡Esto inspira a europeos como yo!

Hasta aquí llegamos con la primera parte. En las próximas hablaremos sobre sus caminos y desafíos en el jazz, su evolución musical y sus grabaciones, entre otros temas.

(2 de 3).

Paul es una increíble persona, que gusta de conversar y compartir, lo que ha enriquecido esta conversación. Continuamos con la segunda de tres entregas del encuentro con el Dr. Paul Austerlitz.

Jazz en Dominicana (JenD): Cuéntanos sobre el camino que trillaste en el jazz.

Paul Austerlitz (PA): Al crecer en Nueva York, pude escuchar jazz en clubes como el Village Vanguard, escuchando a personas como McCoy Tyner, Elvin Jones, Charles Mingus y Sonny Rollins, ¡a menudo sentados a solo cuatro pies de distancia de estos gigantes musicales! Además, justo al final de la calle de mi casa estaba el *West End Café*, donde solían tocar luminarias de las bandas de Count Basie y Duke Ellington, incluidos los bateristas Papa Joe Jones y Sam Woodyard. Me encendieron, prendiendo un fuego para aprender sobre el jazz, mostrándome que esto podría ser una fuente para desarrollar mi propia creatividad

JenD:¿Cuáles desafíos tuviste que superar?

PA: Con mucha ayuda de mis amigos, y con mucho trabajo duro, he podido lograr mis metas de manera lenta pero segura, musical, intelectual y espiritualmente.

JenD: ¿Cómo has evolucionado en la música?

PA: Mi evolución musical ha sido lenta. De joven tocaba en bandas de merengue y trabajé con grandes como Joseíto Mateo, pero mis habilidades como etnomusicólogo eran mejores que mis habilidades musicales. Pero convertí eso en un activo, en 1996 escribí el libro *Merengue: Música Dominicana e Identidad Dominicana*, que, me enorgullece decirlo, fue bien recibido tanto en Estados Unidos como en República Dominicana. Con el paso del tiempo, Me concentré cada vez más en mi creatividad musical y comencé a estudiar bebop con el maestro del jazz Barry Harris, un pionero de 92 años que trabajó con Coleman Hawkins, Dexter Gordon y Sonny Stitt. También comencé a asistir a sesiones improvisadas en *Smalls* y otros clubes de Nueva York, un entorno muy competitivo que me enseñó mucho. También comencé a colaborar con dos de mis mejores amigos en el mundo, dos verdaderas joyas de la música dominicana: José Duluc y Julito Figueroa. Con su ayuda, inicié una banda llamada *The Dominican Ensemble,* y gracias al apoyo de Fernando Rodríguez de Mondesert, pude tocar en Santo Domingo varias veces al año. Comencé a recibir becas para componer y grabar en los Estados Unidos, creando mi propia fusión musical de jazz, música dominicana, música haitiana y la música de Finlandia y otros países.

JenD:¿Te consideras más un músico que educador?

PA: Como mencioné anteriormente, mi creatividad y enseñanza están relacionadas simbióticamente, por lo que es difícil decir cuál está más cerca de mi corazón.

JenD: ¿Cómo te sientes al crear, al componer? ¿Hay algún proceso creativo que tomas en cuenta al componer?

PA: La mayor parte de mi composición surge de mi investigación etnomusicológica. ¡Escuchar gagá me enciende para crear piezas propias! Sí, la mayoría de mis composiciones surgen de varias influencias de la música mundial, no solo del Caribe, sino también de Finlandia, Nigeria e India.

JenD:¿Te inspiras en el sonido de otros instrumentos u otros géneros en tu proceso creativo? ¿Cómo logras las fusiones de ritmos afro caribeños en tu música?

PA: Suelo componer para quinteto: clarinete bajo (o mis otros instrumentos, saxofón tenor y flauta) combinado con percusión, batería, bajo y piano. El año pasado, inicié una banda llamada *Spirit Clarinet Orchestra* que consta de dos clarinetes, cinco clarinetes bajos, clarinete contrabajo, bajo, piano, batería y percusión. Hasta el COVID, tocábamos una vez al mes en el *Zinc Bar* de Nueva York, un lugar famoso donde, en su encarnación anterior como *Club Cinderella*, Billie Holiday y Thelonious Monk actuaban en la década de 1950.

JenD: De tantas producciones discográficas en tu haber, ¿cuál o cuáles fueron las más memorables y por qué?

PA: Estoy orgulloso de que mis grabaciones recientes reflejen las variadas influencias musicales que he estudiado como etnomusicólogo.

JenD: En el 2018 salió tu producción *Dr. Merengue*. Háblanos sobre este álbum, el porque del mismo, el o los estilos utilizados.

PA: Dr. Merengue es una extensión de mi libro sobre merengue, que por cierto, fue traducido al español por el Ministerio de Cultura y la Academia Dominicana de Ciencias como "El merengue: música e identidad dominicana". El libro analiza merengues históricos que se remontan a 150 años, así como merengues folclóricos de todas las regiones de la República Dominicana. El álbum Dr. Merengue retoma el repertorio discutido en mi libro sobre merengue, presentando mis propias versiones de todas estas diferentes variantes del merengue. Hicimos un video musical de una melodía del álbum Dr. Merengue; ¡por favor escúchenlo!

Presenta a José Duluc en percusión afro-dominicana y Julito Figueroa en tambora. La mayoría de las piezas están dedicadas a músicos dominicanos que me han inspirado y enseñado mucho, incluidos Tavito

Vásquez, Mario Rivera, Darío Estrella, Carlito Estrada, Sandy Gabriel y otros. ¡Gracias a todos ustedes! Y gracias también al pueblo dominicano en su conjunto: ¡todos ustedes son mis maestros y mi inspiración!

NOTA: Dr. Merengue fue grabado con su Ensemble Dominicano, agrupación en la que se destacan las leyendas José Duluc y Julio Figueroa. La obra re-interpreta música de la mencionada en su obra literaria "Merengue: Música e Identidad Dominicana - Merengue: Dominican Music and Dominican Identity (1997)". Su fusión de jazz con merengue y música afro-dominicana como palos y pri-pri, basados en la onda merengue-jazzista que cultiva, son sinónimas de las influencias recibidas del gran innovador dominicano, el maestro Tavito Vásquez y de la leyenda Choco de León.

JenD: ¿Qué significó para ti esta producción? ¿Cuál fue la inspiración para ésta?

PA: Sí, *Dr. Merengue* fue una labor de amor, inspirada en la maravillosa calidez del pueblo dominicano... Aprender de los músicos dominicanos, en Santo Domingo, en Nueva York, en Villa Mella y en Santiago ha sido la mayor aventura de mi vida.

JenD: Ese mismo año, también sacaste los albums: *Water Prayers for Bass Clarinet* y *The*

***Vodou Horn**. ¿Cuéntanos sobre estas producciones?*

PA: Junto con *The Vodou Horn* y *Water Prayers*, *Dr. Merengue* es parte de una trilogía llamada *Trillizos Mágicos*. *The Vodou Horn* se recodificó en Haití con músicos haitianos y *Water Prayers* se grabó en Nueva York con grandes músicos de jazz, incluyendo a uno de los mejores pianistas del negocio hoy en día, Benito González.

Es grande el amor que Paul tiene por nuestra tierra. Cuantas vivencias y cuanta música. Agradecidos, honrados y orgullosos estamos de él, que no quede duda. Aquí finalizamos la segunda entrega. ¡En la próxima concluimos este maravilloso encuentro!

(3 de 3).

Dejamos para esta última entrega, sus opiniones personales sobre varios temas sobre el jazz (a nivel general y en nuestro país), la pandemia y que lo viene en lo adelante para él. A continuación, la tercera de tres partes de la entrevista con el Dr. Paul Austerlitz.

Jazz en Dominicana (JenD): Paul, ¿Qué piensas sobre el estado del jazz a nivel general, en los Estados Unidos, Europa, Latinoamérica?

Paul Austerlitz (PA): Económicamente, el jazz está en problemas en Estados Unidos, pero la creatividad fluye. Hay tantos grandes jazzistas jóvenes, ¡es increíble! Lo mismo ocurre en Europa, Asia y en todo el mundo.

JenD: ¿Qué crees de las torres de relevo que en dominicana están surgiendo?

PA: El jazz está creciendo realmente en República Dominicana; ¡el público y los músicos son tan fuertes!

JenD: ¿Existe para ti, hoy día, un jazz dominicano?

PA: ¡Sí, sí, sí hay una tradición de jazz dominicano muy fuerte! Cuanto más se conecten con las tendencias globales del jazz, que se basan en la afirmación de la negritud, más fuerte será el jazz dominicano. Así como el jazz en su conjunto siempre ha afirmado que "¡Las vidas negras importan!", el jazz dominicano siempre obtendrá su fuerza en el hecho de que "¡Las vidas afro-dominicanas importan!"

JenD: Para ti, ¿qué significa esto para el jazz en el país, y el jazz nuestro en el exterior?

PA: Para mí, el jazz dominicano es más fuerte cuando se conecta con las tradiciones folclóricas africanas.

JenD: Has tocado con un "quien-es-quien" del mundo de la música. ¿Alguna anécdota de alguien en especial con quien tocaste que quisieras compartir?

PA: ¡Tocar en la banda de merengue de Victor Waill me mostró el poder de la música para animar a la gente a bailar!

JenD: Contesta lo primero que te viene a la mente:

Paul Austerlitz: guerrero de la justicia social y buscador espiritual.

El clarinete bajo: una máquina que mata a los fascistas y se comunica con Dios.

Jazz: esto es solo una palabra, realmente no existe. ¡Toda la música es una!

La República Dominicana: ¡Me encanta... Me encanta!

JenD: Paul, vamos con el tema del momento, ya que este virus está marcando un antes y después en la vida de todos. ¿Que ha sido para ti? ¿Como

consideras será el mañana después que pase la pandemia del COVID-19?

PA: Por supuesto, el virus ha sido perjudicial para el negocio de la música, ¡pero nada puede matar la creatividad! No sé como será el mañana, pero algo hermoso seguirá creciendo a partir de la belleza, y mientras nos mantengamos unidos y nos apoyemos mutuamente, triunfaremos.

JenD: ¿Que otros planes en este 2020 hay para Paul Austerlitz?

PA: Estoy trabajando en un video musical de "Yo soy Ogun Balenyo", que se lanzará en 2021.

Paul, ¿que quisieras agregar sobre ti, sobre tu música, sobre cualquier tema?

PA: Solo quiero agradecer a todos, a todos mis amigos en la República Dominicana, especialmente a la gente de Jazz en Dominicana, quienes me han apoyado a lo largo de los años. Además, cariño fraternal y muchas gracias a mis colaboradores, en especial a Duluc y Julito Figueroa, y a todos los paleros y merengueros que tanto me han mostrado sobre cómo la música puede acercarnos a la fuente última de la vida . Y, sobre todo, quiero agradecer a todos mis amigos no músicos en la República

Dominicana que me han mostrado tanta calidez a lo largo de los años: ¡los amo a todos!

Nuestras más profundas gracias a Paul por su tiempo, por su sentir, sobre todo por la gran amistad y amor que tiene hacía nuestro pueblo y sus músicos.

Les dejamos con el álbum Dr. Merengue, para que lo puedan disfrutar en su totalidad en Spotify. Solo tiene que darle click al código QR que sigue a continuación:

Esta entrevista fue publicada el 9 de noviembre de 2020

Jordi Masalles

Hacía mucho tiempo que también quería entrevistar a Jordi, por diversas razones, la más importante de todas, para que muchos pudieran conocer al arquitecto de profesión, músico por pasión y sobre todo al ser humano y amigo.

Jordi es un ser muy especial y le adornan muchas cualidades, entre estas la honradez, el optimismo, el respeto, la humildad, y la empatía.

Recientemente, a través de medios tecnológicos, conversamos del presente y el nuevo ciclo de 365 vueltas al sol que se nos acerca.

Masalles descubrió su pasión por la música a los 21 años, cuando comenzaba a dar sus primeros pasos con el grupo Módulo (1980) en la Universidad Autónoma de Santo Domingo (UASD), en la que se graduó de Arquitecto con honores en 1984. Ha tocado junto a músicos de la talla de Gonzalo Rubalcaba, Guillo Carías, Manuel Tejada, Manuel Sánchez Acosta, Luis Días, Rafelito Mirabal, Jorge Taveras, Ana Marina Guzmán y otros más. En 1981 tocó en un concierto de Ana Marina Guzmán (miembro fundador del grupo Convite) en el Teatro Ballet Santo Domingo. A partir de entonces se adentró en el estudio de los ritmos folklóricos criollos (palos, balsié, mangulina, etc.) con la guía del percusionista Isidro Bobadilla "El Boba", quien en ese entonces fungía como director musical del Ballet Folklórico Nacional, que dirigía el maestro Fradique Lizardo. En 1982 fue miembro fundador del grupo Transporte Urbano, de nuestro Luis "TERROR" Días, para el cual reclutó a los renombrados músicos, Juan Francisco Ordóñez y Héctor Santana.

En 1983 es invitado a tocar en el evento "Jazz Sinfónico" organizado por Guillo Carías, dicho concierto fue un experimento que formó parte de la temporada de la Orquesta Sinfónica Nacional de ese año, en el que también participó el grupo 440 de Juan Luis Guerra. En 1984, luego de concluir su tesis y graduarse de arquitecto, entra a formar parte del grupo de Fernando Echavarría y la Familia André, en el que permanece por más de un año, participando en numerosas grabaciones, conciertos y giras. Al entrar a formar parte de este grupo, conoce a Iván Carbuccia, con quien se embarca en la formación de un trio de jazz. En 1988 compuso la música de Tureiro, una obra de ballet presentada en la sala principal del Teatro Nacional, con coreografía de Eduardo Villanueva, basada en los escritos de Fray Ramon Pané sobre la cosmogonía de los taínos a la llegada de los españoles a la isla. Los escritos fueron declamados por el inmenso Pedro Mir, Poeta Nacional de La República Dominicana.

Jordi se ha mantenido ligado al jazz por más de casi 40 años, y actualmente toca con su grupo, Tiempo Libre, a lo largo de toda la geografía nacional. Es un gran honor compartir con nuestros lectores el resultado de nuestro "conversao". A continuación, la entrevista, y una excelente manera de terminar la serie de entrevistas 2020.

Jazz en Dominicana (JenD): Te pregunto, ¿quién es Jordi Masalles según Jordi Masalles?

Jordi Masalles (JM): Jordi Masalles es una persona muy afortunada y agradecida a la vez. Cuando me presentas en tus eventos siempre dices: "arquitecto de día y músico de noche", y efectivamente, el haber podido desarrollar esta "doble vida" ha sido una verdadera bendición.

Soy muy afortunado de contar con tu amistad y, si bien siempre reconoces el apoyo que te di en tus inicios por estos periplos jazzísticos, soy yo quien te agradece que siempre nos invites a participar en tus espacios de jazz, esa lealtad (la que adolecen muchos "amigos") te da un valor humano increíble, así que... ¡gracias!

JenD: ¿En qué está Jordi en estos momentos?

JM: En estos momentos, Jordi está cuidándose mucho por el tema la pandemia, ya estamos reintegrándonos poco a poco a nuestra firma de arquitectura y practicando mucho debido a los toques de queda que nos obligan a recluirnos temprano en nuestras casas. Me llevé para mi casa la batería electrónica de mi yerno, Nono, para poder tocar donde vivo, ¡es un juguete maravilloso!

JenD: ¿Cómo te interesas por la música?

JM: La música fue un gusanito que me acompañó siempre. Yo nací en Santo Domingo, en el año 1959, en la clínica Abreu. Al llegar a este mundo mis padres vivían en el edificio Buenaventura, que aún existe, en la calle Danae esquina Av. Independencia.

Mi papá fue el fundador de la carrera de química en la República Dominicana, en la Universidad Autónoma de Santo Domingo (UASD), y en esos momentos era el director de la Escuela de Química. El régimen trujillista (1930-1961) ya estaba en decadencia y lo detuvieron, pues, como los estudiantes de química sabían hacer bombas, lo responsabilizaban a él como director de la escuela.

Con un bebé recién nacido, y un ambiente muy turbio, mi papá se asustó, pues ya en ese momento habían asesinado a las hermanas Mirabal y ya Jesús de Galíndez había "desaparecido", por solo mencionar dos de los casos más sonados, el régimen estaba llegando a su fin. Nos envió a mi mamá y a mí a Barcelona, de donde es originaria mi familia, hasta que él resolviera su situación para poder reunirse con nosotros. Por esa razón mis dos hermanos menores nacieron en España.

En Barcelona yo estudiaba en el Liceo Francés y me cuentan que destacaba en la clase de música, a un nivel tal que les dijeron a mis padres que debían ponerme en clase de música. Mi padre, intelectual de avanzada para la época, decía que este tipo de actividades no debían ser obligatorias, que debía preguntárseme, a lo cual les respondí que no, ¡claro! Y ahí quedó la música en suspenso.

Volvimos a la República Dominicana en febrero de 1965, dos meses antes de la Revolución de Abril, y ese gusanito quedó dormido durante 15 años, solo salpicado por la presencia en mi casa de un pequeño órgano en el que sacaba de oído canciones como Por Amor, El Padrino, Rocky y otras más. Lo mismo me pasaba con la guitarra, en la cual te puedo obtener los acordes de cualquier pieza, todo siempre a base de mi oído.

Mi adolescencia se orientó hacia el deporte de alto rendimiento, me dediqué en cuerpo y alma a la natación, llegando a ser miembro del equipo nacional de natación que representó al país en los XIII Juegos Centroamericanos y del Caribe, Medellín, año 1978, y fui parte de la primera delegación de natación que participó en unos Panamericanos, los XIX Juegos Panamericanos, San Juan, año 1979. Incluso me ofrecieron una beca para ir a estudiar a Western

Michigan University, pero en la casa no había las condiciones para emprender esa aventura. Además, yo quería estudiar arquitectura, una profesión no compatible con una beca deportiva, por la cantidad de tiempo que requería, tanto la carrera como los entrenamientos deportivos.

Con esta última participación concluyó mi carrera deportiva, y es ahí que el gusanito despierta de nuevo, ya con 20 años, y estudiando arquitectura, en ese mismo año me integro a un grupo musical de estudiantes de arquitectura llamado Módulo, en el que empecé ayudando a organizar el escenario y acabé tocando bongós y percusión menor. Me estreno el 22 de noviembre de 1979 en un concierto con Módulo en una cancha pública en la ciudad de Higüey. Recuerdo ese día con tal precisión porque el 22 de noviembre es el día de Santa Cecilia, patrona de los músicos, y aún más importante para mí, es el día que cumplía años mi mamá.

Ahí empezó todo…

JenD: ¿Qué es para ti el Jazz?

JM: El jazz representa para mi una de las facetas mas creativas que pueda tener un músico, y en eso se parece mucho a mi profesión, la arquitectura. Cuando tocas una pieza de jazz nunca será igual a la próxima vez que la toques, no importa cuantas veces lo hagas, siempre encontrarás nuevas emociones que la harán diferente, interesante y divertida. De la misma manera, en arquitectura cuando, por ejemplo, diseño una casa, nunca será igual a la próxima que vaya a diseñar, esa variedad es vital en mi vida.

JenD: ¿Cómo llegas a él?

JM: Tal como expresé antes, empecé tocando en Módulo, un grupo músico-vocal formado por compañeros de estudios de la Escuela de Arquitectura de la UASD. Cantábamos básicamente música del Caribe hispanoparlante, Cuba, Puerto Rico, Venezuela, Colombia y Centroamérica.

Pero a mi siempre me llamó la atención el jazz, e iba a todas las presentaciones que podía de grupos como Barroco 21, donde tocaba Michel Camilo, y no me perdía ninguno de los grandes conciertos que se presentaron en el Chavón original, cuando aún no existía el anfiteatro, los conciertos se hacían en una tarima que se montaba frente a la iglesia de San Etanislao, allí vi tocar al Gato Barbieri, French Toast (en el que tocaba el mismo Michel), el grupo Mainstream, entre muchos otros.

Un lunes, no recuerdo el mes, del año 1980-81, fui a un lugar llamado El Bodegón, un bar-restaurant de la Ciudad Colonial, ubicado en la calle Arzobispo Meriño esquina Padre Billini, donde hoy se encuentra La Briciola, a escuchar a un grupo llamado 4 + 1 del maestro Guillo Carías, aunque iban en formación de 3 + 1, pues solo estaban Manuel (Tejada) en el piano, Wellington (Valenzuela) (EPD) en la batería y Cuquito Moré en el bajo, el 1 era Guillo.

Nos sentamos en la mesa de María Ramírez, esposa de Guillo, y ella me explicó que ese lunes era el aniversario de la actividad, que ese día iban todos los músicos que quisieran, con sus instrumentos, para hacer de la noche un verdadero jam sessión. Se me ocurrió decirle que tenía mis instrumentos de percusión en el vehículo y ella me incitó para que los buscara, yo le dije que se estaba volviendo loca, ¡que esos eran músicos de verdad! Ella se levantó y le vociferó a Guillo que yo tenia mis instrumentos en mi carro y él me dijo que los buscara.

Con más miedo que vergüenza los busqué y me ubiqué entre el piano y la batería, medio escondido. Cuando empezó la música, yo en mis bongós, para mi sorpresa resultó muy fácil, es como si estuviera tocando sobre una grabación profesional, la música era perfecta, el tiempo, en fin, lo disfruté mucho. Al concluir la noche Guillo me dijo que podía ir cuando quisiera, que le había gustado mucho como había tocado, y le tomé la palabra, fui todos los días de ahí en adelante.

JenD: Te iniciaste en percusiones. ¿Como llegas a la batería?

JM: Empecé en la percusión porque lo que me cayó en las manos fueron unos bongós muy buenos que tenía Módulo, los cuales conservo al día de hoy, pero siempre quise tocar batería, era el instrumento con el que soñaba. Logré reunir US$ 600.00 y la novia que tenía en ese momento tenía un viaje a New York. Le pedí que me comprara una batería, cuando lo pienso ahora veo lo absurdo que fue, pero como soy muy afortunado, su hermana conocía a Manuel (Tejada) que estaba por coincidencia en NY en esos momentos y él fue con ellas a comprarme la batería y los platillos, con una ligera diferencia, me compraron una bella Tama Superstar color caoba natural que, con platillos incluidos costó US$ 1,369.00. Cuando llegó, no tuve otra opción que tomar un préstamo para poder completar el valor de la batería.

Entonces llamé a Wellington (EPD), de quien me había hecho pana full, pues no sabía ni afinarla. Cuando Wellington entró a mi habitación abrió los ojos y me dijo: "¡Pero esto es un hierro!". El me enseñó a afinarla y así empecé a "dar palos" y aprender solo, por mi cuenta.

JenD: ¿Quiénes te influenciaron?

JM: Sin lugar a dudas debo empezar con Wellington Valenzuela (EPD), quien fue mi mentor, más que nada en el sentido de aprender a escuchar música, y en especial en escuchar a los grandes bateristas del momento, estamos hablando a partir de finales de 1979. Lamentablemente el no tenía el tiempo ni la disposición para dar clases de batería, lo cual traté infructuosamente varias veces.

El me ponía, sobre todo, a dos de los bateristas más importantes en ese momento, Billy Cobham y Steve Gadd. El primero una máquina explosiva, con un dominio de la técnica impresionante. El segundo un verdadero artista y creador, no solo de ritmos, sino de simples fills que aún hoy son objeto de estudio en diversos festivales de bateristas. Un exponente del menos es más, de pocos "palos" pero puestos de manera magistral en el transcurso de una pieza, no en balde era el baterista más reclamado para grabaciones en estudio. Y por supuesto, en sus orígenes, Elvin Jones y Buddy Rich, a quien vi tocar con Frank Sinatra en la inauguración del Anfiteatro de Chavón en La Romana, cuyo solo quedó inmortalizado en un video que circula en YouTube.

Además, me gustan mucho Antonio Sánchez, Vinnie Colaiuta, Jeff Porcaro, Bruford Carter y Dennis Chambers, entre muchos más.

JenD: ¿Realizastes estudios musicales?

JM: No, soy un auténtico autodidacta, pero todo el tiempo estoy estudiando música cuando la oigo y analizo. Incluso, tuve el atrevimiento de componer una pieza cuando me invitaron a participar con mi grupo en la XIX versión del Santo Domingo Jazz Festival de Casa de Teatro. Se titula Desde la Casa. Un participante en un Festival de Jazz de esa importancia debe componer algo, ¿No? Y parece que no nos fue tan mal, pues nos volvieron invitar el año siguiente, en la XX versión.

JenD: ¿Cuáles fueron algunas de las grabaciones (discos) que tuvieron el mayor impacto en ti y en tu crecimiento musical?

JM: Más que discos, prefiero referirme a artistas.

Después que aprendí a afinar la batería y ya había aprendido, a mi manera, algunos patrones rítmicos, el primer disco que puse para "tocar encima" fue el álbum "Say it with Silence" del flautista Hubert Laws, no recuerdo como cayó en mis manos, pero fue apropiado para empezar.

Chick Corea también fue de mis primeros amores. Lo vi en el Teatro Nacional, traído por la embajada americana en un concierto cuya entrada costó la asombrosa suma de siete pesos dominicanos (RD$ 7.00). Su música me encanta.

La música de Michael Camilo también ha tenido mucho impacto en mí, es de mis artistas favoritos, pues además es dominicano. Los cubanos Chucho (Valdés), Gonzalito (Rubalcaba), los hermanos Lopez-Nussa, etc.

Ni hablar de los grandes maestros, Bill Evans, Miles Davis, Brad Mehldau, Keith Jarrett y Herbie Hancock. En fin... me gusta la buena música.

JenD: Además de Guillo Carías, llegaste a tocar con Luís Dias, Fernando Echavarría y la Familia André- ¿Cómo fueron esas experiencias?

JM: Me considero una persona muy afortunada, porque he tenido la oportunidad de tocar con muchos de los mejores músicos de nuestro país, incluso llegue a tocar en una concierto de jazz sinfónico en una temporada de la Orquesta Sinfónica Nacional en el Teatro Nacional, y he tenido la dicha de tocar junto a músicos de la talla de Gonzalo Rubalcaba, Manuel Sánchez Acosta, entre otros.

En 1980 fui a Casa de Teatro a ver a un tal Luis Díaz (todavía se escribía con Z), a quien no conocía. Quedé prendado de la música que ese personaje hacía, combinaba la guitarra con la percusión que el mismo hacía en ella, me recordó al brasileño Egberto Gismonti. Un par de meses después dio otro concierto y volví a verlo. Luego del concierto me acerqué a José Rodríguez, el poeta, gran amigo suyo y mío y le dije que quería conocerlo. José me presentó como percusionista, y sin conocerme me dijo, "Ven, para que toques conmigo".

Empecé tocando los atabales, que había aprendido a tocar con Isidro Bobadilla, en ese entonces director musical del Ballet Folclórico de Fradique Lizardo, para un concierto con Ana Marina Guzmán (Convite), hasta que un día, ensayando en mi casa me dijo que su intención era formar un grupo electrónico, guitarras eléctricas, bajo y batería. Hablé con Héctor Santana y Juan Ordóñez, y así fue que se armó el primer Transporte Urbano. Dimos unos cuantos conciertos memorables en Casa de Teatro.

En esos momentos la música realmente me deslumbró, imagínate, tocando con Guillo, con Luis, también me llamaban para grabar jingles comerciales, e incluso hasta pensé en dejar la arquitectura para dedicarme a ella en cuerpo y alma. Me encontraba en último semestre de arquitectura, y en un acto, no sé si llamarlo de cordura o de locura, decidí terminar mi carrera, pues iba a ser muy difícil vivir de la música que me gusta hacer. Me retiré de todos los grupos, pedí una licencia en mi trabajo y me encerré en mi casa para terminar y presentar mi tesis de grado en arquitectura el 25 de enero de 1984.

Una vez graduado salí a buscar "mis" grupos, en el caso de Transporte Urbano había incorporado a Guy (Frómeta), Guillo no estaba tocando en esos días, y me quedé un poco en el aire. Fue entonces cuando me llaman para audicionar con la Familia André y fui seleccionado como parte de la "segunda generación" para tocar los bongós y la percusión menor. En esa segunda generación entraron conmigo Chichí Peralta, Ivan Carbuccia (con quien inmediatamente formé un trío de jazz), Freddy Simó, Roberto Bello... sumándonos a los miembros originales Carlos Mario Echenique, Rafaelito Vargas y, por supuesto, Fernandito Echavarría.

Si bien, era un grupo más cercano a aquel Módulo que a un grupo de jazz, fue una experiencia muy distinta. Tocar en un grupo de una popularidad tan grande fue impresionante. Donde quiera que llegáramos el público se volvía loco. Las canciones de Fernando conectaban con la juventud de la época, y el ritmo simple pero pegajoso eran la combinación perfecta para el éxito que tuvo este grupo. Lamentablemente, por razones de trabajo solo pude estar con "los Andrés" un año, tras el cual tuve un pequeño receso solo interrumpido por el nacimiento de mi hija Vanessa, momento que me llamaron para grabar en el disco infantil Tobogán, lo cual me pareció un buen legado.

JenD: ¿Cómo haces para balancear tu carrera de Arquitecto con el jazz?

JM: Pues de lo más bien, tengo en mi oficina, junto a mi escritorio, una de mis baterías armadas, a partir de las 6:00 PM, cuando los demás arquitectos se han ido, me siento a dar palos. La música es mi válvula de escape de las presiones que originan mi trabajo, con la particularidad de que no persigo las tocadas, toco porque me llaman, por eso me considero muy afortunado.

Irónicamente, la música me trajo mis primeros trabajos de arquitectura. Así fue con el Saint Michel's Grand Café, proyecto que ganó primer lugar en la Primera Bienal de Arquitectura del Caribe y que desarrollé junto a Cuquito Moré, a raíz de que tocábamos juntos con Guillo Carías. Luego les hice la casa a Manuel Tejada y Mariela Mercado, a Juan Luis Guerra y a Mariasela Álvarez...todos a partir de la música. Uno nunca sabe por donde van a venir las bendiciones.

JenD: Hablanos de tu proyecto Jordi Masalles y Tiempo Libre. ¿Cómo surge? ¿Qué lo define? ¿Cuál es el concepto?

JM: El nombre Tiempo Libre tiene una doble acepción, por un lado, refleja la libertad del tiempo inherente al jazz, pero por el otro, es cuando hago música, cuando tengo tiempo libre, aunque al final tengo que generar ese tiempo cuando tenemos que preparar nuestras presentaciones.

El concepto inició hace mucho tiempo cuando un amigo muy querido, Carlo Prandoni, era propietario del restaurant La Briciola. Me planteó que tocara una vez por semana en el patio de esa casa colonial, sin dudas, uno de los mas bellos de la Zona Colonial. El me planteó que fuera con un trío, pero a mi se me ocurrió generar el concepto de 3 + 1, pero, diferente al de Guillo, la idea era que hubiera un trio base (piano, bajo y batería) al cual se incorporaría un invitado especial distinto cada semana. El concepto funcionó a las mil maravillas, pues, por un lado, Carlo se entusiasmaba con cada sorpresa en la semana; por el otro, yo tampoco me aburría. Eso me dio la oportunidad de tocar con muchos de los mejores músicos del país que iban por la aventura, generalmente un éxito.

También han pasado muchos músicos muy jóvenes que han tenido la oportunidad de coger un poco de "calle" como parte de su desarrollo musical, chicos ganadores de la beca Michael Camilo, etc.

JenD: ¿Cuándo saldrá una producción discográfica?

JM: Me ha venido dando vueltas en los últimos tiempos, la experiencia de componer para el Festival de Jazz de Casa de Teatro fue muy interesante, he pensado que me gustaría, cuando me retire de la arquitectura, dedicarme a componer música, es un pendiente que cada día esta más cerca.

JenD: ¿Existe para ti el afro dominican jazz?

JM: Tengo un amigo, Brian Farrell, profesor de Harvard, una autoridad en entomología, que además también toca batería. Lo conocí a través de su esposa Irina Ferreras, dominicana, amiga de mis tiempos de deportista. Él me señaló que el Caribe era la tercera región con mayor biodiversidad en el mundo ¿Se lo pueden imaginar? Un aspecto más para enriquecer nuestra Marca-País, tan de moda en estos días.

También me dijo que, dentro de Las Antillas, la isla Hispaniola (República Dominicana y Haití) era la que tenía mayor biodiversidad de todas las islas del archipiélago caribeño. Por supuesto, esto ya no es difícil de deducir, pues somos los que tenemos mayores cadenas montañosas, culminando con el Pico Duarte, el mas alto de Las Antillas, el Lago Enriquillo, de agua salada ubicado 42 metros por debajo del nivel del mar, el punto mas bajo del Caribe, tenemos varios tipos de bosques tropicales, desiertos y la mayor cantidad de ríos.

Y menciono todo esto porque, de igual manera, nuestro lado de La Hispaniola, es decir, la Republica Dominicana, alberga la mayor cantidad de ritmos folklóricos que podamos encontrar en un solo país en todo el Caribe (otro aspecto más para la Marca-País) en un sincretismo provocado por el encuentro de la cultura española y las diferentes etnias de esclavos africanos que llegaron al país en época de la colonia, e incluso a veces desde otras islas del Caribe.

Esta riqueza musical es una cantera inagotable para ser estudiada seriamente, como lo hizo el grupo Convite en los años 70. Convite nos mostró todos esos ritmos, a partir de investigaciones sociológicas muy serias.

Me parece muy valioso que los nuevos compositores de jazz se interesen en nuestras raíces, tienen mucho mérito, aunque pienso que hasta ahora las producciones son muy miméticas, se incorporan los diferentes ritmos e instrumentos que caracterizan las distintas regiones de la República Dominicana, el reto será ver hacia donde evoluciona esta incorporación rítmica.

Ahora bien, tengo dificultades con el término afro dominican jazz, no me gusta que utilicemos el inglés para nombrar lo que somos (o lo que pretendemos ser), nuestro idioma es el castellano, en su versión dominicana, la que un "español de España" no entiende en absoluto cuando nos visita. No me parece autentico utilizar un idioma por razones mercadeo, cuando, si decimos jazz afro dominicano todo el mundo lo entendería, la diferencia es una sola letra.

Opiniones.

¿Cuál es tu opinión sobre el estado del jazz en la actualidad en nuestro país? Los festivales, y espacios de jazz en vivo, los medios.

JM: Creo que si vemos como se ha desarrollado el jazz en República Dominicana, desde los tiempos de Federico Astwood, lamentablemente ido a destiempo, sin lugar a dudas, hemos avanzado mucho. Hay varios factores que han influido:

Tu labor, Fernando, en ese proceso de difusión ha sido muy valiosa. En varias ocasiones te he adjudicado el título del relevista estrella de Federico, pues si bien este organizaba unos conciertos salteados en el año, tu te has dedicado a generar plazas para el jazz, dándole cabida a muchos talentos jóvenes que han formado sus grupos y ya hoy tienen una trayectoria muy destacada.

El éxito del Area de Música Popular en el Conservatorio Nacional de Música, iniciada con el querido Joe Nicolás y llevada a niveles estratosféricos por Javielo Vargas, ha generado una gran cantidad de chicos talentosísimos que han incursionado en el jazz de manera exitosa.

La gran cantidad de músicos que han salido a estudiar música en escuelas fuera del país.

La beca Michael Camilo, a través de la Berklee School of Music que se ha convertido en un evento anual de grandes expectativas para los músicos jóvenes para conseguir becas.

Las escuelas de música creadas en la Universidad Autónoma de Santo Domingo (UASD) y en la Universidad Pedro Henríquez Ureña (UNPHU).

¡En fin, el futuro esta encaminado!

JenD: Jordi, visitemos el tema del momento, ya que este virus ha marcado un antes y después en la vida de todos. ¿Qué ha sido para ti? ¿Qué quisieras compartir con nuestros lectores sobre este tema?

JM: Hablamos de eso en una entrega anterior, parece que hemos estado viviendo en una película desde principios del 2020, en la que cada uno de nosotros somos los protagonistas ante una situación de peligro real. He perdido muchos amigos en este período, algunos debido al propio Covid-19, y otros debido a otras causas, pienso que el estado de ansiedad que aún vivimos han acelerado procesos que han concluido con sus fallecimientos. Ha sido un período de gran ansiedad.

JenD: ¿Cómo consideras será el mañana, post pandemia?

JM: Se han tejido muchas historias bonitas alrededor de cómo la ecología ha mejorado en estos tiempos de Covid-19, que ha disminuido la contaminación, en fin, que la naturaleza ha mostrado signos de recuperación. A través de esta experiencia, la humanidad ha tenido la oportunidad de confirmar el daño que le hemos venido haciendo al planeta a través de siglos de "desarrollo", y ojalá aprendamos de esto para tratar de manera sostenible a nuestro medio ambiente. Yo temo que cuando las vacunas nos libren de este virus, volvamos a los mismos desmadres que habíamos venido haciéndole a La Tierra, ojalá me equivoque.

JenD: Para finalizar, ¿tienes algo decir a los lectores?

JM: Que, a pesar de que empezamos a vislumbrar una luz al final del túnel con lo de la pandemia con la llegada de las vacunas, es precisamente en este último tramo que no debemos descuidarnos, porque en cierta manera hemos relajado las precauciones que teníamos al principio de todo esto, y como en una carrera de distancia, los últimos metros son los determinantes, para que seamos todos vencedores.

A Jordi las gracias por el tiempo en responder con tanta entrega cada pregunta.

Dando click al código QR que sigue te llevará a la presentación de Jordi Masalles & Tiempo Libre en Casa de España, disfrútalo!

Esta entrevista fue publicada el 30 de diciembre de 2020

Cazador cazado

La entrevista a FAR por Alexis Méndez

Desde siempre, Música Maestro y Jazz en Dominicana han ido de la mano, apoyándose, complementándose, abonando desde la difusión, a la creciente ola de nuevos talentos, la que, a partir del jazz, ha construido un bastión artístico con personalidad. Esa colaboración delata la complicidad que convirtió a Fernando y a un servidor en buenos amigos.

Un día de este año que va corriendo (que a pesar de todo se mueve), el confinamiento nos motivó a trabajar en algunas ideas. Así, entre conversaciones, pusimos en el tintero la celebración de los 14 años de Jazz en Dominicana, lo que me llevó a proponer a Fernando que hiciéramos el asunto al revés: que esta vez no pregunte, que responda. De esa manera se dio lo que leerán a continuación: la historia de un cazador de entrevistas que fue cazado.

Entre camaradería, se me ocurrió iniciar con una pregunta que se ha hecho muy común en él: **"¿Quién es Fernando, según Fernando?"**. La carcajada estalló y en medio de ésta, el tipo respondió que es "un espíritu libre y espontáneo a quien le encanta la música". Y mejor no pude haber sido la repuesta, por lo menos para mí que así lo concibo, porque Fernando un día decidió convertir su gusto por la música, su pasión por el jazz, en su estilo de vida; y es feliz.

Alexis Méndez (AM) - ¿Dijiste espíritu libre que le encanta la música?

Fernando Rodríguez (FR) - Si, lo soy. La música la vivo. No me imagino qué sería de la vida sin ella, en especial el jazz, al que me dedico en un 100%, lo que me ha dado el acervo para gritar a los cuatro vientos que nuestro jazz nada tiene que envidiar al jazz de por allá.

***

Dije estilo de vida. Con el jazz mantiene un maridaje del cual son testigos otros placeres, sobre todo su don de gente.

(FR)- Me encanta escuchar un buen Jazz mientras disfruto de un cigarro acompañado de un Jack Daniel´s, o una copa de vino u oporto. Me gusta vivir la vida lo mejor posible, todos los días. Cada jornada nos ofrece tanto que hacer, tanto que agradecer y tanto por qué vivir. Lo que hago, lo hago al máximo, respetando al otro, con el corazón en la mano.

(AM)- Dame tu Hoja de Vida en pocas palabras.

(FR)- A ver. Te puedo decir que nací en Santo Domingo, que a muy temprana edad me mudé con mi familia a Estados Unido, educándome en Hempstead, New York. Luego realicé mis estudios superiores en la Universidad de Houston. En esa ciudad ejercí mi carrera hotelera con la cadena Hilton hasta el 1982, año en que regresé al país. Desde 1983 hasta 2008 me dediqué al sector del transporte y logística de carga, siendo, entre otros cargos, Gerente de Operaciones de Island Couriers/Fedex; Gerente División Aérea de Caribetrans; y Gerente en el país de DHL. En el 2006 creo Jazz en Dominicana, y desde el 2008 me dedico por completo a informar, promover y posicionar el jazz en el país, y gestionar la presencia del jazz dominicano en el mundo.

(AM)- ¿En qué momento de tu vida sentiste que el jazz es parte de tu universo?

(FR)- Siempre he sido, desde muy pequeño, amante de la música. Crecí entre el sonido de las Big Bands que disfrutaba mi papá, entre las voces de Frank Sinatra, Nat King Cole y Bing Crosby, las que disfrutaba mi mamá. En agosto de 1974, en la Universidad, me regalaron el álbum Sunflower del Milt Jackson Quintet. Esta producción fue la culpable de que entrara en la profundidad del género musical que tanto amo. En Houston se paseaba el "quien es quien" del Jazz (y muchos otros géneros) en los 70´s y 80´s. Tener la facilidad de ir una noche a ver un grupo, la próxima a otro, etc., consolidó mi gusto por el jazz.

***

Sunflower del Milt Jackson Quintet. Recuerdo haber escuchado a Fernando referirise a este álbum, y compartir dos temas durante su participación en el programa radial Música Maestro, en la que resaltaba la participación de Freddie Hubbard en la trompeta, Herbie Hancock en el piano, Billy Cobham en la batería y Ron Carter en el bajo. Lo definió como un álbum aditivo.

El código QR que está a continuación le llevará a Spotify a disfrutar del álbum Sunflower por el Milt Jackson Quintet:

(AM)- ¿A qué nivel te llegó a impactar ese álbum?

(FR)- Tanto que la primera vez que lo escuché, lo puse 17 veces consecutivas, y al día de hoy no pasa una semana en la que no lo ponga. No me canso de escucharlo.

(AM)- Hablemos de ese momento que, con orgullo, dijiste "esto de ser un gestor del jazz es lo mío"

(FR)- Creo que fue al terminar el primer año de las presentaciones de Jazz en Dominicana en Casa de Teatro. A sabiendas de que había comentarios y testimonios a favor del proyecto, tanto del blog como de las presentaciones, también los había negativos, de personas que no entendían el por qué yo podía lograr éxito a favor del jazz. Ambos lados me sirvieron de motivación. Además, al ver jóvenes músicos presentarse a casa llena, verlos exponer sus propuestas y que sean aplaudidos, valorados; el ver a músicos experimentados llenos de orgullo por el fenómeno que estaba surgiendo, por tener uno, y luego varios espacios donde tocar, eso me llevó a aceptar que aquella era, y seguirá siendo, mi misión de vida.

(AM)- ¿Cómo surge Jazz en Dominicana?

(FR)- De una manera poética. Nace del resultado de una inconformidad al asistir a un evento de jazz. Me explico. Sentado solo, escuchando y disfrutando de un solo de jazz en el bar del Teatro Nacional (septiembre 2006).

Ni el cuarteto (Guy Frómeta, Jeremías King, Sandy Gabriel y Rafelito Mirabal), ni yo entendíamos por qué me encontraba como único miembro del público esa noche. Ellos tocaron como si estuviera lleno. Gracias que no lo estaba, pues quizás la historia hubiese sido otra. Decidí, a instancia de ellos, compartir un escrito con las impresiones y emociones de esa noche. Ese escrito, "Un muy buen jazz en Santo Domingo", seguido por un segundo, "El Jazz está vivo en Santo Domingo", lograron motivar a amistades y conocidos a compartir lo vivido.

Rafelito Mirabal (pianista) expresó *"esa noche que quedó atrás igual que tantas y tantas otras en todo el mundo, y desde hace más de un siglo donde los músicos de jazz lo entregamos todo en una pieza, en una noche y en una vida. La gran diferencia de esa noche con respecto a todas las demás es que ahí nació Jazz en Dominicana. Ahí podemos comprobar, una vez más, como de las cosas simples y sencillas nacen grandes proyectos. El deseo de compartir una noche con sus amigos, hizo que una persona se propusiera y lograra, no solo atraer a sus amigos y allegados al mágico mundo del jazz, sino haber creado el movimiento de difusión del jazz más importante de los últimos años en nuestro país, con presencia en lugares públicos y en la internet"*.

(AM)- ¿Cómo nace el blog?

(FR)- A los pocos días del "empujón" dado por Los Cuatro - Guy Frómeta, Jeremías King, Sandy Gabriel y Rafelito Mirabal - decido iniciar el blog, la madrugada del 23 de octubre de 2006. Este nace con la intención de dar a conocer el jazz que se estaba realizando aquí, en la República Dominicana, ya sea por músicos nuestros o extranjeros, y el jazz que nuestros músicos estaban haciendo en el exterior. El blog ha desarrollado una ardua labor de promoción de nuestros talentos, difundiendo- en más de 1,800 publicaciones, artículos, reseñas de conciertos y festivales, entrevistas, biografías, fotografías y más- lo que cotidianamente denominamos "los músicos del patio".

Éste, los espacios y muchos otros proyectos que hemos realizado han servido para apoyar la difusión del género del jazz, y han contribuido a elevar el nivel músico-cultural del país, a diversificar el tipo de público que entra en el mundo del jazz y otros géneros musicales, ha ayudado al crecimiento de espacios disponibles para ofrecer presentaciones de músicos locales. En el caso particular del blog, ha servido de herramienta de consulta para los interesados en el tema, melómanos, músicos, educadores y estudiantes, prensa, organizadores de eventos y público en general.

(AM)- ¿Qué no harías si el tiempo retrocediera y te tocara volver a empezar con este proyecto?
(FR)- Uy, difícil la pregunta; pero pienso que haría exactamente lo mismo, pues hasta de los errores he aprendido.

***

A Fernando le sale una sonrisa cuando le se le pregunta de satisfacciones. Sin titubeos dice que una gran satisfacción es ser cómplice de ese momento especial que, entre aplausos, viven los músicos después de interpretar una pieza o un solo.

(FR)- Me gusta ver cuando en una presentación, en el momento de un solo ovacionado, surgen las miradas de unos a otros, sonrientes, felices porque lo lograron… ¡lo hicieron bien hecho y caló! Es gratificante verles las caras, sin importar la edad y experiencia, así como la del público.

Me siento feliz al cuantificar escritos, eventos. Las estadísticas son buenas, recibir reconocimientos también. Todo eso sirve de motivación; pero, repito, no hay nada como lo descrito anteriormente: ver a uno de esos muchachitos convirtiéndose en un jazzista, y escuchar a gente de afuera decir "wao" a una propuesta de jazz *made in Dominican Republic*.

(AM)- ¿Es Fernando Rodríguez de Mondesert Mr. Jazz en la República Dominicana?

(FR)- No lo creo. No hago lo que hago por ser esto, aquello o lo otro. Nunca pensé que mi hobby, mi pasión podría convertirse en el "trabajo perfecto". Es impresionante levantarme a diario con ideas, sin estar cansado por lo que hago; es satisfactorio compartir el jazz con familiares y amigos; y sobre todo trato de hacer todo lo que pueda en Jazz en Dominicana con entrega, ilusión, pasión y mucho amor.

***

A Fernando le emociona hablar del presente y futuro del jazz, y por supuesto, no para en su empeño de motivar a los actores de la escena, y respaldarlos.

(FR)- En el país se puede disfrutar de diversos eventos de jazz en vivo para un público que va en constante crecimiento. Tenemos festivales, conciertos, eventos semanales y periódicos, así como jazz en vivo en restaurantes; estos sin contar la gran cantidad de eventos privados, lanzamientos de productos, cierres de eventos y otros.

Hace 14 años casi no había lugares donde disfrutar de jazz en vivo. Hoy día tenemos eventos fijos, conciertos, no solo en Santo Domingo, sino en todo el territorio nacional. Y si habláramos de festivales, o de eventos que se auto-titulan festivales, tenemos el DR Jazz Festival, el Santo Domingo Jazz Festival en Casa de Teatro, Jazz Restauración, Jazz en La Loma, Haina de Jazz, y los que se vienen realizando en La Vega, La Romana y San Francisco de Macorís.

Me gustó mucho que, en medio del trabajo del libro de entrevistas 2019 de Jazz en Dominicana, pude leer una frase de Alfredo Balcácer: "Es nuestra responsabilidad social como músicos y artistas de documentar lo que hacemos". Los últimos años han sido dorados en cuanto a producciones discográficas, y esa es la mejor prueba para determinar y sentir dónde están y hacía dónde van nuestros músicos.

Nuestro jazz está en un excelente momento y toca a cada uno de los actores hacer lo que corresponde, y hacerlo bien.

(AM)- ¿Alguna sombra entre tantas luces?

(FR)- Mi queja es que, siendo la nuestra una labor de gestión cultural a favor de un género musical de mucho valor, no encuentre apoyo, así sea parcial, por parte de nuestras entidades gubernamentales, así como del sector privado, quienes se amparan en la frase "el jazz no vende".

Mi preocupación mayor es que por la falta de apoyo, no haya más espacios, más programas radiales, más cobertura en la prensa, más respaldo de entidades gubernamentales y comerciales. Estos son los medios para que el jazz se mantenga sano y presente, hoy y mañana.

***

Quise finalizar la entrevista preguntándole por otras músicas. Lo cierto es que no imaginamos, por lo menos yo no imagino, a Fernando con su puro y su trago, y escuchando otra cosa que no sea jazz; pero su respuesta dice que estoy equivocado, pues como él siempre dice, en broma o en serio, "no solo del jazz vive el hombre".

(FR)- Haber vivido en tantos lugares me permitió conocer otros géneros y estilos. Además, tuve una educación en la casa que incluía música clásica, los grandes boleristas y cantantes latinoamericanos, los que pude escuchar y apreciar desde temprana edad. A eso súmale que, desde la escuela elemental supe del naciente R&B, del rock y del funk. En la época universitaria aprendí de country & western, de southern rock y más. En cualquier momento puedo disfrutar desde la Rapsodia No. 2 de Liszt, hasta "Todo se transforma" de Drexler, pasando por "Anacaona" en voz de Cheo Feliciano, y "Blue eyes crying in the rain" de Willie Nelson, para luego terminar con "Black dog" de Led Zeppelin.

(AM)- ¿Nada de música y músicos dominicanos?

(FR)- ¡Claro que sí! Nuestra música es rica y me encanta. Entre mis composiciones favoritas está "En la oscuridad" de Rafael Solano. Hay una versión que me encanta, interpretada por el mismo maestro a piano y voz. A través de Solano pude descubrir un importante repertorio que va desde boleros y baladas, música popular, folklórica, merengues, bolemengues, corales, música religiosa y más. De sus temas "Por Amor" y "Dominicanita" ni decir.

Agrega la invitación de nuestros jazzistas a explorar y conocer nuestra herencia folklórica, con la que he ido descubriendo, aprendiendo y valorando nuestro legado cultural a través de la salve, sarandunga, palos, música de gagá y otras expresiones. De la misma manera descubrí a tantos valores como Johnny Ventura, Fernando Villalona, Sergio Vargas, Sonia Silvestre, Luis Días y Juan Luís Guerra. De todos ellos me sentido orgulloso, y de la calidad musical que, en sentido general, ha parido nuestro país en cualquier género.

A todo lo que ha dicho se suman más cosas, en favor del jazz y de los músicos dominicanos. Al momento de realizar este diálogo, Fernando se estrena como autor de libro. Gracias a su blog, que quedó finalista en los premios Global Blog Awards, pudo publicar un libro que diagnostica el estado de la escena del jazz en la República Dominicana.

Se trata de 11 entrevistas realizadas en 2019 para *http://jazzendominicana.blogspot.com*, a 7 músicos y 4 productores de radio, un acto de justicia para nuestro jazz, un reconocimiento a las batallas libradas por un Quijote que no le tuvo miedo a los molinos del establishment. Es lo que viene.

Jazz en Dominicana - Las Entrevistas 2019 puede ser obtenido en Amazon en dos modalidades: Paperback y Kindle. El siguiente código QR le llevará a la página de Amazon donde estos se encuentran:

Esta entrevista fue publicada el 5 de noviembre de 2020

También puedes sintonizar el Programa de radio Musica Maestro donde Fernando participa con sus secciones especializadas en jazz todos los domingos a las 3:00 pm (GMT -4). El código QR a continuación le llevará a la página de inicio, donde podrá disfrutar de la programación de música las 24 horas del día, los 7 días de la semana, además del programa del domingo.

Sobre el autor

Fernando Rodriguez De Mondesert nace en Santo Domingo, República Dominicana; y a muy temprana edad se muda a Estados Unidos donde vive y se educa en Hempstead, New York. Hace sus estudios superiores en la Universidad de Houston y ejerce su carrera hotelera con la cadena Hilton hasta el 1982 cuando retorna a su país natal. Desde 1983 hasta 2008 dedicado al sector del transporte y logística de carga; habiendo sido, entre otros: Gerente de Operaciones de Island Couriers / Fedex; Gerente de la División Aérea de Caribetrans, S.A. y Gerente de País de DHL. En el 2006 crea Jazz en Dominicana, y desde el 2008 se dedica a cada día informar, promover, posicionar y desarrollar el jazz en el país y jazz dominicano al mundo.

A través de su plataforma, Jazz en Dominicana, el gestor cultural ha desarrollado una serie de herramientas, productos y servicios que complementan la misión escogida en pro del género musical. Estas incluyen:

Escritor: En el Blog ha escrito más de 1, 830 artículos, reseñas y biografías; además, sus artículos han sido publicados en periódicos nacionales dominicanos como: "Listín Diario", "Hoy", "El Caribe" y "Diario Libre". Escribe en la afamada All

About Jazz en inglés. Es miembro del Jazz Journalist Association.

Creador y productor de espacios de Jazz en vivo: en ellos se han realizado más de 1,250 eventos desde Septiembre del 2007. Actualmente los espacios que maneja son el Fiesta Sunset Jazz y Jazz Nights at Acrópolis en Santo Domingo.

Productor de conciertos. Se destacan el World Jazz Circuit en los cuales se presentaron grandes como Peter Erskine, John Patitucci, Frank Gambale y Alex Acuña; los conciertos que por 10 años consecutivos se han realizado con motivo del Día Internacional del Jazz, entre otros.

Escritor de Liner Notes y productor de lanzamientos de producciones discográficas. A la fecha ha escrito los Liner Notes de 10 discos, y producido 9 lanzamientos.

Otros: Expositor en charlas sobre el género; participaciones en programas radiales; el llevar a grupos dominicanos a festivales en el exterior; miembro del panel de jueces para el 7 Virtual Jazz Club Contest; y, miembro del programa radial Música Maestro entre otros.

Ha recibido muchos reconocimientos, entre ellos: los Ministerios de Turismo y de Cultura de la República Dominicana, UNESCO, el Centro León, International Jazz Day, Herbie Hancock Institute of Jazz, Casa de Teatro, Festival de Arte Vivo, MusicEd

Fest, en el 2012 el Premio Casandra por ¨Mejor Concierto del Año - Jazzeando¨.

Ganador del Global Blog Awards 2019 Season II. Con la Ukiyoto Publishing Company publicó su primer libro: Jazz en Dominicana - Las Entrevistas 2019 en febrero de 2020. Y, en enero de este 2021 su segundo título: Mujeres en el Jazz … en Dominicana.

Por estos medios Fernando aporta a la cultura de la música, en especial del Jazz, en la República Dominicana.

JAZZ EN DOMINICANA - 2020

The Interviews 2020

FERNANDO RODRIGUEZ DE MONDESERT

Dedication

I dedicate this title, which compiles the interviews published on the Jazz en Dominicana blog during the year 2020, to my wife **Ilusha**, my everything, my great support, counselor, inspiration and above all ... my friend. To Sebastián, Renata and Carlos Antonio, who every day give me reasons and lessons on how to be better human being and give more of myself to others. To Ianko, Grethel & Pedro.

To those who have greatly helped me with this publication: Alexis Méndez, Guillermo Mueses, Luís Reynaldo Pérez and each of the interviewees. To all of the actors in the jazz genre in the Dominican Republic.

It is for all of you and for jazz in our country, the Dominican Republic, that these efforts are being made and will continue to be made.

Acknowledgements

In October of 2006, with great enthusiasm, dedication, passion and love, I started Jazz en Dominicana and I am very sure that this will continue. What began as a digital medium focused on informing about the dynamics of jazz in the Dominican Republic, has become a project that has carried out a labour of love in promoting and develop our talents, in the country and internationally. I want to thank to the musicians (those of yesterday, those of today and those of tomorrow); to the great fans that follow jazz; to establishments that have been and are hosting venues; to the brands that sponsor and believe in this genre; to the written, digital, radio and television media; and to great friends for their support.

I am very grateful to **Ukiyoto Publishing** for believing that a jazz blog, in Spanish, can have content of high quality, that has motivated them to invite me to deliver a third title for them, the first being *Jazz en Dominicana: The Interviews 2019* (2020) and the second *Women in Jazz, In the Dominican Republic* (2021).

I also want to thank the **Jazz en Dominicana** team: producers, sound technicians, illustrators, photographers, collaborators and more, who are always ready for upcoming jazz events, projects and adventures.

To all, my most sincere and heartfelt thank you.

Prologue

Fernando Rodríguez de Mondesert, based on creative cultural management, has built a platform for the promotion and dissemination of jazz in various aspects: "Jazz en Dominicana" as a means of diffusion, with more than 1800 articles on his blog; a schedule of weekly concerts, more than 1200 events so far, in hotels, bars, restaurants and in unprecedented venues for jazz: the atrium of a shopping center, in a food truck park, on stairs and steps in the city's colonial zone; the co-production of albums by artists such as Alex Díaz, Anthony Jefferson, Jonatan Piña Duluc; producing album releases by renewed performers such as New Orleans bluesman Peter Novelli, the aforementioned Díaz, Piña Duluc and Jefferson, Juan Francisco Ordóñez, Sandy Gabriel, and Retro Jazz, among others; and the intermediation for the invitation of national musicians and bands to renowned international festivals such as Barranquijazz, Panama Jazz Festival, Indy Jazz Fest and the Mompox International Jazz Festival.

But he doesn't stop there. Fernando has been conducting interviews with relevant figures of the Dominican jazz scene, musicians, broadcasters and researchers, who enrich the local jazz scene with their work. These conversations are published in the blog jazzendominicana.blogspot.com, which by the way, was awarded at the Global Blog Awards 2019. The award in question consisted of the publication of a book that turned out to be Jazz en Dominicana - Interviews 2019. Then he published Mujeres en el Jazz, in the Dominican Republic, both published by Ukiyoto Publishing and in a bilingual versions.

Now comes his third book: Jazz in the Dominican Republic - Interviews 2020, in which he puts together 12 interviews with radio producers Sandy Saviñón from Notas de Jazz; Franklin Veloz of Locos por el Jazz Radio and Octavio Beras Goico de Música a las Doce. And renowned musicians Ernesto Núñez (trumpet); Rafelito Mirabal (piano); Isaac Hernández (guitar); Javier Vargas (guitar); Esar Simó (bass); Guy Frómeta (drums); Socrates García (guitar); Paul Austerlitz (multi-instrumentalist); and Jordi Masalles (drums). In addition, a special interview titled The Hunter is hunted, conducted by radio producer Alexis Méndez with Fernando Rodríguez de Mondesert himself.

Undoubtedly, these publications are the result of the patient and tenacious work that Fernando has carried out, driven by the passion he feels for Jazz, a passion that led him more than a decade ago to dedicate all his efforts to creating a scenario for Jazz to be known. and enjoyed throughout the Dominican Republic's territory and that the Jazz made in the country be recognized throughout the world.

As I once wrote about this cultural phenomenon that is Jazz en Dominicana, Fernando Rodriguez de Mondesert has so pursued his utopia that many of us believe and accompany him on his journey.

We hope that this is the third of many more books and that you, jazz lovers, also converse with these essential actors of the Dominican music scene.

Luís Reynaldo Pérez

Poet, editor y cultural promoter

Abril 2021

A book with music that you can listen to

As a way of having these readings interactive and didactic, we have supported the texts with the inclusion of ¨QR¨ (Quick Response Code). This allows us to listen instantly, through a mobile phone or other technological device, samples of the work of the musicians that are part of this publication. This is a resource that connects readers with these musicians..

Download a QR Code reading application, available in Google Play Store, if you have Android, or App Store, if you have Apple technology.

Sandy Saviñon

In September of 2019 Jazz en Dominicana - The Interview Series insisted on making known, in addition to musicians, other actors of the jazz scene in the Dominican Republic. Hence, we published interviews with producers of radio programs in our country. In 2020 we continue with these important personalities, and of course with musicians.

It is for us a pleasure and honor that our first publication of this 2020 series is with the radio producer Sandy Saviñon of the Notas de Jazz radio program, which airs every Saturday from 9:00 to 10:00 at night on the Quisqueya station FM, from Santo Domingo.

Sandy Nelson Saviñon Pichardo is a communicator, lawyer, and lecturer. He writes for several national newspapers such as: El Nuevo Diario and Acento. He is the host of the radio program Efecto GL with Sandy Saviñón. In addition, he is director of content and creativity of production of several programs on Dominican radio and television.

Thus we commence with the interview:

Jazz en Dominicana (JenD): We started the interview by asking who Sandy Saviñon is according to Sandy Saviñón.

Sandy Saviñón (SS): Sandy Saviñón is a dreamer who has pursued his goals, undertaking them with his own projects, seeking to develop and contribute culturally to the country. He is an entrepreneur who knows no limits and believes that it is possible to raise the cultural level to its highest level in all its manifestations in our country.

JenD: How did your passion for music start? Listening to it? Who influenced you?

SS: It started with my father Francisco (Paco) Saviñon, announcer. I always listened to the radio and through it I got to know American music: James Brown, Jackie Wilson, Elvis Presley, among others. With my father, who had the honor of meeting some of the artists mentioned, that interest and appreciation for music was born in me. Later I began to immerse myself in jazz, initially Dave Brubeck and Miles Davis attracted my attention. I began piano studies with my brothers, with a private teacher and I also studied music appreciation with my dear friend Catana Perez and other supplementary subjects to the art of music.

JenD: How did you get started in radio?

SS: When I was 18 years old, I started working in the audio recording department of the Corporación Estatal de Radio Dominicana (CERTV). I was studying a Law Degree and at the same time voice over at the Otto Rivera School, culminating both courses, from which I accompanied my father on his radio program called La Batalla de Recuerdos. Later, I connected with the Jazzomanía program, produced by

Carlos Francisco Elías and Tony Domínguez, which was broadcast on the same station as my father's program, Quisqueya FM 96.1. An opportunity was opened to me to be in this program, deepening my knowledge about jazz and actively participating in that musical area.

JenD: What is Notas de Jazz? How was it born?

SS: After finishing my participation in Jazzomanía, I started to make weekly "Jazz Note capsules" as a section in the program of La Batalla de Recuerdos. Within a few months, these capsules blossomed into what is now our Notas de Jazz program.

Notas de Jazz is the result of my training and musical vocation. It is a radio program dedicated to promoting the culture and values of jazz. It is my contribution to the cultural development of our country, especially to young people who are often unaware of the artists and the richness of this music.

JenD: How do you prepare each program? How do you choose the music?

SS: The program is the result of what I study and listen to every day. I select the music that will be played on the program and after the selection, I study each topic for better reference. However, there are news and information of the moment that can arrive on the same day of the program and that forces them to be approached and even reschedule, for example dedicating the programs to the musical repertoires of artists highlighted by some event.

JenD: How do you choose the interviewees?

SS: It will depend on the topic to be touched on. In addition, I am always very attentive to new talents and local artists to open the doors of our program to them.

JenD: How has Notas de Jazz evolved? What is the current format like?

SS: At first it was difficult to position ourselves because the program was at night and on a Saturday. We intensified the promotion on social networks to have more of a reach, dedicating ourselves every Saturday to making a good program. Today, 4 years later, the program has a wide and loyal audience that is demanding and challenges us to renew ourselves daily. For this reason, in addition to tackling jazz topics, other topics from the cultural world are sporadically discussed: theater, cinema and cultural activities in general.

JenD: What makes a difference in your program?

SS: Two things make the difference: The young talking about not so popular cultural issues. And also the foundation of the use of social networks as a distinctive pillar. Communication has changed, but this change is not perceived in all radio programs, since today many communicators are disconnected from technology and new ways of communicating. I call them disconnected scholars.

JenD: You are, possibly, the one who makes the most use, at the moment, of the technology and tools that social networks allow. How do you decide the use of these, and how do you manage to do it in each delivery?

SS: Working in the digital communication department of Channel 4RD, the importance of using digital media was always very clear to me. I have always been a fan of these in all their expressions, therefore, the use of live broadcasts and other tools offered by social networks have been an essential part of the program. I love communication so much that I find myself studying my second degree in precisely such environments: Digital communication.

At the beginning I was a kind of "do-it-all", because I produced and hosted the program and handled social networks at the same time. As the program evolved, we formed a digital communication team in which all the work is distributed.

JenD: What do you think of jazz in the country today? How do you see it compared to 10 years ago?

SS: There is undoubtedly an expansion of jazz in the country, both in terms of holding events and in the proliferation of new artists. This is due to two aspects in my opinion: 1) the determination and permanence in the development time of jazz events in the country, regardless of profitability, from Federico Astwood to today with event producers such as: Fernando Rodríguez De Mondesert of Jazz en Dominicana, Ángel Feliz of Haina de Jazz and concert/festival producer Ivan Fernandez. And, 2) the effects of the impact of globalization that have allowed the last generations to have an approach to the knowledge of jazz. What used to be music for a select group, today is for everyone to enjoy.

JenD: Doors continue to open for our jazz in festivals and events abroad; What does this mean for jazz in the country? What does it mean to you?

SS: Today there are many Dominican jazz artists who excel in foreign waters. This means that our talent transcends and that through training and effort it is possible to impact other countries. This has an impact on the new generations showing that you can grow and advance by betting on jazz.

JenD: Starting a new year and at the same time a decade, what plans are there for Sandy Saviñon in 2020?

SS: We will continue promoting Notas de Jazz. This year we will start a series of chats and conferences for the promotion of jazz as a way of taking our program out of the booth and in turn contributing to musical pedagogy, mainly among young people.

In turn, we have started a new project called Efecto GL with Sandy Saviñón. It is a more open radio magazine where we discuss political, economic, social, technological issues and many more. Efecto GL was born, among other reasons, as a request in Notas de Jazz that other issues be addressed, and in order not to stray from the essence of Notas de Jazz, we opened another program in order to discuss issues of another nature.

JenD: These days the world has been affected by the corona virus. What has this event and this time meant personally?

SS: As appropriate, it has been a time of social isolation. I have taken advantage of it intensely, developing my projects at home and sharing time with my wife. Also, being conscious, I have been aware and helping some people who do not have the same peace of mind as others at this moment in time.

JenD: Regarding this pandemic, what challenge or challenges do you face as a communicator?

SS: Thanks to digital platforms we can continue to be productive from our homes. We continue to use digital media. Communicators at this time must make intensive use of digital media. We are challenged to continue our radio programs without being in the booth, bringing the timely and accurate information that people need.

The challenge is to adapt 100% to digital media, with the use of live broadcasts on platforms and tools that are years old and from now on will be institutionalized as basic tools for daily use.

These platforms show us that radio or television can be done from home.

Sandy, what would you like to add to our readers?

SS: Communication is really one of my great passions and it is a very important branch in daily life. Having the opportunity to combine it, in this case, with jazz, configures an extremely enriching space for me and I know that it is enjoyed by many. I am honored to be an example to many young people in my country, giving back what the country has given me.

Notas de Jazz

Producer: Sandy Saviñón

Assistant producer: Jael Martínez

Radio dial: Quisqueya 96.1FM, Santo Domingo.

Internet address: *www.quisqueyafmrd.com*

Program date: Saturdays from 9:00 to 10:00 pm.

This interview was published on April 4th, 2020.

Opening above QR will take you to Sandy Saviñon´s page on Spotify

Franklin Veloz

We continue with interviews of important jazz actors in our country. We are honored to share the one performed by Franklin Veloz and his radio program Locos por el Jazz.

On August 31, 2015, the radio program Locos por el Jazz was born in Puerto Plata. Initially, it aired from Monday to Friday, from 1:00 to 2:00 in the afternoon, on Fantasía 90.5 FM. In 2017 the program made the transition to online radio 24 hours a day, 7 days a week. Through technological channels we managed to have a meeting with Franklin Veloz. The following is the interview we made.

Jazz en Dominicana (JenD): We started the interview by asking who is Franklin Veloz according to Franklin Veloz?

Franklin Veloz (FV): He was born on November 10, 1966 in the city of Puerto Plata, Dominican Republic, and is the third of 11 siblings. He happily married the young Rocío Rojas and as a result of this relationship there are Gerard Fernando and María José Veloz, their offspring. Fervent believer in God. Passionate about voice over, radio, music of all genres and aspects.

JenD: How did your passion for music start? Listening to it? Who influenced you?

FV: It happened in the early 80's. I started to listen and discover the music of Paquito D'Rivera, Claude Bolling & Jean-Pierre Rampal, Freddie Hubbard, Herb Alpert, Sergio Mendes, Pat Metheny, Paco de Lucía, Miles Davis, and others. Thanks to people like

José Silverio Plá, Natalio Puras, Dr. Arnoldo Steen and Ángel Tomás Núñez.

JenD: How did you get started in radio?

FV: In November 1980 on a morning program of Christian content on Radio Puerto Plata, at 900 AM. In 1982 I took the first voice over course taught in Puerto Plata by radio announcer and lawyer José Luis Taveras, obtaining the highest qualification among 30 participants.

JenD: At the end of August 2015, Locos Por El Jazz was born, a radio program that was broadcast from Puerto Plata. Tell us how it started.

FV: Taking into account the felt need and absence of local radio broadcasting.

JenD: How did Locos por el jazz evolve? What is the current format like?

FV: It is a dream that was born and strengthened during a long experience of more than 35 years of deep identification and passion for the so-called "music of musicians": Jazz.

From being a program of one hour, it became an On Line digital station specialized in the dissemination of jazz at its best. A channel open to all the cultural, artistic and human richness that contains the fascinating, exquisite and vibrant world of jazz. And to be more holistic, we include peripheral genres such as bossa nova, samba, blues, funk, encompassing a wider audience.

It has the post modern audio and video technological resources, thus guaranteeing an excellent reception from our distinguished public who give us prestige by contacting us.

The slogan creatively defines an ideal type of audience, "Only for sane people without complexes." It refers to an audience with a preferential taste for quality music, adult men and women of young souls and a broad cultural background, which allows them to assess and value transcendent artistic talent and enjoy the enveloping language of the notes of an exquisite piece of jazz.

Locos Por El Jazz Radio is the first 24/7 Jazz Online Digital Radio in its content and proposal made from Puerto Plata, Dominican Republic for the entire planet. We are a radio station with high technological criteria through the use of solid state device or SSD

(Solid-State Drive) is a type of data storage device that uses non-volatile memory, such as flash memory, to store data, instead of the plates or magnetic disks of conventional hard disk drives (HDD).

JenD: When did you decide to turn the show into a 24/7 internet station?

FV: In 2017, as a result of Fantasía 90.5 FM passing to its original owner. From the one-hour evening program Monday to Friday, it went *OnLine* station 24/7 every day.

JenD: How do you prepare each show? How do you choose the music?

FV: Currently, we broadcast informal programming due to the economic resource factor. In the next few months the details will be ready to offer a proposal as we have thought and designed: Today, from 8:00 AM to 5:00 PM, jazz, samba bossa nova, blues, funk; 5:00 PM to 7:00 PM, Latin jazz only; from 7:00 PM to 9:00 PM, Great Jazz Divas; 9:00 PM to 10:00 PM, Jazz Fusion; 10:00 PM to 12:00 midnight, Immortals of Jazz; 12:00 midnight to 7:00 AM, Smooth Jazz.

On Fridays from 9:00 PM to 10:00 PM, JazzTaBueno, a recorded Venezuelan production conducted by José Luis Cova. Coming soon La Otra Música with Paco

Sánchez from Seville Spain, also a recorded program. And Oreja de Jazz, production / conduction live by a server from Monday to Friday at 12:00 noon to 2:00 PM. In the future, others will jibe added.

We select the music taking into consideration the criteria and assessment of the target audience to whom the production and content is directed.

JenD: For you, what makes a difference in your show?

FV: The listener is who really has to say and qualify that. It is not wise to pass judgment on your own. It is my way of thinking. I'm like this.

JenD: What difficulties or challenges does it mean to schedule music for 24 hours a day, 7 days a week?

FV: Not at all, no difficulties or challenges. We fully live what we do and we do it with integrity, passion, love, soul and heart.

JenD: What do you think of jazz in the country today? How do you see it compared to 10 years ago?

FV: Number 1, there is a need for more sincere support from the state and the business community in general. Number 2, there is more presence and diffusion through the media and places that serve as stages.

JenD: Give us your thoughts on:

Jazz festivals in the country:

Great! But they have to seriously integrate those of us who are tenaciously divulging every day and everywhere (communicators, media owners and directors who really live jazz at its best).

Scheduled events:

They must improve promotion, capitalize on it. Furthermore, they must multiply as they receive the urgent sponsorship.

Periodic events:

More openness in every sense of the word, achievable. That everyone has access to enjoy.

The media and jazz:

Closed. I speak from my own experience. On several occasions I have spoken with radio station owners and their response has been totally negative, they denote a lot of ignorance. The Ministry of Culture, and other state institutions, do not provide the required support. Timid or null investment (budget).

JenD: Doors continue to open for our jazz at festivals and events abroad. What does this mean for jazz in the country?

FV: The talent pool in the Dominican Republic is inexhaustible. It fills me with great satisfaction that we are impacting beyond our borders.

JenD: Starting a new year and at the same time a decade, what plans are there in 2020 for Franklin Veloz?

FV: With God's favor, consolidate Locos Por El Jazz Radio, live broadcast on social networks and with more faith work to acquire a low power FM radio frequency. I have not divorced myself from conventional radio, but do insist on being a force in Puerto Plata radio.

***

The arrival of the Coronavirus in February and March radically changed the behavior of everyone in the country and in the world. So we asked Franklin to answer the following two questions:

JenD: What has this event and time meant to you personally? As a communicator, what challenge or challenges does this pandemic pose for you?

FV: One: Total solidarity, understanding, on the highest level. My wife and I live from casual work. We sell second-hand clothing, advertising spots, production services and two OnLine stations, among others.

Two: From the media, wise and timely guidance for the entire community, without exception, is made urgent and with greater vehemence. It is mandatory to reinvent yourself and develop new strategies to survive. God is on our side and that is what ultimately matters.

JenD: What would you like to share with our readers?

FV: There are few jazz lovers in the country, we must have regular fraternal encounters, two or three times a year and in this way strengthen the bond of friendship and consequently of solidarity.

Locos Por El Jazz Radio

Producer: Franklin Veloz

Web Site: *https://www.locosporeljazzradio.com*

24/7 internet radio

This interview was posted on April 13th, 2020

Opening above QR will allow you to enjoy the programming on Locos por el Jazz radio

Octavio Beras Goico

We are honored to close the cycle of interviews with radio program hosts with a long "conversation" held with Octavio Beras Goico, producer of the radio program Música a las 12 de Tutín Beras Goico, who has maintained and keeps alive his father's vision and mission of bringing the best music and best possible programming for listeners who enjoy this radio broadcast from Monday to Friday, from 12:00 to 2:00 in the afternoon on 97.7FM, as well as on estacion977.com on the internet.

With Octavio I have developed a long and great friendship. I am proud to be his friend, because of his way of being, his fidelity; the way he smiles, his dedication, as well as the way in which he prepares the programs by making use of a vast discography that he has of his father and his own, in addition to having the contributions that have been made by common throughout the years. So I present the conversation held with Octavio, in our interesting conversation:

Jazz in the Dominican Republic (JenD): I ask you. Who is Octavio Beras Goico according to Octavio Beras Goico?

Octavio Beras Goico (OAB): I hadn't thought about defining myself; but here we go. Octavio Beras Goico is a person who loves good things, including music. I am very measured in my actions, all selfless. Thank God, the inheritance I have received from the old man has taught me a lot about honesty, that when you help other people, the favor is returned to you. I am very sensitive to injustice. In that I do put a stop; reactionary perhaps, but very meticulous in the outcome of those actions. I love to take advantage of the things I like, study them, taste them, like good wine, whiskey, rum, cigars. Enjoying these things gives meaning to actions in my life.

I am a lover of my family, my children, I give myself totally to the things of my home, to which I give priority. I've been like this all my life. I never leave out creativity in economic production, logically; I don't consider myself a hard-working person, but I do consider myself dedicated to the things I undertake. One of my qualities is that I try to make everything go well for me; regardless of whether something fails at some point, I worry that what I do will meet all the goals that I have set for myself.

I am a normal person, who moves in all social strata, I do not have class distinctions, I move and I have friends in all of these. And thank God for me they have lasted over time, because I am sincere. That's me.

JenD: How did your passion for music start? Listening to it? Who influenced you?

OAB: I don't remember a starting point, since I can remember it has been present in my daily life. Our routines, when we woke up in the morning, was to go to school, then do extracurricular activities in the afternoon and return home, see my father arrive at dusk, changing his clothes to his famous khaki shorts and leather sandals and automatically, in a subtle way, jazz flooded the whole house. Then it was time to be with my old man to help him clean his vinyl records and share his greatest passion together: music.

It is logical that my greatest influence and musical taste comes from the influence of my father, Don Tutin. Thanks to him I began to feel everything I heard, to appreciate good musical arrangements and to understand how music could change moods. And when I talk about music, it is understood that I am not only referring to jazz, but to all genres, especially the bolero.

JenD: How did you get started in radio?

OAB: By accident really. Don Tutín Beras Goico already had approximately 2 years with the program and suddenly suffered from an aneurysm for which he had to leave the country in an emergency plane. My brother and Mother went with him. I was alone in the country and the first thing that crossed my mind was to ask myself, "What about the old man's program?" Now, what do I do? The program is going to flop! " I immediately went to his house and found the "bundle" that he always carried and inside there was a notebook where the old man recorded all the programs he made (theme, author, composer, performer, year of recording, duration, etc), Anyway, everything, even what I was going to say, was written. I took it and appeared at the station, which received me with tremendous affection and gave me all its support so that the program could continue in the momentary absence of my father.

It was the first time that I entered a radio booth and spoke through a microphone, but with the support of the director of the station at that time, Mr. Paino Pichardo, everything was made easier for me. That same afternoon -an afternoon in 2003- Musica a las Doce aired with Octavio Beras Goico but with the script by Don Tutín (Risa).

Months later, my old man returned and we began to do the program together, until January 20, 2005 when God took him to heaven, where we will surely meet again. I have been sitting in that place for 14 years, continuing a difficult task to overcome, that of my old man. I do my best to continue his legacy.

JenD: What is Musica a las Doce? When is it born?

OAB: The program was born simply from a great desire of Don Tutín to share his discography with all his friends and vice versa. One random afternoon he shared the idea with Norín Garcia Hatton at his house, she at that time was musical advisor for the 97.7 FM Station. Norín immediately convinced Don

Tutín that the best way to develop his project was through the radio. The executives of the Listín Group agreed at that time and on September 1, 2001, Musica a las Doce was aired, its program schedule was established from Monday to Friday from 12 pm to 2 pm, to this date.

JenD: How do you prepare each show? How do you choose the music, the interviewees?

OAB: Musica a las Doce continues to be produced preserving the tradition and has logically adapted to the new times. Traditionally, each program was prepared in a similar way the night before, with the making of a script and with the musical selection meticulously chosen by Don Tutín (song, information, comments and duration). Live, everything went according to that script, so the program was not interactive.

At my entrance, the digitization of the entire old man's library and that of our collaborators and friends began. Currently the program is a space open to interviews and specific participatory segments, this without neglecting its traditional line. Musica a las Doce has a production team in partnership with the Listín Diario Communication Group who plan its content.

We make sure that all the guests and interviewees go along the same lines of the program that is strictly musical and we attend and make ourselves available to all the foundations that need the space selflessly. Artists, new projects, announcements of activities, concerts, plays, extracurricular activities etc., are part of the daily planning of the program.

JenD: You have done programs outside the booth, such as the National Book Fair and other venues. Tell us about these initiatives.

OAB: Of course. For more than 8 years we have made a strategic alliance with the Ministry of Culture to continue Transmitting Musica a las Doce from the International Book Fair (on location), as well as the coverage of the International Golf Tournament (DR Open) from Puerto Plata, among other transmissions. The idea is to do these types of activities more often. It has been a wonderful experience.

JenD: What do you think of jazz in the Dominican Republic today? How do you see it compared to 10 years ago?

OAB: It is incredible how the genre has evolved in our country. The amount of local exponents and new talents from 10 years ago has been impressive. In addition to our National Conservatory of Music, we already have, and it is a reality, the International

School of Contemporary Music UNPHU, whose fruits (the students) are already rolling around the world, further strengthening their musical skills and learning about the business administration of the music.

JenD: Give us your thoughts on:

Jazz festivals in the country.

We must recognize the great effort, both financial and human, that goes into making a jazz festival. I congratulate all those who are dedicated to bringing high quality events, and I strongly favor the festivals that are carried out altruistically, those that through their foundations carry out educational work for the development of our youth, using music to achieve these goals.

All the events that are held with the purpose of helping, always leave me a better taste. That is why we offer them full and unconditional support.

Regularly scheduled events.

I love them, because they give our artists the opportunity to have that close contact with the public, which is so necessary. Business owners have found that having live performances on their premises has been very beneficial in every way. An example of this type of activity is the Jazz en Dominicana venue on the rooftop of the Dominican Fiesta Hotel, Fiesta Sunset Jazz, which has already been internationally recognized as a jazz club to visit.

The media and jazz.

There is little diffusion of the genre. The traditional media (written) continue to publish from time to time and according to the news. There are very few programs dedicated to the diffusion of jazz; most play a variety of music, not so much jazz. I would love to see a radio station dedicated to jazz 24/7 like in the United States, like the ones on cable, on DMX. I'd love to; but not.

JenD: Is there an Afro-Dominican jazz for you? What do you think of it?

OAB: Definitely yes. We already have several musicians who demonstrate this: Josean Jacobo and Tumbao, Joshy & su 4, Yasser Tejeda, among others. These mixes and mergers of our roots with music in general have been so interesting that it has caught the attention of those who are experts in the field at an international level. For them, total success.

JenD: What plans are there for Octavio Beras Goico in the years to come?

OAB: Obviously the plans are oriented to open ourselves digitally to continue reaching the largest number of people. Músicaalas12.com is almost ready to get on this train that goes too fast. We may be a little behind in that regard, but I still like slower and more traditional things. They are enjoyed more.

***

The arrival of the Coronavirus in February and March radically changed the behavior of everyone in the country and in the world. So we asked Octavio to answer these two questions:

JenD: What has this event and time meant to you personally?

This has been terrible in every way. The pandemic has changed the course and actions of all businesses and all their participants. It is a world event that changed humanity: its way of thinking, acting, interacting; Everything, incredibly, has changed, and we have a long way to go to know, specifically, what we are going to do after this happens, that I do not see a very close date. It has been something extremely frightening for the world.

What challenge, or challenges, do you have as a communicator after the pandemic that affects us?

You have to reinvent yourself. Nothing is going to be the same, it is difficult for us to have that contact that one had in the booth again, in my program at least. I think everything is going to be different. The great challenge will be to become more technical, to be creative enough to, through these new media, which are now going to be main and massive, to get the most out of it and do it in the most correct and interesting way possible, to continue to attract attention. of all the public that is still waiting for you. We must get people to adapt to change, capitalize, see how all your customers are going to react, see where the market is going, align ourselves and take the necessary measures and precautions to continue riding the train of progress and progress in this It is such an important medium that for me it is one of the most important in the world.

JenD: What else would you like to share with our readers?

OAB: My wish that you continue to allow music to be the engine that moves your hearts. Thus we will be more humble and better citizens.

A big hug for you Fernando. Good health and success!

Música a las Doce

Producer: Octavio Beras Goico

Monday through Fridays, from 12:00 to 2:00 PM

Dial: 97.7 FM

Por Internet: *www.estacion977.com*

Above interview was published on April 15th, 2020

Above QR will take you to 97.7 FM´s page and you can enjoy their programming

Ernesto Núñez

In May of 2020 we published the interview we did with trumpeter Ernesto Núñez. And by the way, we share, the famous saying that says, "a windy March and rainy April bring out a flowery and beautiful May". We hope that May will give us her beauty and that she will give us the hope that we need so much in these days.

Ernesto Nuñez was born in San José, Costa Rica, and is considered one of the most versatile Latin trumpeters of these times. He has the merit of having worked with artists of so many different genres, between classical and popular, between jazz and Latin music; from concerts with the National Symphony Orchestra, to galas at the Latin Grammy, Premios Lo Nuestro and Billboard; from stages in towns, to festivals in the most famous places in Europe, in Viña del Mar, New Orleans and others.

Among the musical figures with whom he has worked are Juan Luis Guerra and 440, Chris Botti, Plácido Domingo, Andrea Bocelli, Dave Weckl, Arturo Sandoval, Elvis Crespo, Richie Ray, Bobby Cruz and Chichí Peralta. He is one of the most requested musicians for recording sessions, with more than 200 credits in albums, several of them Grammy award winners.

Currently he is part of Juan Luis Guerra´s band, multiple winner of Grammy and Latin Grammy awards. In addition, he leads his own Jazz quartet that performs in various jazz venues in Santo Domingo. And, he is also a Yamaha artist for Latin America, one of the founding members of the *Yamaha Brass Academy* and *Endorser Warburton*.

We conversed with Ernesto thanks to technology. We talked about music in general, jazz, our friendship, our chores and other topics.

Jazz en Dominicana (JenD): Who is Ernesto Núñez according to Ernesto Núñez?

Ernesto Núñez (EN): It's a complicated question (Laughs). I believe that Ernesto Núñez is still that boy who enjoyed playing the trumpet in his hometown in Costa Rica. He is full of dreams, but with more experience, achievements, disappointments, joys and sorrows. I consider myself a normal person. Sometimes people want to see you as someone special, but in reality, musicians are such ordinary beings and full of imperfections, fears, insecurities, as well as a lot of sensitivity and desire to fight for what we do.

JenD: How did you get started in music, in the trumpet?

EN: I started in a municipal band in San José, in Costa Rica, in a place called Guadalupe, when I was eight years old, and since then I have never separated myself from the trumpet.

JenD: Who were those that influenced you?

EN: First of all my teachers, Alfredo Barboza, Manuel Mora, Bary Chavez, Ricardo Vargas. Afterwards, there have been many who have influenced me in these ways, for example Arturo Sandoval, Miles Davis and Chris Botti.

JenD: Tell us about your studies.

EN: I studied in Costa Rica, in the youth program of the National Symphony Orchestra and at the University of Costa Rica. Then I was selected for a scholarship at Berklee College of Music; but I think I have learned much more on the street, playing daily, alongside music teachers and colleagues.

JenD: How do you get to classical music and jazz?

EN: At first I was a classical musician, at the time I was studying classical and popular musicians did not mix much; but then I fell in love with popular music and jazz. I consider myself a "utility", someone who knows how to do everything (out of necessity) and who tries to play all possible expressions and thus be more versatile. It is almost impossible for musicians in our countries to dedicate themselves to a particular style, since it is necessary to play everything to survive and that has led us to have an advantage.

JenD: How do you get to the Dominican Republic?

EN: I arrived with Chichí Peralta. At that time I lived in Guatemala, and played in a venue with a jazz quartet. One day, Onias Peralta, Chichí's brother, arrived, and when he finished playing he approached me and said, "My brother needs a trumpet player like you, would you be interested in working with Chichi Peralta?" I said yes and here I am 15 years later.

JenD: You've played everything: symphonic music, jazz, Latin jazz, Latin-pop, salsa, merengue, and many more. What music do you prefer, and why?

EN: I don't really have a preference. I like to listen to salsa and American music from the 70s, but when it comes to playing I have no preference. I think every genre has its style and you have to do it well and learn to play it, so I research what I can to do better every day.

JenD: How has your music been evolving?

EN: Well, I think music evolves with your personality, how you grow as a person. Normally I am not into listening to a lot of music that I have made in the past, because I only see the bad. So I leave the musical past behind and focus on the new things.

JenD: You are an instrumentalist, composer, arranger, bandleader, and producer. What is special about each discipline? Which one do you like the most?

EN: I really love producing. I am passionate about studio work and now composition has been playing a part of my daily life. Sometimes I compose very silly things, and I save them and at a certain point I take it out and modify it and it becomes interesting. Sometimes I spend hours making music, experimenting and you don't even realize how time passes.

JenD: You are considered one of the most versatile Latin trumpeters of these times. You have worked with Juan Luis Guerra and 440, Chris Botti, Plácido Domingo, Andrea Bocelli, Dave Weckl, Arturo Sandoval, Elvis Crespo, Richie Ray and Bobby Cruz, Chichi Peralta, among others. What has the versatility of the instrument meant to you, as well as being on stage with these giants of music?

EN: It is a gift from God. I think all my dreams have come true, but when I reach one I always aspire to more. Sometimes I have been with people who have been my Idols and I realize that they are ordinary people. I have come across some who are unbearable, but in general they are sensitive human beings and if you treat them like someone ordinary, they bring out their human part, forgetting that they are stars.

It has happened to me that I have had to share with many teachers whom I admire and the least we talk about is music. We talk about life, we tell stories, jokes. In the end, we end up being good friends.

JenD: How have you managed to get asked to play at important events, and with great figures of music?

EN: Working hard. Many only see the result, but not the process. They think you got there by magic, or because you know someone who helped you. Nothing is further from reality.

A couple of months ago I had the opportunity to share a couple of days with Arturo Sandoval, and when he told me his story I was surprised, because I saw the reflection of my story, how hard it has been and how hard it has been to get there.

That is why you should not believe that you reached the top, every day you have to learn, and today you can be up and tomorrow you can be down.

JenD: What recommendations do you have for young people who are beginning to study and dedicate themselves to music?

EN: My advice is that you study, improve yourself, not only in music, but as a person, and in other areas that interest you. The world is going very fast and you have to reinvent yourself every moment, go with the side of technology and not just play the instrument.

To this point the first part of this interesting meeting. In the next one, he will share with us various opinions on various topics.

***

We now continue with the second part of the meeting we had with Ernesto Núñez. In summary, what was discussed above, from the age of 8, Ernesto decided that he was going to be a trumpet player. After graduating from college, he entered the University of Costa Rica to study music, specifically classical music. Four years later he would get a scholarship to Berklee College of Music in Boston, Massachusetts. In 1995 he moved to Guatemala, where he was part of the Symphony Orchestra of that country, and from there, he traveled to the Dominican Republic as a member of the Chichí Peralta band.

Versatility is something that defines it. Some of the figures he has played with are:

In classical with Andrea Bocelli, Plácido Domingo, the Los Angeles Phillarmonic, Central America Symphony Orchestra, Guatemala Symphony Orchestra, Guatemala Philharmonic Orchestra, Maracaibo Symphony Orchestra and National Symphony Orchestra of the Dominican Republic.

In jazz he has collaborated with Dave Weckl, Chris Botti, Justo Almario, Néstor Torres, Arturo Sandoval, Ed Calle, Walfredo de los Reyes, Poncho Sánchez, Víctor Mendoza, Abraham Laboriel.

In popular music he has worked with Juan Luis Guerra and 4.40, Chichí Peralta and Son Familia, Juanes, Alejandro Sanz, Luis Fonsi, Wilfrido Vargas, Danny Rivera, Rey Ruiz, Richy Rey and Bobby Cruz, Millie Quezada, Eddy Herrera, Tito Rojas, Oscar D León, Elvis Crespo, Andy Montañéz, Cheo Feliciano, Ismael Miranda, Illegal, Tercer Cielo, Alux Nahual, Juan Carlos Alvarado, Doris Machín, Redeemed, and others.

He has five solo albums, highlighting "Belucity", an recording where he combines Latin jazz, bolero and merengue jazz, and which has the participation of Ed Calle, Isaias Leclerc and Janina Rosado, among others.

We no continue with the second part of the interview:

JenD: You have released several albums, Belucity being the most recent. Tell us about this production.

EN: Belucity is special. The name is a tribute to a follower of mine from Argentina called Belu, who had a traffic accident and was left in a coma. Her family played my music for her, and when she woke up, the only thing she remembered was my music and that she said inside of her, I can't die without meeting that trumpeter. It was something that touched me a lot. Although each song has its story and is related to an event in my life, I wanted to pay that tribute to her.

Belucity was released in 2017, and you can listen to it on Spotify, by opening the QR that is placed below.

JenD: How do you feel creating, composing?

EN: Well, it's like bringing something to life. It is difficult to describe, you start from scratch, with a feeling or an experience and you try to translate that into musical notes. It's actually interesting and satisfying when you hear the end result.

JenD: You are sponsored by the Yamaha. What does this imply?

EN: Yamaha is a global brand. And being backed by them means they trust you and what you do. Thanks to Yamaha I have been able to go to many countries and bring my music, my experiences and my culture.

JenD: You are in high demand, outside the country, to give workshops and master classes.

Why do you think the country is so apathetic about attending workshops, classes, and similar activities?

EN: Dominican Republic is special. Many times you give free classes and they don't take advantage of them. Actually, I can't tell you why it happens. I think that here there are many trained musicians and fellow students do not take advantage of that. You go to countries like Argentina, Chile and Peru and hundreds go to classes. We recently organized a masterclass on merengue in Colombia with some of my 4.40 mates and there were more than 300 students from a well-known university in Bogotá. So I think that here there is a lack of assessment in terms of learning.

JenD: What is Afro-Dominican jazz for you? Does Afro-Dominican Jazz Exist Today?

EN: I don't think there is much. There are some colleagues who are doing a good job, like Josean Jacobo, but I don't really think that many are dedicated to making their culture a source of musical expression.

Opinions:

JenD: What is your opinion about the state of jazz today in our country?

EN: I think the support is low. You play jazz because you like it, but financially it is not profitable. To this is added that the venues to play are less and less. But there are institutions like UNPHU that come to give a break and the necessary preparation for a better development in this world of jazz.

JenD What do you think of festivals and live jazz venues?

EN: There are almost no festivals and it is very difficult for them to take you into account. I have sent in many requests to participate, but have not received positive responses. Sometimes I see groups at festivals that wonder how they got there, and the ones that really should be are not taken into account (and I'm not talking about myself).

JenD: The media and jazz (print, radio, digital).

EN: Virtually nil.

JenD: These days have been affected by the COVID-19 pandemic. What has this event and this time meant to you?

EN: It is something that took humanity by surprise. It is affecting each of us in different ways. Personally, it has hit the pause button, lately I was immersed in work and daily bustle, and this has come to give me an obligatory rest. And I think it's good, I think humanity will come out more human (excuse the redundancy) and we will be able to appreciate the important things in life.

JenD: What challenges, as a musician, has the pandemic that affects us imposed on you?

EN: It has been very difficult. In general, musicians do not have job security and health insurance, among other things, so they can imagine that the artistic collective is widely distressed by what the future will be like. It is estimated that it will not be played live again in the best case until July or August, so this directly affects all artists, no matter if they are large or small.

Lately I watch a lot of musicians' lives and I wonder, what is the purpose? I do not see it useful, because they are so informal for the most part that I think I have not been able to see a complete one. I do not criticize those who do it, but personally I do not do it and I do not believe that it contributes anything to solve the crisis that artists are experiencing, added to the little money that is earned on the platforms, the misunderstanding of the leaders of orchestras and groups in terms of its employees, and the null aid of the government (at least in this country) towards the artistic class (and I'm talking about musicians, dancers, visual artists etc).

JenD: What are your plans for 2020?

EN: Actually I had many, but with this situation you have to stop and see what the future holds. I have a fairly advanced album and I was thinking of releasing it at the end of the year. I hope it can be so.

What would you like to add?

EN: Thanks to Jazz en Dominicana there are venues to present our projects that are quality proposals. Do not stop attending these concerts and supporting us. Consume our music on different platforms and help spread Dominican jazz.

Recently, Ernesto composed the song Renacer, which will be part of his new record production (in process) and he had not planned to release it for a couple of months, but due to the current situation he has given it to all of us . And he says, "I hope you enjoy it and that it is an oasis in the middle of this desert."

You can enjoy Renacer (Rebirth) by clicking on the QR above

This interview was published in two parts on May 5 and 7, 2020

Rafelito Mirabal

It will always be a delight to meet with Rafelito Mirabal. We both like to talk, express ourselves, share. Our friendship dates back years, it started thanks to jazz. Today we are accomplices, brothers, whose only interest is, from where we are, shout out that in the Dominican Republic there is a jazz that is worthwhile, that does not envy that of others and that, every day, it contributes to the pages of jazz history in the world.

Our conversations begin with a particular topic and then others are added and we invest a lot of time. This meet-up was no different, questions asked, answers given; and in a three part interview we publish the result of our virtual meeting.

Before getting into the interview, let's get to know a little about Rafelito Mirabal, who was born in Santo Domingo, and who studied and grew up in Santiago de Los Caballeros. Most of his musical experience is self-taught, in addition to having taken internships and private master classes with Dominican and foreign teachers.

Rafelito has performed with almost all the renowned groups in the country, since 1985. His talent has taken him to more than 25 countries around the world. He has produced and composed the music for countless commercial jingles for radio and TV. He was keyboardist for Juan Luis Guerra, from 1999 to 2006. He composed and recorded music for the permanent exhibition halls of the Eduardo León Jiménes Cultural Center. He has been the musical director of the Arte Vivo Festival since 1999, which is held annually in Santiago de los Caballeros, becoming a venue for the most genuine and authentic art in the entire northern region of the country. Likewise, he is, since 2000, the musical coordinator of El Hangar de la Cultura, the largest Business Fair in our country.

Since 1986 he has led the band Sistema Temperado, which constantly participates in jazz festivals and concerts throughout the country and abroad. This group works to investigate and combine local ethnic rhythms with other musical styles of the world. It is one of the most consistent jazz groups in the country and enjoys great prestige. In April 2007, he participated in a concert with his band Sistema Temperado, where the original members were, in addition to the Cocolo Danzante or Guloyas Theater (declared a Masterpiece of the Oral and Intangible Heritage of Humanity by UNESCO in 2005). Also, he makes a donation to the municipal authorities of San Pedro de Macorís, with his composition Guloyazz, (a fusion of jazz with the music of the Guloyas).

His style of fusing Dominican music and folklore with jazz and other genres, has brought him great successes in the most important jazz venues in the country and abroad, which translates into the performance of more than 200 concerts. Their successful participation in all the festivals of the country stands out, as well as in the Montreal Jazz Festival, the only Dominican group that has performed in it; the Port-au-Prince Jazz Festival and others in the Caribbean and Europe. Sistema Temperado has performed concerts and tours in Canada, Germany, English Guyana, Italy, Belgium, among other places.

His renowned composition Periblues is in the anthology Un Siglo de Música Dominicana.

Thus we begin with the first of three installments of the interview with Rafelito Mirabal.

(1 of 3)

Jazz en Dominicana (JenD): We started the interview by asking, who is Rafelito Mirabal according to Rafelito Mirabal?

Rafelito Mirabal (RM): I am a person who, thanks to God and my parents and family, had the privilege of being linked to music from my earliest years, something that allowed and motivated me to connect what was inside of me with that unknown and wonderful outside world.

JenD: How did you get started in music? Why the piano?

RM: Continuing with the previous idea, in my paternal grandmother's house there was an acoustic piano at the foot of the stairs at the entrance that my aunt Meni played from time to time and one day when I was about 4-5 years old, I found it open and I began to put my hands on the keys, perceiving that magical sound produced solely and exclusively by my little fingers. A different and harmonious sound in each key. That marked me forever. Then I discovered that I could find the correct notes to play the melodies that I was listening to or that were in my memory.

JenD: Who influenced you?

RM: As I said before, my parents had a decisive influence on my penchant for music. After I grew up, I found out that my mother played classical music while I was on her belly and they said it was for me to listen to. My father, a music lover, always had a wide selection of 8 tracks in the car and 33 and 45 rpm records in the house, they ranged from Stan Getz to Marco Antonio Muñiz, passing through Herp Albert, James Last, Samba do Terreiro, Miles Davis, Mozart, Rafael Solano, Ravel and Johnny Mattis. That is why my first influences have a lot to do with pop and classical. When I was growing up, pop-rock, jazz and Brazilian music were my main influences. It was the era of disco, Motown, Spyro Gira, Gato Barbieri and Chuck Mangione. Those opened the doors to jazz for me. Already in the period of my beginnings in jazz I had the great privilege to know the music of Chic Corea, Weather Report and the Pat Metheny Group. After that, the list of great groups and musicians from all the jazz eras that I have been able to discover is very extensive and that have partly marked my style of playing and composing.

JenD: What do you tell us about your studies?

RM: In my adolescence I started at the School of Fine Arts in Santiago and then I had several private teachers of electric organ and harmony. Then and until now, my knowledge is by self-taught methods. My penchant for keyboards comes from that time. In fact, I consider myself a keyboardist, not a pianist. From an early age, thanks to my father, I had air organs, synthesizers and electric keyboards. Then I started working as a musician from an early age and was able to buy my own instruments.

JenD: You've played everything, jazz, blues, pop, rock and more. Which of these genres do you lean towards and why?

RM: You left out merengue, Brazilian music, Dominican and Caribbean root music and other popular music. There are several reasons why my range of musical styles is so wide. One of them is, as I already explained, the music that I listened to in my own house, which was very varied and always good. In fact, there was no bad music recorded, it could be music that I didn't understand or that I didn't like, but it wasn't bad, which unfortunately there is now; but that's another matter. Another reason is my personal criteria to not exclude sources of learning and work from my musical environment. At the beginning of the 80s, when I started playing professionally, I played in a church leading a choir, accompanied popular singers, played in a soft-rock-pop copy band group and worked with a merengue quintet on a cruise ship where we also played a set of standards from the real book. From then on my professional life changed a lot. I went to Santo Domingo and began to have contact with almost all the musicians, singers and producers of my generation and of previous generations and that obviously included jazz, fusion, folk music, soloists, the environment of jingles, pop, ballads, etc. I am referring to Guy Frómeta, Sonia Silvestre, Xiomara Fortuna, María Cordero, Fernando Báez (EPD), Cecilia García, Efraim Castillo, Rafael Solano, José Emilio Valenzuela, Manuel Tejada, Tony Vicioso, Irka and Tadeu, Waldo Madera, Alex Mansilla, Víctor Víctor, Juan Luis Guerra, Luis José Mella, Welcome Bustamante, Claudio Cohen, Manuel Jiménez, Roldán, David Almengod, Juan Francisco Ordoñez, Héctor Santana, José Antonio Rodríguez, etc. In Santiago he had already had contact with Jochy Sánchez, Kike Del Rosario, Bule Luna, Edwin Lora, Peng Bian Sang, Fellé Vega (that has a separate story),

Arnaldo Acosta, Patricia Pereyra (with whom there has always been a very special connection) , the list is very long and I'm sure I have left out several names.

But definitely what I prefer is jazz. First, because with it I have found a space for composition and improvisation with my group Sistema Temperado, to be able to interact with incredible musicians, travel to other countries, know and be able to play the work of great jazz composers and, most importantly, contribute a grain of sand so that we have a better environment. Music is food for the spirit along with the other arts, and jazz reaches the soul because it comes out of it.

JenD: How has your music been evolving?

RM: You add elements to what you already have inside. If a melody or chord sequence comes up, I try to make the most of it and shape it. Sometimes I sit at the piano to seek inspiration and other times it is inspiration that makes me sit on it. The arrangement and instrumentation are often thought for musicians who play together. I try to respect the original idea that comes to me, whether it is sought or inspired, and she herself suggests what instruments and rhythm it will have. It is a beautiful, demanding and very free job. I do not like to follow a rigid pattern but many times I tend to have a premise of a

Dominican rhythm before composing as it has been with some of my compositions that came with a deliberate intention that it was going to be a gagá, a merengue, a bachata or a pambiche. When I compose for jingles it could be easier because there are many premises to fulfill requested by the client. When I do an arrangement to a song I just try to discover the instruments that were already there and embellish the work with ornaments, harmony and sounds. I was always have kept up to date on synthesizers, software, etc.

JenD: You are an instrumentalist, composer, arranger, bandleader, and producer. What is special about each discipline? Which one do you like the most?

RM: My musical life is quite varied and like everything we do in life, I try to put enthusiasm and dedication into it. All jobs are equally important. In a moment I can be playing the keyboard, directing the band, being the composer and arranger of what we are playing and being the artistic producer of the event. They are facets that I have to fulfill in order to get the most out of what I do.

We come to the end of the first part of the three publications of this very interesting interview with Rafelito. In the next one we will dedicate good ink to his famous group Sistema

Temperado, their compositions and some special events, which are expected every year.

Let us leave you with his very renowned composition Periblues. This version was performed live at the Convivir con To event in 2011. Please click below QR Code to listen to it.

(2 of 3)

The last time I saw Rafelito at a concert, I felt as if his group arrived on the Duarte highway, placed us in their musical vehicle and took us on a journey through the rhythms of our island and beyond, making everyone (the public, and of course the band) enjoy the night, fully enjoy the rhythms, fusions and folklore.

Many may not know that Rafelito goes crazy with a river, he is fascinated by mountains, he is passionate about writing rhymes and tenths, and he has a special love for astronomy, so much so that he is a board member of the Astronomical Club of Santiago.

Let's continue with our interview.

In 2017, Sistema Temperado turned 30, and since April of that year it celebrated the milestone in a big way with a concert tour that began at Jazz en La Zona and Fiesta Sunset Jazz; then 2 concerts for International Jazz Day celebration with Néstor Torres in Santiago and Puerto Plata. They also celebrated on *Lunes de Jazz* and the *Oktoberfest* in Santiago. The party continued at the *Dominican Republic Jazz Festival*, at the *La Vega Jazz Festival* and in December it ended in style at the *SaJoMa Jazz Festival*.

Jazz en Dominicana (JenD): Tell us the story of Sistema Temperado.

Rafelito Mirabal (RM): At the beginning of the 80s I decided to come to Santo Domingo to develop my career and have contact with the musicians of my generation who were in the same musical adventure of searching, enjoying and studying. In Santiago there was a place called Casa de Arte where we would do jam sessions, learning and divulging jazz. Putting our stamp on what we played was ever present. When we arrived to the city this took shape and we decided to join the musicians from Santiago Lázaro Luna (El Bule) on guitar and compositions, Enrique del Rosario (Kike) on bass, the young talented Waldo Madera from Santo Domingo on drums and George Hernández on saxophone, a Dominican resident in New York who had returned to the country.

Our first concert was in March 1987 in a place that has its history in Dominican music, which was located on Av. Tiradentes, called Punto Clave. The first compositions were mostly by Bule Luna and my arrangements. A few months later, we completed the group with three more from Santiago: percussion with Fellé Vega, drums with Arnaldo Acosta and Carlito Estrada on sax. There we managed to impregnate the group with our particular stamp by incorporating our native rhythms into our compositions and fusions, although it was impossible for us to enter the recording studio for different reasons.

Later on, Bule formed his own group (Aravá) and I continued leading Sistema Temperado with the compositions, arrangements and musical direction until today. In these 33 years we have played in all the

Jazz Festivals that have been held in the Dominican Republic, some of them already disappeared such as the Palafitos Moca Jazz Festival, the Bávaro-Punta Cana Jazz Festival, the Festival Jazz en La Zona, the Jazz Festival of La Montaña in Jarabacoa, etc., and others still open. As you have mentioned, we have participated internationally in the Montreal Jazz Jazz Festival, Canada (1989) accompanying Irka and Tadeu; also at the Expo Hannover Fair in Hannover, Germany (2000); at the Carifest Festival in English Guyana (2008); Alba Music Festival, Italy (2010); at The Concert of Dominican Arts in Brussels, Belgium (2011); International Jazz Festival of Port-au-Prince, Haiti (2012); at the South Florida Dominican Jazz Festival (2016 and 2018); and at The Latin American and Caribbean Music Festival Beijing, China (2019).

JenD: Great talents of our jazz have passed through the band, a real school. Who have they been?

RM: Imagine, with more than 30 years of training, musicians take the path that life dictates and I must continue to play and compose, in a way that has been very beneficial for all of us who have been connected with Sistema Temperado in all these years.

We are still friends, when one of the old members has participated in important international concerts, we have a WhatsApp group in which we share memories, current information, our experiences, new compositions and projects. In short, we are a brotherhood of musician that has been maintained through the years. A veteran in the group was replaced by a talented young man with a desire to learn. Thus and in that order, the following musicians have been part of the group:

Drums: Waldo Madera, Arnaldo Acosta, Frank García, Hisdra Alvarez, Pablo Peña (Pablito Drums), Otoniel Vargas, Jafet Pérez (current). As guest drummers there have been Pedro Checo, Guy Frómeta, Miguel Montás and John Bern Thomas.

Bass: Kike Del Rosario, Daniel Álvarez, Abel González and Kilvin Peña (current).

Percussion: Fellé Vega, Moñán Rodríguez, Cukín Curiel (current), Edgar Molina and David Almengod (current). Joel Guzmán, Juamy Fernández and Venturita Bonilla have been invited percussionists.

Saxophone: George Hernández, Carlito Estrada (current), Sandy Gabriel, Frandy Alcántara (Frandy Sax) and Rafael Suncar. Remy Vargas, Denis Beliakov and Jonathan Piña have been guest saxophonists.

Guitar: Bule Luna, Freddy Ginebra, Rocky Raful, Dionisio de Moya, Abel González (current). As guest guitarists have been Pascual Caraballo, David Holguín, Alex Jacquemin and Iván Mirabal.

Trumpeters Jose Luis Almengod, Gabriel Jiménez and Ernesto Núñez, and trombonists Patricio Bonilla and Rey González have participated in various formats in brass. Alba Cols was the vocalist for a few memorable years.

Among the international artists with whom Sistema Temperado has performed concerts are American bassist Mark Egan (Pat Metheny and Elements), saxophonist Furito Rios, trumpeter Humberto Ramírez, renowned percussionist Giovanny Hidalgo and famous flutist Néstor Torres (the latter four from Puerto Rico), world-famous Uruguayan harpist Roberto Perera, German group El Violín Latino, and legendary Cuban saxophonist Paquito D'Rivera, both based in New York, among other collaborations.

Note: You can follow Sistema Temperado on Facebook.by clicking on the above QR Code

JenD: How do you feel creating, composing?

RM: It is an inexplicable feeling at the beginning and very rewarding at the end. When the first idea arises, it is like the contractions that warn a pregnant woman that she is going to give birth and you have to pay attention to that. After the idea is born, it has to be "nurtured" and shaped until it can be released to be interpreted and heard. What happens with improvisation in jazz or other genres is that there are many "mini births" of ideas that intertwine and develop at the speed of thought, go through the mechanical activity of the fingers and the instrument and gradually reach the listener at the speed of sound. By improvising we are composing instantly. Composing and creating music is a privilege and a gift from God.

JenD: There are several compositions of yours with their stories, such as Periblues and El Cadete. Tell us about these and tell us if there are others.

RM: When composing, inspiration can come from a variety of sources. Some episode in our life, a movie, book or even another composition, a character, a heartbreak, a commission, a dream, a memory, a pure idea that sounds within us or a deliberate intention to sit down and create something. I've been through all of those. I have told the story of Periblues a lot, that was the product of a particular combination of circumstances: In 1995 when I lived in Jarabacoa, one block from the house every Sunday and Monday night they presented typical merengue or "perico ripiao" live, that could be heard as if it were in my living room that they were playing. That particular night I was studying and practicing the blues scales, listening to blues standards, transcribing solos, well, immersed in my world. But even with my headphones on, I was still listening to the music from the venue. So to reconcile this conflict, I came up with the idea of composing a piece with the harmonic cycle of the blues and with the rhythm of the "perico ripiao", trying to incorporate the sophisticated and complex percussion brakes characteristic of that genre. I was able to premiere it that same year with Sistema Temperado at a jazz festival that was held at "Café Capri" and to our surprise it was the most applauded piece of the night. The rest is history. It was recorded by the Ministry of Tourism as Félix "Felucho" Jiménez finished his tenure in 2000, included in the production ¨100 años de Música Dominicana (100 years of Dominican Music)". I don't want to spend so much time telling the anecdotes that accompany several of my compositions such as ¨Asúmela Con Secuencia", "¡Oh! Pino", "Agujero Negro", "Destello de eternidad" and many other compositions that have not even been played live yet.

JenD: Several of your songs are in the compilation of the best 100 songs of Dominican music. Many have been and are waiting for an album by Rafelito Mirabal & Sistema Temperado. Are you planning to record a record production?

RM: I've always been more focused on live concerts and direct contact with the audience. Actually, that has been the main part of my musical life with hundreds and hundreds of concerts in the country and abroad in these more than 30 years. There was always a justified reason that postponed recordings in those early years: the priorities of family support, the market was not that big, absence of interested record companies, not having the current technical resources where everyone can record at home, made a requirement that I have had and always fulfilled with the recordings is to gather in the same session as many musicians as possible playing together to capture the energy and synergy which also complicated the recordings a bit more.

Recently while we were able to finish the complete production of Sistema Temperado, I opted to place on the digital platforms of Amazon, Spotify, iTunes, Google play, and others, a part of the compositions that will be included in the album "Black Hole". These are: "Periblues", "Gagayas", "Sextentidos" and "El Cadete e 'un Tíguere (live)".

JenD: Every year we can count on your concerts on the occasion of International Jazz Day and NaviJazz. How have these experiences been?

RM: I started holding Navijazz concerts in 2012 with the purpose of raising funds to buy toys for underprivileged children. Solidarity with those most in need was something I learned in my family and at Colegio De La Salle with Brother Alfredo Morales, who, in addition to being my musical tutor, was an extraordinary human being who knew how to instill great values in his students. The idea has always been to gather musicians and singers in a concert to make our jazzy versions of traditional Christmas songs from all over the world. There are already many service institutions that have received the humble contribution of Navijazz in these 8 concerts. We hope this year to celebrate, this now traditional event in Santiago. Hopefully we can present it for the first time in Santo Domingo. Among those who have participated in the Navijazz are the singers: Grupo Tes-a-T, Patricia Pereyra, Ingrid Best, Pirou Pérez, Sergio Laccone, Claudia Sierra, Sonia Alfonso, Fátima Franco, Lo 'Primo', Anthony Jefferson, Sabrina Estepan and Retah Burton (RIP).

As for the International Jazz Day concerts, we have managed to have Néstor Torres, Roberto Perera and Alex Jacquemin as guests, among other local artists, celebrating this important world activity with great enthusiasm and a large audience in Santiago and Puerto Plata. This year, for reasons we already know, we were unable to perform the concert we had prepared. We hope that in 2021 we can have a double, bigger celebration.

There are other annual concerts that we produce such as the one on Santa Cecilia's Day or the Musician's Day in November at Casa de Arte, celebrating with a great jazz jam session with musicians from all over the country. For 3 years we have been in charge of the artistic coordination of El Hangar de la Cultura at Expo Cibao with ballet, theater, chamber music, painting, handicraft, photography exhibitions, popular concerts and literary gatherings.

With the above we arrive at the end of this second of three parts. In the next one we will discuss his personal opinions on a variety of topics.

***

(3 of 3)

With this publication we come to the third and last part of the "conversation". It revolves around his opinions on various jazz issues in our country, the pandemic, and more, let's call it "MiraOpinions".

Before getting into the matter, I want to express my gratitude to Rafelito for always giving us his time, and the best of himself. It will always be a great pleasure and honor to share with this great musician, excellent human being and a very good friend.

Now, the "MiraOpinions".

Jazz en Dominicana (JenD): What is Afro-Dominican jazz for you? Does Afro-Dominican jazz exist?

Rafelito Mirabal (RM): It is a local genre that, due to the number of new groups, interested jazz musicians and composers and exponents that currently exist, has taken on a name and a conformation; But in reality, this concept has been used in our country for many years. Musicians and composers such as Tony Vicioso, Tadeu de Marco, Xiomara Fortuna, José Duluc, Irka Mateo, David Almengod, Luis Dias, Kike del Rosario, Títico Carrión, myself and others, we have included in our repertoire for many years songs with this fusion of rhythms including music from gagá, sarandunga, pri-pri, palo, conguitos, and instruments such as the balsié, the tambú, the atabales, etc. It is of great joy and satisfaction for the musicians of our generation that we began this search to see how now there are such excellent groups and musicians who have investigated and are aware that this must be the hallmark of our jazz in the world and that they have great productions as per for example, Yasser Tejeda y Palotré, Josean Jacobo y Tumbao, Hedrich Báez y la Juntiña, Jonathan Piña Duluc and several others that I don't have the names of.

In any case, merengue jazz continues to maintain its place in our current music. Style started unknowingly by Tavito Vázquez and his fabulous improvisations on our traditional merengue with nothing to envy the best jazz saxophonists in the United States, Manuel Sánchez Acosta with that Monk jazz influence hidden in his harmony, better conceptualized by Guillo Carias and 4 +1, Félix del Rosario and his fabulous inventions, an ephemeral and insurmountable album Soplando by Juan Luis Guerra masterfully evoking Manhattan Transfer, continued by Crispín Fernández and Licuado, Darío Estrella, Alex Díaz and more recently Patricio Bonilla.

JenD: What is your opinion about the state of jazz today in our country?

RM: Having been part of the foundations so that we are where we are today makes one see progress from a broader dimension. It's like when this generation was practically born with the cell phone, the internet, etc. and one was in the era of 4-digit landlines and black and white TV and has lived through the transition. The dedication of the musicians, the existence of several important Jazz Festivals, local artistic entrepreneurs who present live jazz, an audience that appreciates and values the genre, radio programs, jazz lovers of a lifetime, and of course the decisive drive of these last years of Jazz en Dominicana, all have contributed to us being in a great moment of Dominican jazz. For example, you go to Spotify and you can make an extensive playlist of Dominican jazz compositions and artists. I think that we must achieve a greater organization in terms of this line of Dominican art. Formalize the musicians and the proposals a little more. We must grow and group together as a class.

JenD: What do you think of live jazz festivals and venues?

RM: As I mentioned in the previous question, and throughout the interview, we have major jazz festivals in the country. There is still much to achieve, there are some festivals that have already disappeared but that filled an era, but there is no doubt that the current ones -*Dominican Republic Jazz Festival* in its 2 annual versions, the *Santo Domingo Jazz Festival at Casa de Teatro*, the *SaJoMa Jazz Festival* and the most recent *South Florida Dominican Jazz Festival* that is celebrated with great projection for our jazz in the city of Miami and the *Restauración Jazz Festival*- represent a solid confidence in this genre on the part of the organizers. Also, live jazz venues come and go according to the intention of the venue owners and the support of the sponsors. We have had *Lunes de Jazz* in Santiago for many years and the *Fiesta Sunset Jazz* in the Santo Domingo.

JenD: Tell me about media and jazz (print, radio, digital, and social).

RM: I mentioned it in the previous answer. We have several radio programs, some specialized in jazz and others that include it within their scheme. Blogs and pages have been key in this digital age. We are still in the process of growth. The commercial bombardment, towards young people, of little elaborated musical genres and without content has somewhat diminished this growth; but there is always a balance in the thinking and sensitive youth that manages to develop an offer of quality and original music with content and one of them is Dominican jazz.

JenD: These days have been affected by COVID-19. What has this event and this time meant to you?

RM: It will definitely be a before and after. It is something that has marked us in different aspects. Those of us who think a lot analyze things that happen in life more deeply. I have spent more time listening to music, practicing, composing, recording; but above all by putting in its main place what is truly valuable in my life.

As for work, this involuntary pause has come at a time in my personal and professional life that allows me to value, appreciate, thank all the moments lived on stage during these almost 40 years dedicated to music. Stages that have now been empty. We had to celebrate International Jazz Day for the first time in a virtual way. It has been a time to strengthen ties of friendship even from a distance and above all to give thanks for the arts, especially music, which has allowed me to express myself and live doing what I like and to be able to transmit to people a happy, entertaining vibe, nice, valuable and hopeful.

JenD: What challenges do you have as a musician due to the pandemic that affects us?

RM: Actually the biggest challenge has been to think about future alternative forms of work and to envision a new way of doing live events for various audiences on a remunerative basis.

JenD: What are your plans for the remainder of 2020?

RM: Right now I'm starting to work on a very interesting international musical production that Jazz en Dominicana will be the first to know about. We have placed Sistema Temperado music on the different digital platforms and by the end of the year we hope to have more.

What would you like to add?

RM: You have to see the positive side of everything in life. There is no doubt that this is one of the most difficult times that current generations have experienced. But let us think of those who have experienced wars, earthquakes, devastating hurricanes, in those who have spent decades living in misery without drinking water, going hungry. Humanity is definitely not on the right track and hopefully this will help us to return to a better course, of more justice, more awareness about the environment, more equality, less greed, giving more importance to genuine and serious art and above all that let's act out of love.

As we close this conversation/interview, we leave you with the Spotify channel of Rafelito Mirabal and Sistema Temperado, where you can enjoy 5 excellent songs, by clicking below QR Code:

This interview was published in three parts from May 11 to 13, 2020

Isaac Hernández

With two record productions, and preparing a third as band leader, interest in talking with him has grown. We have wanted to interview guitarist, composer and arranger Isaac Hernández for a while and finally succeeded.

Through the use of technology we met with Isaac for a long "conversation" about his beginnings, his stay in Argentina, his return to the country, his IH5 project, his participation in the groups of Patricia Pereyra and Irka Mateo, his album Raíz and other projects. What he told us was very interesting, passionate, so much so that hours passed without us noticing.

Before we start, here I a bit of information on this talented musician. Isaac Alejandro Hernández is a charismatic guitarist, composer and arranger. He is best known for his jazz compositions and productions, but he also participates in recordings, arrangements, and performances by other artists in various genres.

His beginnings in music and playing his instrument were self-taught, with influences from great artists and styles of the time in the Dominican Republic. Between 2007 and 2009 he lived in Argentina, where he developed professionally and studied jazz guitar at the School of Contemporary Music in Buenos Aires, affiliated with Berklee College of Music. Upon his return, Isaac gained strength as a guitarist in the Dominican Republic's music scene, making his aptitude known and learning about the musical wealth that the country offers and especially its musicians.

He has made presentations and/or recordings for Tadeu de Marco y Batukaribe, Irka y Tadeu, Maridalia Hernández, Patricia Pereyra, Carolina Camacho, Pavel Nuñez, Hector Anibal, Pengbian Sang and Retro Jazz, Ernesto Nuñez Cuarteto, Gustavo Rodriguez, Tony Almont, Audrey Campos, Frank Ceara, Marel Alemany, Clarisse Albrecht, Macrofunk, Maluko, Pablo Cavallo, Gnomico, Vicente Cifuentes and Vicente García, among others.

He has to his credit two record productions: Perspectiva (2015) and Raíz (2018).

The following is the publication, in its entirety, of the result of our meeting!

Jazz en Dominicana (JenD): I ask you, who is Isaac Hernández according to Isaac Hernandez?

Isaac Hernández (IH): A calm person. Who has written the chapters of his life with music and experiences.

JenD: How was your musical journey to Argentina and back to the country?

IH: Argentina "sharpened" my ears. I say that my stay there helped shape my artistic criteria in general, but one of the greatest contributions I had was the amplitude that my sense of sensitivity suffered. I did not return a different person, rather someone with more emotional and artistic clarity. And not only because I studied there, but because I went to all the concerts that I could, of big bands that I admire and that I did not have the possibility to witness on the island. It was something huge in my life.

JenD: Shortly after returning, you formed the IH5 project, recognized for its innovative character and original sound, encompassing various styles, from swing, bebop and traditional jazz to avant garde, free jazz, nu jazz and Latin jazz, with a strong Dominican folk music base: pri-pri, congos, bachata, pambiche, gagá music. What did the project and that stage mean in your music?

IH: The interesting thing about this project is that it has never stopped being a work in progress or a continuous experiment to discover new things through music. So I see it. It means a lot to me and has a lot of history in my professional and personal life. I have learned a lot about the creative and technical process of music thanks to this project. I started composing while I was in Buenos Aires and when I returned to the country I started it shortly after. It was a very interesting time. And there was that thrill of doing something new without really knowing what the result was going to be.

I have wanted to maintain that air of ease with this music, to set guidelines and for all of us to express ourselves in the most natural way possible. It is a "pass" (as they say). With the next one, about to leave, we completed the 3rd, which is the result of a live presentation at the Mamey Bookstore. In my opinion, it is *super cool*.

JenD: With that group you released Perspectiva, your first production. What did this moment mean to you?

IH: Mainly I felt liberated. It was the first album, so in terms of invention we were anxious and focused. At the time of releasing it, feelings had agglomerated: emotions, fears and a bit of bashfulness. I had a hard time letting go, I must admit. We brought up the Spirits theme as the first single. I remember that I was very moved by the reaction of the people.

You can listen to Perspectiva on Spotify, by clicking the QR Code that follows:

JenD: In 2017 you were at the Shrine World Music, how was that experience?

IH: It was super cool. I think it was the first time I played my music in the Big Apple. In Harlem, so many stories and culture are in the air. The band was made up of musicians living in New York, who we put together thanks to my friend Willy Rodríguez (Drums), together with Tamir Shmerlin (Bass) and Kyumin (Keyboards). It was quite a positive experience. As a forgetful person that I am, I left an artifact that prevented me from using my pedals and I had to play directly to the amplifier without any effect (laughter..); but everything turned out very well. There were several sets by artists and the next one after ours was Lenny Stern and his band. Total joy.

JenD: How do you understand that you have evolved in your way of playing, of composing?

IH: Both composing and playing are always on the move. It's like life, in fact they are closely linked. Music if it is not pure and honest with one as an individual, it does not work. It may work for a while, but it will be temporary. Real things stay and for me, this is the way to always proceed, and it helps to gauge a bit where we are. The artist or creator is consolidated and recognized by his art or creation.

JenD: What is Afro-Dominican jazz to you? Exists?

IH: Of course there is. It is the music that somehow incorporates the indigenous Dominican musical roots to Jazz. There are several exponents of this style within the Afro-Dominican Jazz Collective. More and more people are interested in this. It's super cool and it gives us our space, it separates us in the world of jazz.

JenD: In 2018 you released the album Raiz What differentiated this album from Perspectiva? Where did you target the music in your content? Who accompanied you in Raíz?

IH: When I wrote it, I was in a different place than where I was when the Perspectiva songs were born.

But, it may be that the most notable change is the instrumentation, since we included the Dominican percussion and synthesizers and substituted the piano for the Rhodes. It is a more modern sound and the music was more linked to our folklore, in Perspectiva we did it, but on a smaller scale.

I was accompanied by Josean Jacobo on keyboards; Esar Simo, double bass and baby bass; Marlene Mercedes, synthesizer; Mois Silfa, percussion; and Otoniel Nicolás, drums and percussion.

Note: *In the album Raiz, the work of Isaac Hernández as a guitarist stands out in a more intimate and expressive way than in Perspectiva. New sounds without losing the basic foundation and color that identify him as an artist, giving him a unique voice within the jazz made in the Dominican Republic.*

By clicking on the QR below, you can listen to Raiz on Spotify

JenD: A concern that occurred to me just at this moment, why are there so many guitarists in our jazz?

IH: The guitar has always been a popular instrument, due to some characteristics it draws attention. It's easy at first, but when you want to go deeper it gets more and more difficult (laughter). I think it is a very accessible instrument, and if we add that it is key to playing our music, bachata, it makes many choose the instrument. The jazz part differentiates guitarists from other periods. Before perhaps music was not as present in the country as it is today, due to already known factors. The important thing is that there are many guitarists and that, in particular, we manage to define ourselves as people and as professional musicians; these go hand in hand. Each one is unique and we must represent who we really are through music, through the guitar in this case. That will give us our individual voice.

JenD: What is your opinion about the state of jazz today in our country?

IH: Jazz is on the move. I'm seeing the students from UNPHU and the National Conservatory of Music who are terrific. "They are on their own" and that is very refreshing. There are also those talents who are outside the country, studying at Berklee and other institutions, we have many promoters of art and music. That is excellent.

On the other hand, also those of us who are a little more consolidated, those of us who have albums and original music, trying to get the job done and continuing to make new music. We are some and we will be more and more.

There are several festivals supporting the Dominican jazz scene. The largest and most important is the Dominican Republic Jazz Festival. There is also the Santo Domingo Jazz Festival at Casa de Teatro, and craft festivals like the one I went to last year, Picnic Jazz Fest in the Centro Español (Santiago), a very cool event, where there was musical diversity and a fun atmosphere. With the IH5 I also had the opportunity to play at Fiesta Sunset Jazz, as well as Jazz Nights en La Zona, a great initiative. In short, we have places to express ourselves, we just have to keep producing the music.

JenD: These days we have been affected by the COVID-19 pandemic. What has this event and this time meant for you personally? What challenges do you have as a musician due to the aforementioned pandemic that affects us?

IH: I've had a very quiet time, working, making music all the time. I am producing an album for a national artist, between those tasks and the IH5 Live album, composing and recording and doing the "guitarist" tasks, I have kept my mind occupied.

JenD: What plans are there in the remainder of 2020 for Isaac Hernández?

IH: Survive first and then put out all the music I'm finishing. I have new compositions that I want to record during the last quarter of the year, if possible. Also continue preparing and studying some concepts that I am working on at the moment. Those are my most important focuses. There are more things, but they are everyday recordings and things like that. I would like to know some new country too. In the end, life goes forward, no matter how immobile you feel today.

We thanked Isaac Alejandro for his time, we congratulated him on his adventures and achievements. It has been a pleasure talking with him. Before ending the interview, we asked him if he wanted to add something else, and his response was:

Just tell people to live in the moment. As hard as it is, everything happens for a reason and perhaps it is what we need to attend to the things that really matter, and let's put superficialit aside, a little bit at least. I also want to thank everyone who took the time to read me, I hope it has helped. Thanks Jazz en Dominicana, and to you, Fernando.

This interview was published on May 26, 2020

Javier Vargas

Starting in 2020, we decided to finish publishing the interviews with the radio producers that we had left over from 2019 (Franklin Veloz, Sandy Saviñón and Octavio Beras-Goico) and then follow with our musicians. In this way, we continue to enjoy special encounters with Ernesto Núñez, Rafelito Mirabal and Isaac Hernández. After a pause, in order to publish the Women in Jazz in the Dominican Republic series, we are back publishing the results of virtual encounters with special folks, main actors who daily write and add pages to the history of jazz in the Dominican Republic. We continue with guitarist, composer, arranger, band leader and educator Javier

"Javielo" Vargas; other very interesting interviews will follow this one.

The experience of talking with Javielo about what is happening with him, his group ATRÉ and with The National Conservatory of Music (CNM) and his students, has always been very pleasant. Currently, he is the Director of the Popular and Folk Music program of the CNM, in which he teaches as chair of Contemporary Harmony, Arrangements and Composition; Furthermore, he is the Director of the institution's Big Band Jazz Orchestra and of various ensembles that emerge from it.

Jazz in the Dominican Republic (JenD): Who is Javielo according to Javier Vargas?

Javier Vargas (JV): Javielo is a human being (laughs). Well, seriously… now. I am a very passionate person about the things I do and I like. I think that describes me or at least that is what I think.

JenD: Although many of our readers know you from previous interviews, please do share a bit of your bio.

JV: I was born and raised in Santo Domingo. I picked up the guitar at 14 and never put it down again. She, my partner, has led me to achieve things that I never imagined.

JenD: What were some of the recordings (albums) that had the biggest impact on your growth?

JV: I have always listened to a lot of music, since before I played guitar. I listened to a lot of rock, like Rush's Moving Pictures album, which impressed me in an incredible way. Now, speaking of jazz and fusion, I have to mention three albums: Electric City by Chick Corea, Face First by Scott Henderson and Tribal Tech and IOU by Allan Holdsworth. Those records were in heavy rotation for a long time with me and they influenced me a lot. There are many more, but if I must mention another is Still Life Talking by Pat Metheny, because I understand that it changed my perspective of how I wanted to make music.

JenD: Let's go with the topic of the moment, since this virus is marking a before and after in everyone's life. What would you like to share with our readers about Covid-19?

JV: This situation has totally changed our perspective on life. Things that we took for granted now we see how important they are.

JenD: How did the issue of the pandemic impact the Conservatory?

JV: As an educational institution we have to abide by the guidelines of the Ministry of Education. We managed to finish the semester by teaching online classes. This was surprisingly successful as all the teachers took up the challenge with excellent results.

JenD: What do you think of the relays that are emerging in the country?

JV: As a person who works directly in the training of these talents, I must tell you that from 10 years ago until now the level has risen a lot, in fact, many of these young people are making music professionally and the level continues to rise. I understand that there are means and opportunities that did not exist before, and that allow talents to develop to the maximum level.

JenD: Would you bring us up to date with you, with ATRÉ and your projects?

JV: Well, with all this time I have rethought what I want to do with my music. New ideas have been born and others have been updated. We are going to enter the studio as soon as possible because I want the album to be ready before the end of the year.

JenD: What repertoire do you have for it?

JV: Most of the compositions made for ATRÉ are mine. Some input from band members and we are still looking for a couple of Dominican classics to play in ATRÉ style.

By clicking on the above QR code you can enjoy Mike Stern´s Slow Change by Javier Vargas & ATRÉ

JenD: How do you think jazz is coming along in the country?

JV: Jazz in general continues to grow as there are many young people training and making a living in the genre.

JenD: And what about Afro-Dominican jazz?

JV: This is a reality, so strong that it can be said that most jazz or creative music groups with original songs care that it is authentic and representative of our culture.

JenD: The Musicians?

JV: We have always had a lot of talent. The most interesting thing is that right now in a group you can find up to 3 generations of musicians playing together. That speaks volumes about growth.

JenD: The Venues and Events?

JV: Well, with everything suspended, we'll see how everything will restart.

JenD: The Festivals?

JV: The same is necessary to see how they will be within this new reality.

JenD: The Media?

JV: I think that even these have not opened up as they should to this music.

JenD: Tell us about the Jazz Fusion Lines sessions that you have been doing through digital media. What are you looking for with these? How has the experience and the results been?

JV: They are musical phrases in the style of jazz rock that I have been collecting over the years. From books, methods, records, etc. I share them so that whoever is interested can add them to their melodic vocabulary.

JenD: What do you think will be the post-virus tomorrow?

JV: Things will never be the same again, the psychological mark that this has left raises a new reality.

JenD: Do you want to add something else for our readers?

JV: Keep supporting everything that is art and culture. If something has shown this situation, it is how important they are for the human being.

With these words we end the interview, thanks to Javielo for his time, for sharing with us, for being as he is, for his dedication, passion and spirit of service. The experience of talking with Javielo about what is happening with him, with his group

ATRÉ , with the CNM and with his students is always very pleasant.

This interview was published on July 28, 2020

Clicking on above QR Code will yace you to enjoy Javier Vargas & Atré´s presentation in the Afro Dominican Jazz Collective's Concert Series on Dominican Republic's Channel 4 RTVD.

Esar Simó

Having a conversation between two "buds" is easy; sustain it with a specific purpose, so that your questions, answers and comments are given to the public, not so much. For a long time I have wanted to meet up with Esar Bernardino Simó Vásquez, an incredible and multifaceted person: musician, producer, actor, educator and, above all, friend.

I highly value his love and dedication to everything he does, his absolute passion, his excellent command of the instrument, whether in jazz, rock, other popular and/or classical music, genres in which he dabbles. Today we present the interview in its entirety, the result of several conversations through the technology used at this time that we are following the guidelines after the pandemic.

Esar was born on June 2nd, the son of Israel Claudio Simó Rojas and Lourdes Irene Vásquez. He plays acoustic and electric bass. He studied at the National Conservatory of Music in Santo Domingo, then went on to the Puerto Rico Conservatory of Music, where he studied the double bass with Professor Federico Silva and then with Professor Barbara Roberts at Columbus State University, in Atlanta, Georgia. He also received private lessons with Luis Gómez Imbert, professor of double bass at Florida International University. In San José, Costa Rica, he participated in the Third Regional Double Bass Course, held at the Inter-American Center for Instrumental Studies. There he studied with Professor Lawrence Hurst.

He has been a double bass player with the National Symphony Orchestra of the Dominican Republic, Orquesta de la Catedral Primada de América, Puerto Rico Philharmonic Orchestra Arturo Somohano,

Orquesta Sinfónica Juvenil de las Américas, Columbus Symphony Orchestra, FIU Symphony Orchestra, CSU Orchestra and Jazz Band. He has participated in groups such as Triángulo, No Estacione, Duluc & Dominican, Conuco Electrico, Irka & Tadeo, Los Guerreros del Fuego, Sindrome, Irka with Bohuti, La Siembra, Cool Jazz, Blues in Vertigo, the Jaco Campisi Quartet, Josean Jacobo and Tumbao, Jordi Masalles and Tiempo Libre, Gustavo Rodríguez and Pirou, and Salime Caram Project, among many others.

As a musician, he participated in: the plays La Cocina and Amanda; he composed the original music for Vigilia in C Major; musician / author in the shows Repertorio II and Rodeados with the group Ballet Roto; musician / actor in the play Opera Seca with the group Katarsis; writes and acts in the monologue Still Life III; the generation of the sea and the asphalt, together with the group Katarsis; and the play 41,2 Hertz, also with the Katarsis group.

In 2001 he integrates a musical laboratory of rap, rock, funk, hip-hop, electronic music, bachata, pambiche, releasing his first album, ICSR Project El Radio.

Esar defines himself as "someone curious." Thus we commence the interview.

Jazz en Dominicana (JenD): How did you get started in music?

Esar Simó (ES): My father was a founding member of the National Symphony Orchestra and through him I was initiated into music. Although, in general, I grew up in a musical environment.

JenD: Has the bass always been your instrument?

ES: My first instrument was the violin, in which I started at the age of 6, at the Elila Mena Elementary School of Music and the National Conservatory of Music. In the same way I studied, in a particular way with my parents, viola, flute, as well as English. Several years later I entered, once again, the National Conservatory of Music to study double bass.

JenD: Who influenced you?

EN: Israel and Manuel Simó, for approaching music genetically. On the double bass, my teachers Jacinto Roque (DR) and Freddy Silva (PR).

JenD: What determined your north at this stage?

EN: European jazz (ECM), English progressive rock and African American jazz.

JenD: You have lived in various worlds, including classical, jazz, popular. How do you go from one to the other?

EN: I have always been influenced by popular music. From a very young age, at home I listened to all musical styles through my father, my mother and my aunts. Then I discovered rock, heavy metal, progressive music, soul, hip hop and jazz groups that my generation and the previous one listened to. Playing electric and acoustic bass with the groups Tripas, Triángulo, No Estacione, Duluc & Dominican, Conuco Eléctrico, Asigun, Irka & Tadeo, Los Guerreros del Fuego, Síndrome, Irka with Bohuti, Xiomara Fortuna, Ingrid Best, Patricia Pereyra, La Siembra , Cool Jazz, Blues en Vertigo, Jaques Martínez Trío, 4 o 5, LM & Luinis and Guy Frometa Quartet, Au Vivo, Oscar Michelli Trio exposed me to experimentation within genres such as fusion, progressive rock, blues, Brazilian and *Afro-Dominican* music.

JenD: How have you evolved in your music in each genre?

ES: I have remained open to continue playing in the alternative musical environment, performing and recording in the projects of Anthony Jefferson, Paul Austerlitz, Isaac Hernandez, Josean Jacobo, Hedrich Baez, Kike Céspedes (El Campesino), Salime Caram, Joshy Melo, Nikola (Nicole Santiago), DieselRD, US, Micky Creales and Elsa Liranzo, Gustavo Rodriguez and Katherine "Pirou" Perez, Sebastian Murena, as well as a lot of work as a Freelance Bass Player.

JenD: Besides being a musician, you are a composer and educator. How do you feel creating, composing, educating?

ES: My creative process goes hand in hand with the performing arts, such as performances and plays in which I have worked with the Katarsis Group and El Laboratorio del Actor. These experiences have given me the creative tools that nurture my musical projects and the discipline to transmit it to my students.

JenD: What is ICSR Project? Who is NADIE (NOBODY)?

ES: ICSR Project arises as a reflection on the matters, or events, that have been relevant in Dominican history, and in some aspects worldwide, since time immemorial. It is not a complaint, it is a rebound to society whose tireless system never "passes the ball." A mix of funk, hip hop, electronic, rock, R&B, jazz and elements of Dominican music such as merengue, create what we call "Dominican Fun". Our starting point was the innumerable urban, sub-urban and rural stories

that "stop" daily the Dominicans. Here the hero, or the heroine, lives on the corner and is the social anthropology of everyday life in the Dominican Republic. This is a creole result.

NADIE (NOBODY) is a clandestine, political Dominican artist who is currently dedicated to the investigation of "junk music." NADIE (NOBODY) proposes a reflection on certain types of genres that have transformed the social behavior of the Dominicans due to transculturation.

NADIE (NOBODY) understands that an artist must be alert, and vigilant, in the face of the social unrest caused by this type of lyrics, sounds and rhythms, through the distortion of genres from a highly precarious artistic education and due to the lack of structure to be able to interpret its reality. NADIE (NOBODY) is here to stay and NADIE (NOBODY) is interested in the opportunity to share certain discomforts.

JenD: Would you update us on you and your projects.

ES: At present there is a new production of the ICSR Project whose first single, and video, "¿Qué trama?" With the participation of La Maker and Gaudy Mercy, a production of the ICSR Project and Búcara Culture Lab, it has already aired.

The QR Code below will take you to enjoy the before mentioned tune.

On the other hand, I am an actor in the web-series "Guíllese" from Búcara Culture Lab, where I play the "Nextdoor Neighbor". The series deals with big cities, personal decisions, the candid lack of intimacy among its inhabitants and part of the reality of the Dominican Republic. Sure, all with humor. Three neighbors and an alley share the perpetual comedy that the coexistence between strangers can be. So far, the other two members of the cast are: Loraine

Ferrand and Jose Miguel Fernandez, "La vecina" and "El vecino de la Esquina" respectively. You can see the first four chapters on YouTube on the Búcara Culture Lab channel. There are more, but let's start there.

JenD: Esar, let's go with the topic of the moment, since this virus is marking a before and after in everyone's life. What has it meant to you? What would you like to share with our readers on this topic?

ES: I have spent it, responsibly, confined during quarantine / curfew, producing, practicing, developing a new method of double bass for teaching / learning, by ear. Besides, I have been playing Basketball.

JenD: What do you think about the state of jazz in general, in the United States, Europe, Asia, Latin America?

ES: It is growing at a performative and educational level, without a doubt, thanks to the facilities of digital technology. In today's world it is very easy to have contact with concerts, workshops, master classes of the great artists, performers and creators of different generations.

JenD: How do you think jazz is going in the country, Afro-Dominican jazz, spaces and events?

ES: It is going very well. Live music venues are growing. I hope the movement resurfaces after this pause. There are many musicians and projects with new material to explore and show.

JenD: How do you think tomorrow will be, the post-virus?

ES: From the musical artistic point of view we are going to see an evolution in all genres. The new modality of virtual concerts is opening up rock and alternative music and the proposals are being presented with a high audiovisual technical level. I think the public and venues will appreciate live music more. The relationship of the public with the artists, and vice versa, will grow. I hope that the confinement will give us back the desire to go out and listen to live music, with due protocol.

JenD: Anything else you want to say to our readers?

ES: Health and prosperity to the entire musical community (artists and listeners) in the remainder of 2020 with a view to 21.

This interview was published on August 16, 2020

Guy Frómeta

The next guest of our 2020 Interview Series is the renowned musician, drummer and producer, Guy Frometa. It is an honor to partake with him, from years ago ours is a shared friendship beyond music, without interests, the kind in which everyone feels free; free to act and speak, to give and receive, to think and express, to support and advise.

Guy was one of those responsible for giving "the push" for Jazz en Dominicana to be born, and through these 14 years, his support and advice have been invaluable to me and the project.

A few days ago we sat down to enjoy a cup of coffee and to enjoy a "masked-up conversation". The result is this interview, which we will publish in its entirety and, due to its size, in two parts. We begin with the first.

(1 of 2).

We start by talking about Guy Frómeta. He grew up listening to Jimi Hendrix, Miles Davis, and Chick Corea. He has been playing drums since he was 6 years old and it has been his main instrument ever since. At 18 he began to play with Luis Dias & Transporte Urbano, one of the most important rock bands in the Dominican Republic, in which he remained for 23 years.

In 1988 he moved to New York to study at the renowned Drummers Collective School for Drummers. From there he went on to perfect his art thanks to his friend and mentor Joel Rosenblatt with whom he studied for 3 years. He also took private lessons with Zach Danzinger, Marvin "Smitty" Smith, and Sam Ulano.

He has played with Gonzalo Rubalcaba, Michel Camilo, Gato Barbieri, Leni Stern, Oscar Stagnaro,

Wayne Krantz. Also, with Juan Luis Guerra and 4-40, Ricky Martin, Miguel Bosé, Carlos Vives, Alejandro Sanz, Arturo Sandoval, Pavel Núñez, Juanes, Luis Fonsi, Xiomara Fortuna, Patricia Pereyra, Tribu Del Sol, Spyro Gyra, Mike Stern, Giovanni Hidalgo, Néstor Torres, Victor Victor, Manuel Tejada, Bule Luna, Rubén Blades, Chichi Peralta, Oscar Micheli Trio, José Antonio Rodríguez, Ramón Vázquez, Sandy Gabriel, Chucho Valdes and Retro Jazz.

Guy has participated in dozens of jazz festivals, both in his country and around the world (United States, Japan, Canada, Denmark, Peru, Cuba, Venezuela, Colombia, Spain, Argentina and Mexico). He is an exclusive artist for Meinl Cymbals, DW Drums, Pedals & Hardware, Aquarian Drumheads, Los Cabos Drumsticks, Cympad, Beats Headphones and Audix Microphones.

From his recording studio, The Rooster Room, he constantly records and produces for local and international artists.

Let us thus begin.

Jazz en Dominicana (JenD): We started the interview by asking, Who is Guy Frómeta according to Guy Frómeta?

Guy Frómeta (GF): Gordo (a nickname he has for me), you know me. You know that I don't talk much about myself, I don't like it; but I can say that I am a dreamer, I am always envisioning ideal situations, I am passionate about good music and various other things (architecture, design, photography, engines). But I have always been a musician. I've never done anything else. I've been playing drums for as long as I can remember; but I'm not a teacher, a jazz player, a rocker, or a merengue player. Nothing of that! I am a person who likes what he does, I like to play. Thanks to music I have friends who are my family. I believe 100% in that connection of people before the musician.

It makes me very sad when I see incredible musicians, extraordinary folk, but as people they are the opposite. As a musician every day I am more sure of what I want, I know with whom I want to play, with whom I do not want to play or play again, although that represents a good job opportunity, I am one of those who thinks that not all jobs should be done .

JenD: How did you get started in music?

GF: I started out professionally playing with Luis Dias and Transporte Urbano, I think a lot of people know that (!), but I started playing at home.

My house was full of instruments, my dad had an exclusive area for the piano, guitars, a bass and, of course, drums. I grew up in a very specific music environment. I say this because there are many people who leave musical homes, but it does not necessarily mean that they grew up listening to good music (!!). People cannot imagine how important this is to someone who bases his life on art. The hours you invest in the instrument and "the street" help to train you as a musician, but respect for music, for what you do, is something you learn at home.

JenD: Who influenced you?

GF: I was always in contact with musicians since I was small. All the Dominican musicians passed by my house and the occasional jazz player who was playing in the country.

At that time I met Wellington Valenzuela. Everyone here knows that Wellington was my biggest influence. For years I totally imitated him until it was time to meet more musicians, more drummers. When I arrived in NYC in 1988 it was an awakening for me, although I had already absorbed and studied, via records and books, various drummers.

Talking about influences at this point is impossible. The list is endless. Furthermore, each one is the continuation of the other, a constant redefinition of styles. Stewart Copeland, Mitch Mitchell, Shelly Manne, Neil Peart, Tony, Elvin, Max, Roy, Jack, Weckl, Vinnie, Dennis, Joel Rosenblatt, Steve Jordan, Clyde Stubblefield, Peter Erskine, Jeff Porcaro, Jim Keltner, Manu Katche, Tommy Lee, Joey Jordison, Phil Collins, Negro, Cliff Almond, Brad Wilk, Carter Beauford, Mark Guiliana, Jojo Mayer, Louis Cole, Antonio Sanchez, Marcus Gilmore, Thomas Pridgen, Bill Stewart, Obed Calvaire, Moritz Mueller, Euan Leslie, David Chiverton, Orestes Gómez, JD Beck ... Every day there is someone doing something that makes you want to practice again.

JenD: Tell us about your studies.

GF: I'm ashamed to say it, but I didn't study music, I studied drums and today I'm paying for not having done it. To produce, compose or direct a group, it is mandatory to have knowledge of music theory. Technology and all the music digested for years (and that I continue to listen to) help me a lot to elaborate and understand certain things. Although I did not study formally, I can read sheet music and I have a basic knowledge of harmony that allows me to structure any idea clearly for others.

My plan was to go to study at the Manhattan School of Music. My brother Waldo Madera had convinced me to "start over there". At that time they had a Summer Jazz Workshop directed by John Riley, but I couldn't get there on time because they denied me the American visa (!). It was not until after several attempts and thanks to the help of my friends at USIS that I was able to obtain a visa and well, the rest is history.

JenD: You play all kinds of music. What genre do you like to play the most and why?

GF: For me there are only two types of music: good and bad. I like good music, no matter the genre. I play in various groups with totally different styles and as we know, we live in a country where musicians have to play everything to be able to live and in some cases, play different instruments as well.

In my case, for a long time I have been able to be selective about the type of music that I play apart from the groups to which I belong. I am fortunate to be able to work in my recording studio, not only drum recordings, I also work Production, Editing,

Sound, Mixing, etc. That is the reality of most musicians anywhere in the world. The ideal thing would be to be able to do jazz with my group, travel the world and live exclusively on it, like the musicians of the big leagues that we listen to, but right now jazz is more of a personal decision. I study it for as long as possible and try to do my best whenever there is an opportunity.

JenD: In jazz, you have been playing many styles with different groups. In what format do you prefer to play?

GF: I like any format where there is freedom to express yourself. I think that's why I prefer small groups to large ensembles. A Trio or Quartet will always have contact and closeness, apart from the *input* it requires from its performers. Especially in jazz, there will always be room to improvise.

In a large format, an orchestra of 16 musicians or a Big Band with 30 or so musicians, it is very difficult for all of them to be connected on the same frequency ... on the same channel of information.

JenD: What do you consider your style to be? Your sound?

GF: Wow! You made it very difficult for me, Gordo... I don't think I can talk about what I can do or not, rather others should see it, listen to it and draw their own conclusions. A person who sees me playing with Pavel (Nuñez) will not deduce that I can play jazz, just like the one who saw me play for years with Juan Luis (Guerra), does not imagine that I play rock, pop, metal or other styles . Really, people see you there and think you only know how to play that.

I love jazz, but it would be a great disrespect for me to say that I am a jazz player ... A jazz player lives, eats, breathes jazz 24/7.

I have always tried to listen and learn dozens of styles and their variations, some are clearer to me than others, of course, and I think that is what I am: a mixture of a lot of music and many drummers at the same time. I try to "channel" them at the appropriate time and context, but I always try to bring them to the Dominican vocabulary. That does not mean that I put a Canoita or a gagá on everything (Laughter), but I do try to filter certain phrases that are already decoded, familiar.

It is the same with jazz, you have a language that is there and you must abide by it, otherwise, you are not going to sound very authentic.

This exercise gives you a totally different perspective, it gives you a different and clear feel, how you apply it musically is perhaps the most important thing.

Over the years that has given me a "sound" that others identify. I think that is vital in the career of any musician.

JenD: Long ago you recorded an album as a leader: The Guy Frómeta Quartet, in 2003 if memory serves. Do you have plans to lead another project? To make another record project?

GF: Time flies by… That was 20 years ago! (17 to be exact). That CD was part of a time when we were working full as a group Esar Simo, Jack Martinez, Sandy Gabriel and I. At that time talking about a jazz album was utopian, the music industry was very different, but all that changed.

Who listens to CD 's? They do not literally exist, unless it is to give them away as a promotion. Those worries of sky-high expenses for a studio, musician payments, whether the album was going to work or not ($$), etc., are no longer an obstacle. Now everyone does what he wants and how he wants, as long as he has the means to do it.

I know that many will say, "but why doesn't Guy just record? He has been talking about an album for 10 years","What is so complicated?". The truth is that insecurity still hovers a bit in my head, I'm a perfectionist, or rather, psycho-rigid. I always believe that I am not prepared or that things can be much better.

The recordings are the "microscope" of the musicians. They never lie, but this moment that we are living has made me think that all of these are pure excuses and that I simply have to sit down to give them, to start the process. In fact, I already started it and I have the selected material.

The idea is to pay a small tribute to several Dominican musicians from whom I am very grateful for everything I was able to learn from them. I'm going to revisit that music that I grew up playing with and make adaptations to it or, rather, make my version of it.

JenD: Have you started composing?

GF: Uffff!! Don't say that ... I'm not a composer. I have a lot of ideas and I can put together melodies that work for certain things, but I would never say that I am a composer.

JenD: How did The Dominican Jazz Project come about? Who made up this group?

GF: Stephen (Anderson) came to Santo Domingo with Guillo Carias in 2013 to play a private event. I played with them and the truth was it was a good concert, but I felt very strange with everything that happened that night. I went home sure I had made a big M, but to my surprise Guillo called the other day and said "Steve wants to talk to you." I swore that he was going to recommend that I quit music or that I find a good jazz teacher and he began to tell me how much he liked playing with me and that he wanted to invite me to North Carolina to play with him at the university where he teaches (!)

I invited him to play at Casa De Teatro a few months later and Sandy Gabriel was in the group as well. Stephen was very interested in making a Latin music album, but that it did not start from the Cuban key and we taught him part of what we do with folklore here and that was the beginning of a relationship that has become one of the most important projects. important of my career.

JenD: The Dominican Jazz Project released their, so far, only production in 2016; Are there plans for another?

GF: Sure! right now we are in the pre-production part of the 2nd CD. If everything goes as planned, for next month (October) we will be recording.

JenD: Who would it be with? What kind of material do you plan to include? Will there be your compositions?

GF: This album is dedicated to our dear Jeffry Eckels (our bassist) who passed away 2 months ago. It has been a hard blow for us, but we are sure that he will be happy with the idea of the group continuing. From now on he will be with us Ramon Vazquez on bass.

Stephen's pieces on this record are much more complex than the previous record and definitely structured around our folk music.

Sandy also contributes 2 songs of his authorship and the album comes with several very popular Dominican rhythms: sarandunga, congos and typical merengue.

In the group is David Almengod (as you would say that he does not need any introduction). David is the Dominican percussionist with the greatest knowledge of folklore. We will have 2 luxury guests and of course the architect of this alliance, the Father of

Dominican Jazz, Guillo Carias, will be with us once again.

So here we arrive to the end of part one. In the next part his participation in festivals, thoughts on the pandemic, various opinions and more.

By clicking on the QR code above you can enjoy the participation of Guy Frómeta with the Retro Jazz band and the song Pena

(2 of 2).

Today we publish the second and last part of the interview with Guy Frometa.

I am very grateful to "Gallo (The Rooster)" (as his friends nickname him) for the time he took for this interview; for always watching over the path of "our jazz"; for making paths to facilitate those who follow; for backing and supporting all the diverse actors, not only in jazz, but in the music of our country; for his advice and motivations; for being as he is: generous, humble, dedicated, passionate, positive; especially for his friendship, I am grateful for his friendship.

Let's continue the conversation.

Jazz en Dominicana (JenD): You have participated in festivals outside the country. With what groups? Where? How have these experiences been?

Guy Frómeta (GF): Well, I must have 30 some odd years traveling to different countries and to festivals. Remembering all of them is going to be very difficult, but we are going to mention jazz ones properly.

In NY I started traveling, in 1992, with Gato Barbieri to the Playboy Jazz Festival and I played in several presentations with him. I remember that the first time we played, my name was not even known (Laughter).

In that same year I traveled to New Zealand with Houseafire and played several concerts with them in the New York area. In 1993 I went to Tokyo, Nara, Kyoto, Osaka and Yokohama (Japan) on a tour with Howard Prince. Between 1994 and 1995 I was with the Leni Stern Band. I traveled to Munich (Germany) and we came to Cabarete, Sosua when the festival was called Hola (it was not yet the Dominican Republic Jazz Festival). I also played with her in various clubs in the USA. With Xiomara Fortuna (2004-2008) I went to Lima (Peru), Pyrenees (Spain) and Ottawa (Canada). With Juan Luis Guerra & 440 I went to the North Sea Jazz Festival in Curaçao (2011) and the New Orleans Jazz & Heritage Festival in the 2013. With Oscar Micheli Trío and Sandy Gabriel I traveled to the South Florida Jazz Festival (2012-2014). With Oscar I also went to the renowned Indy Jazz Fest (Indianapolis) in 2018 and traveled with Retro Jazz 2 times to the Mompox Jazz Festival in Colombia (2017-2018). With The Dominican Jazz Project we did a series of concerts in the USA in 2019, which culminated in a presentation at the Dominican Republic Jazz Festival (Puerto Plata).

All these trips have been unforgettable and learning experiences for me. Outside of the emotion that they represent in the musical aspect, also knowing new cultures, making new friends, is priceless; but one always remembers the beginnings with great joy. The

1st jazz festival I played was Carnaval Du Soleil in 1986 in Montreal (Canada) with Patricia Pereyra. At that time the group was Juan Francisco Ordoñez, Héctor Santana, Isidro Bobadilla and I ... the most incredible trip in history!

JenD: The pandemic has wreaked havoc on art, actors in its various branches have had to adapt their tasks to a new reality. How has it been for you, musician, this time that we are living?

GF: These are very difficult times for everyone, especially for musicians who depend on live music.

The groups I play with are on hiatus, some of us have decided to take advantage of this strange moment and work on new music, compose, record, release singles. I think it is the healthiest, otherwise, the remaining path is frustration, anger, depression.

I have continued working from my studio, in less quantity of course, but thank God I have not stopped working. The situation, although overwhelming, has forced us to focus on studying, practicing, learning new things, and growing. All extraordinary situations have a positive side, a hopeful side.

Restructuring is the word of the moment, in every sense.

Opinions.

JenD: What is your opinion about the state of jazz today in our country?

GF: This situation (Covid-19) has been a very strong blow for music. How long do we have without playing? How much actual downtime do we still have?

I think that after the vaccination, the "deworming" process will be long. People are going to take a while to get back to the concerts and closed places, which is sad because maybe the jazz circuit was right now in one of its best moments. It has been reactivated thanks to the presence of many of the Dominican musicians who went to study with the Berklee Santo Domingo scholarship program. We were already seeing a 2nd and 3rd class of graduates with a much more refined level of execution and composition than the previous generation, especially those who specialized in the genre. The standard has definitely been raised.

In addition, these arrivals, apart from being very beneficial for the jazz circle, are even more positive for music students who do not have the opportunity to go out and who can receive this information first hand, since many of these graduates immediately enter teaching.

Likewise, established (active) jazz groups have matured their repertoire and have taken a turn in terms of concerts, taking up larger-scale presentations and more elaborate production work.

But I have always said that the problem of the Dominican jazz scene does not lie with the musicians or the performers, the problem lies in the lack of diffusion, as a result of the absence of material, recordings and records of its most prominent exponents. From the mid-70s to practically the early 2000s there is a generation gap. Only a few artists from that period have recordings, but several of these did not even see the light, some are still shelved.

Darío Estrella, Guillo Carias and 4 + 1, Manuel Tejada, Sistema Temperado, Irka and Tadeu, Crispín Fernández, Patricia Pereyra, El Bule, Materia Prima and Grupo Isla recorded albums at the time, but only those of Darío, 4 + 1 , Irka & Tadeu, Crispín and Patricia Pereyra's Cabaret Azul and Gala productions were released.

It is a shame that such an important cultural movement go unnoticed by the new generations. Many people, many students ask me all the time how is it going to be that there are no videos or audios of those concerts... people cannot imagine the world without internet! Only the ones who attended the live concerts of that time have the recollection of the level and good music that existed back then.

JenD: Festivals, live jazz venues.

GF: I think that active groups are preparing with a view to play in festivals for a presentation that represents a greater audience, but the festivals as such have changed the logistics and the line-up of musicians, both local and international, obviously due to a budget issue; but the Dominican Republic Jazz Festival continues to be the largest festival in our country and in the Caribbean as far as I understand.

Hopefully after all this the movement will resume and perhaps we can see new spaces for live music and alternative proposals, meanwhile, Jazz en Dominicana continues (and will continue) presenting every Friday the groups of the jazz circuit in its venue at the Dominican Fiesta Hotel and on Wednesdays at Acropolis Center.

JenD: The media and jazz (print, radio, digital and social).

GF: You know that cultural journalism is non-existent here, with some exceptions that usually touch on other topics of art. As far as music is concerned, I receive information from hand to hand and / or some very interesting publications on the networks.

The radio programs, the ones I have listened to *online* or when I am driving, some have excellent *playlists*, others are not so up to date with what is happening in jazz. The type of music that they regularly program, as a musician, I do not think I am the target of these transmissions, but that is a matter of taste, because I know several of them very well and I know the great work they have done and continue to do with leading this music (from the musicians) to an audience that eagerly awaits these programs since the other side of Dominican radio is better not to mention it.

I think there should be more collaboration on the part of the radio and internet programs with the musicians. Perhaps one day a week, "Today Guy (or any other musician) suggests us this playlist" and that people know that this program is based on part of the music that X Dominican musician listens, without the need to make a special program with guests, interviews, etc. Something as simple as making a list of what we are currently listening to can help a lot to have a larger audience and definitely better music.

What's coming in the next few months:

JenD: As a Musician.

GF: What can I tell you. The pandemic has "rolled" all the plans, concerts, tours, etc. Right now I am preparing to record the 2nd CD of The Dominican Jazz Project.

JenD: As a Composer / Arranger / Producer.

GF: I want to focus on my CD, it will not be for this year, but I hope that by early 2021 I can already show something.

On the other hand, right now I am producing for an artist a CD that is not jazz itself, but is a mix of tropical music with a touch of jazz.

JenD: As an Educator.

GF: A couple of weeks ago I traveled to San Diego, California to film content for a new drummer channel. For ethical reasons I cannot give much information yet, but you will already start to see the teasers on the networks and advertising. I can tell you that it is completely in Spanish. Made by Latinos for Latinos.

JenD: Finally, what would you like to add?

GF: I know that many people may not share the idea that this is a good time to reinvent yourself as a musician, as a group, as human beings. I am a musician and I know how difficult it is not to play, not to make money, not to be able to do the things that we are used to doing. As I said when we started talking, I am a dreamer and I always try to see the positive side of any adverse situation. In the midst of all this we are realizing how much we still have to learn and how much time we waste on unnecessary things. Many tools that have always been there and have never taken advantage of and are now a lifesaver, literally.

I want to close the interview by saying something I always say, but I have never applied myself to this point: "It is never too late to start."

Thanks Gordo!

By clicking the QR code above you can enjoy the participation of the Guy Frometa Trio in concert for Big Show Productions.

This interview was published on September 14, 2020

Sócrates García

Since we began to publish our interviews I have wanted to do one with a tremendous human being, musician and friend that I admire very much. I am referring to Socrates García.

I remember so many moments. He was always keeping me up to date with his career when he left the country; for example, when in March 2008 he called me to tell me that he was graduating from *Middle Tennessee State University* (MTSU) with a Master's degree in Jazz Composition; his annual participations in the *Jazz Education Network*; when he was awarded for his composition Heads or Tails (first national award from the *Jazz Education Network*); his move to Colorado to start as a member of the staff of educators at the *University of North Colorado*: when another of his compositions was awarded nationally in the United States, *Just a Matter of Time*; his big band, his album and so many other moments.

We managed to schedule a good amount of time with Socrates, and thanks to the technology at our disposal, we were very grateful to share with our readers the result of our long "conversation".

Socrates is a composer, arranger, producer, recording engineer, conductor, guitarist, and educator. He is currently Associate Professor of Music and Director of Music Technology at the *University of Northern Colorado* (UNC), where he teaches a variety of courses on music technology and advanced jazz arrangements.

As an arranger/producer and recording engineer, his work is found on numerous albums and a myriad of side projects.

García's recording and/or performance credits include the album Yo Por Ti by Puerto Rican artist

Olga Tañón, winner of the 2001 Grammy Award for Merengue Album of the Year; Milly Quezada's Tesoros de mi Tierra, which peaked at # 14 on the Billboard Tropical Song Charts; and national and international performances with the *Socrates Garcia Latin Jazz Orchestra*, among others.

As a guitarist and/or keyboard player, he has performed in many Latin American countries, including Mexico, Colombia, Venezuela, Bolivia, Costa Rica, Aruba, and throughout the Dominican Republic. He has presented clinics and workshops on music technology and/or jazz composition/arrangement nationally and internationally. García and the *Socrates Garcia Latin Jazz Orchestra* have also performed nationally and internationally, including concerts at various conferences of the *Jazz Education Network*, *Vanderbilt University* (with the *Blair Big Band*), the *Festival Internacional de Jazz Restauración* in the Dominican Republic and in the *Dazzle Jazz*, a top-100 jazz club, among others.

His music for major jazz ensembles has been performed by top university/college jazz orchestras, including the *Manhattan School of Music's Latin Jazz Orchestra*, UNC Jazz Lab I, *California State University Long Beach's Concert Jazz Orchestra*, the *Big Band of the*

Conservatorio Nacional de Música de Santo Domingo, and *Vanderbilt University's Blair Big Band*.

Prior to his current position at UNC, he served as an adjunct professor of music at Middle Tennessee State University and, between 2000 and 2005, he taught Jazz Theory and Harmony at the National Conservatory of Music in Santo Domingo.

His latest album, *Back Home* performed by *Socrates García Latin Jazz Orchestra*, is a symbiotic combination of Afro-Dominican and Afro-Caribbean genres within the aesthetics of contemporary orchestral jazz. An award-winning album, it has received numerous accolades from both critics and jazz fans, both nationally and internationally.

Socrates is an artist/educator for *Strandberg Guitars* through their strandberg.edu program, as well as an artist for *Warm Audio*. He also proudly wears Bias Amp2 and Bias FX from *Positive Grid*.

The following is our two-part interview.

(1 of 2).

Jazz en Dominicana (JenD): We started the interview by asking, who is Socrates García according to Socrates García?

Socrates García (SG): A super guy dedicated to his passion, music; and his family. A constant student, who is never satisfied with what he knows and wants to continue learning and, at the same time, passing on to others what he already knows.

JenD: How did you get started in music? How did you get started on the guitar?

SG: When I was 6 years old, I went with my mother to buy a gift for Three Kings Day. And I asked him for a plastic guitar that looked like electric. I remember telling him, "that's what I want to do in my life." It wasn't until the age of 12 that I took it more seriously. I went to live in Constanza (after having lived in Santo Domingo for several years) and there I began to take classes and practice. By that time I knew I wanted to play rock, and by 14, back in Santo Domingp, I formed my first group, Ikarus (it never came out). Then we formed Hekaton, which was a well-known group in local rock. The passion for the guitar was already there and then I continued exploring other aspects of the musical field.

JenD: Who have influenced you?

SG: When I started in rock, my influences were Kiss, Iron Maiden and AC/DC; then Metallica and the thrash metal groups of the 80s. After entering the National Conservatory of Music, that's when I discovered the world of jazz. As a guitarist I would tell you that Frank Gambale has always been a huge influence, as well as Allan Holdsworth, Scott Henderson, Mike Stern, Steve Vai, Joe Satriani, and countless others. But I also have many influences in the other professional areas as a producer/engineer, and definitely as a composer.

As a producer and instrumentalist I worked with Jorge Taveras, Dante Cucurullo and Manuel Tejada in his studio. They have all been a great influence. Where Manuel worked with Allan Leschhorn, one of my great friends, and a great influence on me as an engineer.

Gustavo Rodriguez also marked a large part of my development by introducing me to the world of Jazz composition. There are many composers that I study and listen to for inspiration, among them are Maria Schneider, Jim McNeely, Bob Brookmeyer among the most prominent. With others I have developed a closer relationship, becoming my mentors as was Dick Grove, and Fred Strum with whom I studied until they died. David Caffey, is my mentor with whom I speak regularly about music, and everything in general. I also find inspiration from my colleagues whom I have guided at some point in their development as songwriters, such as Ryan Middagh and Cassio Vianna, to name a few.

I have had the joy of sharing and/or working with many of my idols, which for me is the best thing that ever happened to me.

In conclusion, I can tell you that all the musicians I have worked with have influenced me.

JenD: How were your studies in the Dominican Republic? How were they in the United States?

SG: In the country I studied first at the Conservatory. There I was one of the founders of the Big Band in the early 90's. I had the joy of studying with Sonia de Piña, Dante Cucurullo, and many other excellent teachers. Then I studied with Gustavo Rodríguez, who opened the doors to the world of jazz theory and composition. Gustavo had studied at the Dick Grove School of Music, and he introduced me to all those concepts. Then I had the great joy of studying Dick Grove's Composition and Arrangement (CAP) program directly with him. That was a huge inspiration and obviously tremendous learning.

At 33, already with a family, we decided to move to the United States to continue our studies. In the United States, I attended Luther College where I finished my degree (which I had already started at INTEC, as an engineer), but this time I did it in Music Theory and Composition. From there we moved to Nashville, to Middle Tennessee State (MTSU) where I did my masters in Jazz Composition, with another huge influence on me, Jamey Simmons. I taught there for a year after graduating. Then we came Colorado, to the University of Northern Colorado (UNC), which has one of the most respected jazz programs in the world. Here I did my doctorate in Jazz Composition, while Wanda, my wife, was doing her master's degree in Choral Conducting and Education. We graduated the same day.

In the second year of my doctorate I was offered the job of professor and director of the Department of Music Technology at UNC, which I have been in practice for the last 10 years.

JenD: You have graduated and trained in various of music's businesses: musician, songwriter, arranger, producer, recording engineer, bandleader, and educator. Which hat do you like the most, and how do you handle yourself in so many different "jobs"?

SG: (Laughter) Tremendous question! For years I focused on each aspect separately until I felt that I had mastered it. At this point in my life everything is mixed up and I can't separate one from the other. I guess it all depends on what I'm doing that day: if I'm playing, I try to focus on that, but if I'm in the studio recording or producing, my head goes there, never leaving aside the other aspects. Each of the various aspects you mention complement each other and I enjoy all of them. There are days when I prefer to be practicing or writing music, and others when I prefer to be mixing or recording something. I am blessed to have a great college studio and a pretty decent home studio (Laughter).

JenD: From rock to jazz, how was that trip? You play all kinds of music. What genre do you like to play the most and why?

SG: When I was at INTEC I had my first experience with jazz. At that time I was playing in my metal group, Hekaton. It was funny, for a teacher gave me a cassette of Thelonious Monk. You can imagine, I didn't understand anything, so I said, "If that's jazz, I'm not going that way" (Laughter). But then I discovered Chick Corea (with Frank Gambale), Tribal Tech (Scott Henderson), and others along that line. It was more than what I was used to as a guitarist. That was the bridge for me. I was talking to Frank (Gambale) about it the other day in a live conversation on Instagram (which you can see on my youtube channel, *socratesgarciamusic*). From then on I felt an incredible urge to hear what I could achieve in that world. Dick Grove opened my eyes to the world of big bands. From then on there was no going back.

I still love playing rock; but my greatest passion as a guitarist and composer is the fusion of styles, particularly rock, jazz, and our Dominican music.

JenD: You've been playing those styles and genres with different formations. In what format do you prefer to play?

SG: As a guitarist I love to play in small groups and I enjoy the mix of rock and jazz, where I can use a distorted tone and the chords and intellectuality characteristic of jazz. As a composer I love being in front of the big band, as is my *Socrates Garcia Latin Jazz Orchestra* project. I'm looking for a way to mix these two very different worlds to feel more in the world I want to be in.

JenD: You love being an educator, not just in college, but also lecturing everywhere. Have you been able to dictate some recently?

SG: Last January was my last presentation at an academic professional conference. We had many plans and projects for 2020, like everyone else, but a mysterious virus interrupted everything. Regardless of the current virus hiatus, I have been able to stay active. For example, right now I am giving virtual clinics/workshops to more than 100 professors and students at *Vanderbilt University* in Nashville. I continue with my normal classes at the university, also virtually, and this semester I am teaching a class in the Master of Music Education at O&M. I did a mixing clinic in collaboration with Allan Leschorn, which was a lot of fun.

JenD: How is your website and blog project going?

SG: The website is still updated and it is always a good place to find out about my projects and agendas. The blog is a tool that I use to capture my memories and experiences. Recently I have taken social networks as the means of communication and promotion of my current projects. During the quarantine I did a series of live conversations, which I called Isolation Conversations. During this season I interspersed my conversations, where one week the conversation was in English and the next in Spanish. I decided to speak with several of my friends and was happy to have their support. It's really funny how people want to hear what you talk to your friends (laughs).

In English I had Jeff Coffin (*Dave Mathews Band, Bela Fleck*, etc.); Ron Jones (composer of films and TV such as *Star Trek, Family Guy, Fairly Odd Parents*); one of the most sought after mixing engineers, Bob Horn; Jazz Composers (David Caffey, Cassio Vianna, Ryan Middagh); guitarists like Frank Gambale, Alex Machacek, Tim Miller, and I closed with producer Spencer Gibb (son of Randy Gibb from the Bee Gees).

In Spanish I had great friends like Tony Almont, Javier Vargas, Yasser Tejeda; a session with the drummers and percussionists who play with me (Helen, Waldo, Ivanna, Pablito, Daniel, El Abuelo); and several guitarists such as the Chilean Lore Paz and Koke Benavides and the Mexican José Macario.

This was super fun and I hope it has helped people feel a little better in the situation that we have had to live. All of these conversations, except for Tim Miller's, are available on my youtube channel. I have already closed the first season, because when I start classes it is difficult for me to find the time.

Up to this point, the first of two installments. In the next one we will talk about his album, his current and future projects, and more.

(2 of 2).

Welcome to the second and last part of the interesting meeting we have had with Socrates García, which we have shared in the form of an interview.

Socrates García is the disinterested friend who is never discouraged, who is always updating, practicing and working towards his goals, which is an example of persistence, hard work, optimism and hope; he is a person devoted to his family, for whom he would give everything without thinking. Thanks again to him for this time. We continue.

Jazz en Dominicana (JenD): You have participated in festivals inside and outside the country. With which groups? In what places? How have these experiences been?

Socrates García (SG): I have had the good fortune to participate in festivals in the United States such as the *Jazz Education Network* on multiple occasions, and also in the Dominican Republic with my *Socrates Garcia Latin Jazz Orchestra* project. In our country, the project was presented within the framework of the Restauración Jazz Festival, Santo Domingo Jazz Festival at Casa de Teatro Festival and during the commemoration of International Jazz Day at the National Theater with the Jazz Band of the National Music Conservatory. In Miami, we played the Dominican South Florida Jazz Fest. I had the magnificent experience of writing a composition for the *Beijing Contemporary Music Academy* Jazz Festival entitled "*In a Faraway Fairyland*" based on a traditional Chinese melody with infusions of Latin music.

Apart from the festivals, I have had the opportunity to go to direct my compositions with the band of educational institutions. For example, I led the *Vanderbilt University* band, I worked on my compositions with the *Manhattan School of Music* band led by Bobby Sanabria and the National Conservatory of Music band. The experience is always amazing! When people see our Dominican instruments like the tambora, the güira, and to that you add the experience of our musical sound, we always receive a positive response. We usually start the shows with just drums and from there you see how people get involved with the music. For me it is an honor and a pleasure to be able to do this and see how the audience delights in our rhythms.

It always gives me great satisfaction when I receive correspondence from bands that enjoy playing my music around the United States.

JenD: Let's talk about your *Back Home* album. How did you come up with making an album with compositions based on Afro-Dominican and Afro-Caribbean genres with jazz, and in *Big Band* format?

SG: *Back Home* was the culmination of one phase and, at the same time, the beginning of another. I had been writing a lot of music for *big band* following my influences like Maria, Jim, Fred, etc. But one day in 2008, Jamey Simmons, who was my composition teacher at MTSU, asked me "What new thing do you bring to the table?" I was thinking and did not know what to answer. A couple of years later, when I was doing my research for my PhD thesis, it hit me. The new thing that I can bring to this table is what I have always had inside: merengue, bachata, salsa, palos, etc. From then on, I dedicated myself to writing the music for my thesis, which is part of Back Home as well. The merengue mixed with the *big band* format had already been created, in a similar context, in the *big bands* of the 40s-60s; what seemed innovative to me was using bachata and palos in this format. Previously, some had been made in other ensembles, for example, Crispín, Xiomara, Tony Vicioso. Salsa is what has been done the most in this context, since

Afro-Cuban music constitutes a large part of what we know as *Latin jazz*.

What I did was put into practice the contemporary jazz concepts worked in the context of Afro-Dominican music. Thank goodness it worked and jazz connoisseurs and the general public liked the mix. I have had the joy of playing that music in settings where Dominican music is not widely known, and it has always been of great impact and a great honor.

JenD: Who participated in that project?

SG: For the recording I was fortunate to have an incredible rhythm section of Dominican musicians, such as Manuel Tejada (piano), Pengbian Sang (bass), Helen de la Rosa (drums) and a great American friend, Steve Kovalcheck. (guitar). They came to Colorado, where we recorded live with the entire band. On the trumpets I am fortunate to have Brad Goode, one of the best trumpets in the country, on the first trumpet. Joining him were Jordan Skomal, David Rajewski, Miles Roth; on saxophones, Wil Swindler, one of Colorado's most renowned saxophonists, on alto; Also, Brianna Harris, Kenyon Brenner, Joel Harris, Ryan Middagh. And on the trombones, Joe Chisholm, Frank Cook, Guillermo Rivera, Gary Mayne, and Jonathan Zimmy.

After that part was finished, I went to Santo Domingo to record the percussions and the choirs. There I put on the engineer hat (to continue with your question from before) with José (the creature) Hernandez. In this part there were great friends and excellent musicians such as Félix García (the Grandfather), Rafael Almengod (River), Josué Reynoso and Otoniel Nicolás. And in the backing vocals, Hovernys Santana, Lia Nova, El Abuelo, and River.

Then I came back and with the collaboration of Greg Heimbecker (my partner at UNC) we mixed the album. It was hard work, but very satisfying.

For the live band I have had the good fortune to have the incredible drummers and percussionists Helen de la Rosa, Waldo Madera, or Ivanna Cuesta; Pablito Peña (Pablito Drums) and Daniel Berroa. We played a show in Miami where Manuel Tejada came and I had Eduardo Samá on bass. You can see that entire show on my youtube channel. At that concert I had the wonderful experience of having my son, Liam, on guitar for the first time in that context. That was a very proud moment as a dad!

JenD: Were songs like Heads or Tails and Just a Matter of Time precursors to the project?

SG: Of course! I was looking for my voice in those projects. *Heads or Tails* gave me my first national award (from the Jazz Education Network). And *Just a Matter of Time* also won awards. These pieces allowed me to explore many of the harmonic and melodic concepts of contemporary jazz, which were applied in the compositions of *Back Home*.

JenD: Are there plans for another similar production with the Socrates Garcia Latin Jazz Orchestra?

SG: Yes! We are already conceptualizing our next project. I hope I can give you more details soon.

JenD: Who would it be with? What kind of material do you plan to include in it? Will there be your compositions?

SG: We are planning to have our own compositions, but there is also the possibility of including arrangements of compositions by various fusion guitarist friends that I admire, with whom I would love to collaborate. Among them are Frank Gambale, Alex Machacek, Tim Miller, and Gustavo Assis. This project also represents the possibility of being able to present myself to my followers as a guitarist. Among the challenges of a project of this magnitude is the cost, which requires carefully working the logistics and acquiring the necessary financial support. Unfortunately, the current situation as a result of COVID-19 has delayed the process.

JenD: You've been a Strandberg Guitars artist for a long time. What does this distinction mean to you?

SG: I have been with them since 2017. Liam, my son, and I have always admired this instrument. Since I received my first guitar from them, I have fallen in love! For guitarists or bassists, it's amazing how it feels! After I started playing them I don't feel comfortable playing any other instrument. I am fortunate to have excellent guitars and they are hooked in the studio. The thing about the Strandbergs is that they are super light (5 pounds) and ergonomic. Since they are headless, they are very comfortable to travel with. I wear it like a backpack and forget that I carry it on my back.

I have three right now, all 6-string: The Boden Original, the Classic (which is like their version of the classic Fender Stratocaster), and the one that travels with me which is the Boden Fusion. I've been looking for the perfect instrument all my life. This is it for me!

JenD: The pandemic has wreaked havoc on the arts, actors in its various branches have had to adapt their tasks to a new reality. How has this era that we are living in for you, musician and educator?

SG: I have suffered a lot seeing several of my friends going through this whole situation. Obviously when you open the news it's one disaster after another. It is very sad to see how many people in the USA have politicized the situation and do not want to accept the danger of the pandemic. We suffered the loss of notable and valuable friends, such as René Rodríguez and Víctor Víctor. René died at the beginning of this and he was one of my best friends. We have taken it seriously!

I have seen how people have had to adapt and the level of creativity developed by the artists is very stimulating, all this in order to continue.

In my family, in particular, we have the luck of having jobs that have allowed us to remain stable. We have been working a lot from home. We moved a year ago and now we had time to work on finishing the studio, preparing for classes in the fall, and most importantly, spending a lot of time together, which is something that doesn't always happen.

It is a positive thing that has come out of all this. I long to play live again, see plays, go to the movies, etc.

At my university, the music school is practically virtual. We only have small groups rehearsing. And we managed to arrange the stage of the concert hall to be able to rehearse with the big bands, maintaining social distancing. So far, my classes have been virtual, although I can go to the studio (there is enough space to keep a distance and the students have been quite diligent about the masks).

Opinions.

JenD: What do you think about the state of jazz today in our country?

SG: I am excited about the quantity and quality of the projects that are emerging. That was the dream of all of us when we started that adventure in the early 90's at the Conservatory. I am glad to see that the educational work that we started at that time and later did in the conservatory (together with Gustavo Rodriguez, Ania Paz, Jaco Martinez, Crispín Fernández, Oscar Micheli, Juan Valdez, Joe Nicolas, Federico Mendez and others) has continued to progress . Javielo and his team have taken jazz education in the country to another level. I am honored to have served as a link for that growth.

I hope it continues to grow. What we have most in the country is talent.

What about live jazz festivals and venues?

SG: You, Fernando, have been a great pioneer in that area. The fact that there are several festivals during the year shows that jazz continues to grow in the country. Do not dismay, the work that you have done with Jazz en Dominicana is impressive and necessary. And I am always eager to present my music more frequently on our beautiful island.

What do you think of the media and jazz (print, radio, digital and social)?

SG: I have had the good fortune to share with several friends such as Alexis Méndez and Sandy Saviñón. I read what is published. I still think we need more support. You cannot leave all the work to a small group of people who have carried the entire load. I always enjoy when we go in the car listening to the local jazz station and my music is playing.

Bobby Sanabria always writes to me when he is going to put one of my tracks on his show, and Saul Zavarce has a program on PBS Australia dedicated to Latin jazz that promotes my music.

What's coming in the next few months, year?

JenD: As a Musician/Composer/Arranger/Producer:

SG: Keep working on the big band project and in collaboration with my idols and guitarist friends, arranging and practicing. Compose for a collaboration with jazz composer friends. I am always writing, playing, producing or mixing something.

JenD: As an Educator:

SG: I look forward to continuing to influence and guide future generations in this world of music. I also hope to continue serving as a bridge so that many of our young people can have the opportunity to come here and grow more as musicians and as people. Soon I will apply for what here is called "Full" Professor. That has me excited, it is a great step and it represents a great achievement. In the university system here, you spend 5 years at each step until you become a "Full Professor".

JenD: Finally, what else do you want to share with our readers?

SG: To the students, don't be discouraged. Keep practicing and working on meeting your goals. Success is a mix of talent, persistence, and hard work. To the public, let's support our local talent. Everyone is local first before becoming internationally known. Buy records, and when you can go to concerts. It is the only way that one as an artist can continue creating art.

Blessings to all!

In 2016 the Socrates García Latin Jazz Orchestra released their record production Back Home. You can enjoy the album, in its entirety, by clicking on the following QR code:

This interview was published on September 22, 2020

Dr. Paul Austerlitz

For a long time I have wanted to share the ideas and conversations held with the multi-instrumentalist, composer and ethnomusicologist Paul Austerlitz, who combines his experience as an ethnomusicologist specializing in Afro-Caribbean music with his creative work as a jazz musician. The use of technology allowed us to "get together for a chat", the result of which is the interesting interview that we share with our readers!

American by upbringing and Finnish by origin, Dr. Paul Austerlitz specializes in the jazz category and calls it "Afro-universal, creative and improvised music...", he is currently Professor of Ethnomusicology and Africanist Studies at *Gettysburg College*, Pennsylvania, USA as well as being a disciplined composer and musician.

As an instrumentalist, Austerlitz has dedicated himself to mastering the bass and double bass clarinets. He also plays Bb clarinet (soprano) and tenor saxophone. As a composer, Paul combines his training in jazz and ethnomusicology, producing works that incorporate the music he investigates. He has been especially active in the fusion of Latin and Caribbean music from the Dominican Republic, Haiti and other places with free forms of jazz.

He received his Ph.D. in Ethnomusicology at *Wesleyan University* in 1993. His work as an ethnomusicologist includes the books *Merengue: Música e Identidad Dominicana* (*Merengue: Dominican Music and Dominican Identity*) (1997), *Jazz Consciousness: Music, Race and Humanity* (2005), among other publications.

His discography includes Water Prayers for Bass Clarinet, The Vodou Horn and Dr. Merengue (2018), Journey (2007), American Dreams (2003), A Bass Clarinet in Santo Domingo and Detroit (1998).

We decided, based on the content, to publish the interview in three parts; below is the first of three resulting from the "long chat with Paul":

Jazz en Dominicana (JenD): Paul, how did you get started in music?

Paul Austerlitz (PA): Wow! I remember trying to play the trumpet, while dancing, when I was about five years old! After that, I played violin when for a little while, and then took piano lessons. I started playing guitar by ear when I was ten, and when I was 14, I started taking clarinet lessons. Living in New York was stimulating, because I was hearing classical music at home, pop music like the Beatles on the radio, and salsa on the street.

JenD: Who influenced you?

PA: My main influences are John Coltrane, Jimi Hendrix, merengue, and African-based religious music such as palos drumming of the Dominican Republic and batá drumming of Cuba.

JenD: How do you decide to specialize in the bass clarinet?

PA: As a young man, I had the privilege of studying with the trumpeter / composer Bill Dixon. At the time I was playing clarinet, and Dixon suggested I play the bass clarinet. I've always thought that this instrument is interesting for his association with the avant-garde, not just because the great Eric Dolphy brought it to jazz, but also because of this important role in the introduction to Igor Stravinsky's "Rite of Spring" and Arnold Schoenberg's "Pierrot Lunaire," two pieces that I recommend that all jazz musicians study!

JenD: What were some of the recordings (albums) that had the biggest impact on your growth?

PA: *A Love Supreme* by John Coltrane, *Are You Experienced* by Jimi Hendrix, Verna Gillis's recordings of Dominican palos music on *Smithsonian Folkways Records*, and *Poder Musical* by Wilfrido Vargas.

JenD: How to get to study, graduate and practice as an ethnomusicologist?

PA: As a young man, in the 1970s, I also had the privilege of studying with the great percussionist

Milford Graves. He blends his background in African-American music with influences from Afro-Cuban music, Indian classical music, African drumming, and the philosophies of East Asia, especially China. In addition to being a musician, Graves is a martial artist and healer who uses roots and plants to make his own medicines. His holistic approach, which incorporates music of the whole world, inspired me, and motivated me to study ethnomusicology (musical anthropology), earning a doctoral degree in that field in 1993. Years later, in 2006, I wrote a chapter with Graves in my book, *Jazz Consciousness*.

JenD: You play, compose, teach, write. How do you manage to balance time with everything you do? Which hat do you like the most and why?

PA: I can balance playing, composing, teaching, and writing because these endeavors are so closely related. As I said, one of my books treats Milford Graves. In 1996, after playing in merengue bands in New York, I wrote a book titled "Merengue: Dominican Music and Dominican Identity." I have also created my own merengue-jazz arrangements and compositions. My teaching Is all about sharing my creativity, and my ethnomusicological research with students. Similarly, my compositions are based in music that I have researched.

JenD: You have lived in various worlds: in the United States and the Caribbean (mainly in Haiti and in our country). How do you get to them and what, to you, stands out in each one?

PA: I was born in Finland, and speak Finnish. My mother was from Finland, while my father was a Jewish man from Romania. I came to the United States when I was one year old, but we always spoke Finnish at home, and I have Finnish citizenship. I've never actually lived in Finland, but I visit often. In the 1980s, after being introduced to Dominican culture by playing merengue in Washington Heights, I came to the Dominican Republic, which is my second country. I love it here! I think I probably have more friends in the Dominican Republic that I do anywhere else in the world. While I have been visiting the D.R. at least once a year, sometimes staying up to nine months at a time, I've never actually lived here, although it sure feels like I have! I have taught at UASD and the National Conservatory of Music, and am a member of the *Academy of Sciences of the Dominican Republic*. I am currently working at the Dominican Studies Institute at the *City University of New York*, which is a great privilege. There, I helped create a website documenting in the History of Dominican Music in the United States.

I've spent less time in Haiti, but made many visits, usually as side-trips from the Dominican Republic. In

Haiti, I have been impressed with the rich traditions of African Classical Music, yes, classical music that arrived there (as well arriving in the D.R., Cuba, Brazil, etc.) from various parts of Africa, including the , the Congo, Dahomey, the Yoruba, and other civilizations. I've noticed many similarities, and also many differences, between African-based music from the Dominican Republic and Haiti. It's interesting to note that the first Africans on the island of Española were on the Spanish side, the side that is the Dominican Republic today. Various forms of African-influenced music have played a major role in African-based spirituality in the U.S., in the D.R. and all over the Americas, and well as in empowering Afro-descendants in the ongoing struggle for racial justice. This inspires Europeans like myself!

So we come to the end of the first part. In the next we will speak about his ways and challenges in Jazz, his musical evolution and his recordings, among other topics.

(2 of 3).

Paul is an incredible person, who likes to talk and share, which has enriched this conversation. We continue with the second of three parts of our meet up with Dr. Paul Austerlitz.

Jazz en Dominicana (JenD): Tell us about the path you took in jazz.

Paul Austerlitz (PA): Growing up in New York I was able to hear jazz in clubs like Village Vanguard, listening to people like McCoy Tyner, Elvin Jones, Charles Mingus, and Sonny Rollins, often sitting only four feet away from these musical giants! Also, just down the street from my house was the *West End Café*, where luminaries from Count Basie's and Duke Ellington's bands, including the drummers Papa Joe Jones and Sam Woodyard, used to play. They turned me on, igniting a fire to learn about jazz, showing me that this could be a fountain for developing my own creativity.

JenD: What challenges did you have to overcome?

PA: With much help from my friends, and with much hard work I have been able to slowly but surely accomplish my goals musically, intellectually, and spiritually.

JenD: How have you evolved in music?

PA: My musical evolution has been slow. As a young man I played in merengue bands, and worked with greats such a Joseíto Mateo, but my skills as an ethnomusicologist were better than my musical skills. But I turned this into an asset, in 1996 writing a book, *Merengue: Dominican Music and Dominican Identity*, which, I am proud to say, was well received both in United States and in the D.R. With the passage of time, I focused more and more on my musical creativity, and started studying bebop with jazz master Barry Harris, a 92-year-old pioneer who worked with Coleman Hawkins, Dexter Gordon, and Sonny Stitt. I also started attending jam sessions at Smalls and other clubs in New York, a very competitive environment that taught me a lot. I also started collaborating with two of my best friends in the world, two veritable jewels of Dominican music: José Duluc and Julito Figueroa. With their help, I started a band called *The Dominican Ensemble*, and thanks to the support of Fernando Rodríguez, was able to play in Santo Domingo several times a year. I started getting grants for composing and recording in the U.S., creating my own musical fusion of jazz, Dominican music, Haitian music, and the music of Finland and other countries.

JenD: Do you consider yourself more a musician than an educator?

PA: As I mentioned earlier, my creative and teaching are symbiotically related, so it's hard to say which is closer to my heart.

JenD: How do you feel when creating, composing? Is there a creative process that you take into account when composing?

PA: Most of my composing grows out of my ethnomusicological research. Hearing gagá fires me up to create own pieces! Yes, most of my compositions grow out of various world music influences, not only from the Caribbean, but also from Finland, Nigeria, and India.

JenD: Are you inspired by the sound of other instruments or other genres in your creative process? How do you achieve the fusions of Afro-Caribbean rhythms in your music?

PA: I usually compose for a quintet: bass clarinet (or my other instruments, tenor saxophone and flute) combined with percussion, drum set, bass, and piano. Last year, I started a band called the *Spirit Clarinet Orchestra* consisting of two clarinets, five bass clarinets, contrabass clarinet, bass, piano, drums, and percussion. Until COVID, we were playing once a month at the *Zinc Bar* in New York, a famed venue where, in its earlier incarnation as *Club Cinderella*, Billie Holiday and Thelonious Monk performed back in the 1950s.

JenD: Of so many record productions to your credit, which one (s) were the most memorable and why?

PA: I'm proud that my recent recordings reflect the variegated musical influences which I have studied as an ethnomusicologist.

JenD: In 2018 your production *Dr. Merengue* came out. Tell us about this album, the reason for it, the style (s) used.

PA: "Dr. Merengue" is an extension of my book on merengue, which incidentally, was translated into Spanish by the Dominican Academy of Sciences Ministry of Culture as "El merengue: música e identidad dominicana." The book discusses historical merengues going back 150 years, as well as folkloric merengues from all regions of over the Dominican Republic. The "Dr. Merengue" album revisits the repertoire discussed in my book on merengue, presenting my own versions of all these different merengue variants. We made a music video of one tune from the "Dr. Merengue" album; please listen to it!: https://www.youtube.com/watch?v=wQZwNU-s5rQ

It features Duluc on Afro-Dominican percussion and Julito Figueroa on tambura. Most of the pieces are dedicated to Dominican musicians who have inspired me and taught me so much, including Tavito Vásquez,

Mario Rivera, Dario Estrella, Carlito Estrada, Sandy Gabriel, and others. Thanks to all of you! And thank also to the Dominican people a a whole: you are all my teachers and my inspiration!

NOTE: *Dr. Merengue was recorded with his Dominican Ensemble, a group in which the legends José Duluc and Julio Figueroa stand out. The work re-interprets music from that mentioned in his literary work "Merengue: Música e Identidad Dominicana - Merengue: Dominican Music and Dominican Identity (1997)". His fusion of jazz with merengue and Afro-Dominican music such as palos and pri-pri, based on the merengue-jazz wave that he cultivates, are synonymous with the influences received from the great Dominican innovator, maestro Tavito Vásquez and the legend Choco de Leon.*

JenD: What did this production mean to you? What was the inspiration for this one?

PA: Yes, *Dr. Merengue* was a labor of love, inspired by the wonderful warmth of the Dominican people… Learning from Dominican musicians, in Santo Domingo, in New York, in Villa Mella, and in Santiago has been the greatest adventure of my life.

JenD: That same year, you also released the albums: *Water Prayers for Bass Clarinet* and *The Vodou Horn*. Tell us about these productions?

PA: Along with *The Vodou Horn* and *Water Prayers*, *Dr. Merengue* is part of a trilogy called *Trillizos Mágicos*. *The Vodou Horn* was recoded in Haiti with Haitian musicians, and *Water Prayers* was recorded in New York with great jazz musicians, including one of the top pianists in the business today, Benito González.

The love that Paul has for our land is great. How many experiences and how much music. We are grateful, honored and proud of him, let there be no doubt. Here we finish the second of three parts. In the next one we will conclude this wonderful meeting!

(3 of 3).

We purposely left for this last part, his personal opinions on various topics about jazz (at a general level and in our country), the pandemic and what is coming for him from now on. Here is the third of three of the interview with Dr. Paul Austerlitz.

Jazz en Dominicana (JenD): Paul, what do you think about the state of jazz in general, in the United States, Europe, Latin America?

Paul Austerlitz (PA): Economically, jazz is in trouble in United States, but creativity is flowing. There are so many great young players, it's amazing! The same is true in Europe, Asia, and all around the world.

JenD: What do you think of the musicians that are emerging in the Dominican Republic?

PA: Jazz is really growing in the Dominican Republic; audiences and players are so strong!

JenD: For you, is there, today, a Dominican jazz?

PA: Yes, yes, yes there is a very strong Dominican jazz tradition! The more it connects to the global jazz trends, which are based in the affirmation of negritude, the stronger Dominican jazz will be. Just as jazz as a whole has always affirmed that "Black Lives Matter!," Dominican jazz will always derive its strength form the fact that "Afro-Dominican Lives Matter!"

JenD: For you, what does this mean for jazz in the DR, and our jazz abroad?

PA: To me, Dominican jazz is strongest when it connects to the African-based folkloric traditions.

JenD: You've played with a "who-is-who" from the world of music. Any anecdote of someone in

particular that you played with that you would like to share?

PA: Playing in Victor Waill's merengue band showed me music's POWER to ignite people to dance!

JenD: Please answer the first thing that comes to mind:

- **Paul Austerlitz:** social justice warrior and spiritual seeker.
- **Bass clarinet:** a machine that kills fascists and communicates with God.
- **Jazz:** this is only a word, doesn't really exist. All music is ONE!
- **Dominican Republic:** I love it, I love it!

JenD: Paul, let's touch on the topic of the moment, since this virus is marking a before and after in everyone's life. What has it been for you? How do you think tomorrow will be after the COVID-19 pandemic passes?

PA: Of course, the virus has been detrimental to the music business, but nothing can kill creativity!

I don't know how the future will turn out, but something beautiful will continue growing out of beauty, and as long as we stick together and support each other, we will triumph.

JenD: What other plans are there for Paul Austerlitz in 2020?

PA: I'm working on a music video of "Yo soy Ogun Balenyo," to be released in 2021.

Paul, What would you like to add about yourself, about your music, about any subject?

PA: I just want to thank everyone, all my friends in the Dominican Republic, especially the people at Jazz en Dominicana, who have supported through the years. Also, brotherly love and many thanks to my collaborators, especially Duluc and Julito Figueroa, and all the paleros and merengueros who have shown me so much about how MUSIC can bring us closer to the ultimate source of life... And most of all, to all my non-musician friends in the D.R. who have shown me so much warmth through the years: I love you all!

Our deepest thanks to Paul for his time, for his feelings, especially for the great friendship and love he has for our people and their musicians.

We end by sharing with you with his album Dr. Merengue, so that you can enjoy it in its entirety on Spotify. You just have to click on the QR code below:

This interview was published on November 9th, 2020

Jordi Masalles

For a long time I had also wanted to interview Jordi, for various reasons, the most important of all, so that many could get to know the architect by profession, the musician by passion and especially the human being and friend.

Jordi is a very special being and many qualities adorn him, among them honesty, optimism, respect, humility, and empathy.

Recently we spoke about the present and the new cycle of 365 laps to the sun that is approaching us.

Masalles discovered his passion for music at age 21, when he began to take his first steps with the group Module (1980) at the Autonomous University of Santo Domingo (UASD), where he graduated as an Architect with honors in 1984. He has played with musicians of the stature of Gonzalo Rubalcaba, Guillo Carías, Manuel Tejada, Manuel Sánchez Acosta, Luis Días, Rafelito Mirabal, Jorge Taveras, Ana Marina Guzmán and others. In 1981 he played in a concert by Ana Marina Guzmán (founding member of the Convite group) at the Santo Domingo Ballet Theater. From then on he began studying Creole folk rhythms (palos, balsié, mangulina, etc.) with the guidance of percussionist Isidro Bobadilla "El Boba", who at that time served as musical director of the National Folkloric Ballet, directed by the teacher Fradique Lizardo. In 1982 he was a founding member of the group Transporte Urbano, of our Luis "TERROR" Dias, for which he recruited renowned musicians, Juan Francisco Ordoñez and Hector Santana.

In 1983 he was invited to play at the "Symphonic Jazz" event organized by Guillo Carías. This concert was an experiment that was part of the National

Symphony Orchestra's season of that year, in which Juan Luis Guerra's group 440 also participated. In 1984, after completing his thesis and graduating as an architect, he joined the group Fernando Echavarría y la Familia André, in which he remained for more than a year, participating in numerous recordings, concerts and tours. Upon joining this group, he meets Ivan Carbuccia, with whom he embarks on the formation of a jazz trio. In 1988 he composed the music for Tureiro, a ballet presented in the main hall of the National Theater, with choreography by Eduardo Villanueva, based on the writings of Fray Ramon Pane on the cosmogony of the Taino Indians upon the arrival of the Spanish to the island. The writings were declaimed by the immense Pedro Mir, National Poet of the Dominican Republic.

Jordi has remained linked to jazz for more than almost 40 years, and currently plays with his group, Tiempo Libre, throughout the entire national geography. It is a great honor to share with our readers the result of our "chit chat". Here's the interview, and a great way to end the 2020 interview series.

Jazz in the Dominican Republic (JenD): I ask you, who is Jordi Masalles according to Jordi Masalles?

Jordi Masalles (JM): Jordi Masalles is a very lucky and grateful person at the same time. When you present me at your events you always say: "architect by day and musician by night", and indeed, having been able to develop this "double life" has been a true blessing.

I am very fortunate to have your friendship and, although you always recognize the support that I gave you in your beginnings through these jazz journeys, I am the one who thanks you for always inviting us to participate in your jazz venues, that loyalty (the one that is lacking in many "friends") gives you incredible human value, so ... thank you!

JenD: What is Jordi up to right now?

JM: At the moment, Jordi is taking great care of the pandemic issue, we are already reintegrating little by little into our architecture firm and practicing a lot due to the curfews that force us to confine ourselves early in our homes. I brought home the electronic drums of my son-in-law, Nono, to be able to play where I live, it's a wonderful toy!

JenD: How do you get interested in music?

JM: Music was a little worm that always accompanied me. I was born in Santo Domingo, in 1959, at the

Abreu clinic. When I arrived in this world, my parents lived in the Buenaventura building, which still exists, on Danae Street on the corner of Independencia Avenue.

My dad was the founder of the chemistry career in the Dominican Republic, at the Autonomous University of Santo Domingo (UASD), and at that time he was the director of the School of Chemistry. The Trujillo regime (1930-1961) was already in decline and they arrested him, because, the chemistry students knew how to make bombs, they held him responsible as the director of the school.

With a newborn baby, and a very murky environment, my father was scared, because at that moment they had already murdered the Mirabal sisters and Jesús de Galíndez had already "disappeared", just to mention two of the most notorious cases, the regime was coming to an end. He sent my mother and me to Barcelona, where my family is from, until he resolved his situation so that he could join us. For that reason my two younger brothers were born in Spain.

In Barcelona I was studying at the French Lyceum and they tell me that I excelled in music class, to such a level that they told my parents that they should put me in music class. My father, an advanced intellectual for the time, said that these types of activities should not be compulsory, that they should ask me, to which I answered no, of course! And there the music was suspended.

We returned to the Dominican Republic in February 1965, two months before the April Revolution, and that little worm fell asleep for 15 years, only peppered by the presence in my house of a small organ in which I played songs like Por Amor by ear, The Godfather, Rocky and more. The same thing happened to me with the guitar, in which I can get you the chords of any piece, all always based on my ear.

My adolescence was oriented towards high performance sports, I dedicated myself body and soul to swimming, becoming a member of the national swimming team that represented the country in the XIII Central American and Caribbean Games, Medellín, in 1978, and I went as part of the first swimming delegation that participated in the Pan American Games, the XIX Pan American Games, San Juan, 1979. They even offered me a scholarship to go to study at Western Michigan University, but at home there were no conditions to undertake that adventure. In addition, I wanted to study architecture, a profession not compatible with a sports scholarship, because of the amount of time it required, both the career and the sports training.

With this last participation my sports career concluded, and it is there that the little worm wakes up again, already 20 years old, and studying architecture, in that same year I joined a musical group of architecture students called Módulo, in which I started helping to organize the stage and I ended up playing bongos and minor percussion. I premiered on November 22, 1979 in a concert with Módulo in a public field in the city of Higüey. I remember that day with such precision because November 22 is the day of Saint Cecilia, patron saint of musicians, and even more important to me, it is the day my mother had her birthday.

That's where it all started ...

JenD: What is Jazz to you?

JM: Jazz represents for me one of the most creative facets that a musician can have, and in that it is very similar to my profession, architecture. When you play a jazz piece it will never be the same as the next time you play it, no matter how many times you do it, you will always find new emotions that will make it different, interesting and fun. In the same way, in architecture when, for example, I design a house, it will never be the same as the next one I am going to design, that variety is vital in my life.

JenD: How do you get to it?

JM: As I said before, I started playing in Módulo, a music-vocal group made up of fellow students from the UASD School of Architecture. We basically sang music from the Spanish-speaking Caribbean, Cuba, Puerto Rico, Venezuela, Colombia and Central America.

But jazz always caught my attention, and I went to all the presentations I could by groups like Barroco 21, where Michel Camilo played, and I didn't miss any of the great concerts that were performed at the original Chavón, when there was yet to be an amphitheater, concerts were held on a platform that was mounted in front of the church of San Etanislao, there I saw Gato Barbieri, French Toast (in which Michel himself played), the Mainstream group, among many others.

One Monday, I don't remember the month, from the year 1980-81, I went to a place called El Bodegón, a bar-restaurant in the Colonial City, located on Calle Arzobispo Meriño corner Padre Billini, where La Briciola is today, to listen to a group called 4 + 1 by maestro Guillo Carías, although they were in a 3 + 1 formation, since only Manuel (Tejada) was on the piano, Wellington (Valenzuela) (RIP) on drums and Cuquito Moré on bass, the 1 was Guillo.

We sat at the table of Maria Ramirez, Guillo's wife, and she explained to me that that Monday was the anniversary of the activity, that that day all the musicians who wanted would go, with their instruments, to make the night a real jam session . It occurred to me to tell her that I had my percussion instruments in the vehicle and she encouraged me to get them, I told her that she was going crazy, that those were real musicians! She got up and yelled at Guillo that I had my instruments in my car and he told me to look for them.

With more fear than shame, I got them and placed myself between the piano and the drums, half hidden. When the music started, I on my bongos, to my surprise it was very easy, it is as if I was playing on a professional recording, the music was perfect, the timing, well, I really enjoyed it. At the end of the night, Guillo told me that I could go whenever I wanted, that he had liked the way I had played, and I took him at his word, I went every day from then on.

JenD: You got started in percussion. How do you get to the drums?

JM: I started in percussion because what fell into my hands were some very good bongos that Módulo had, which I keep to this day, but I always wanted to play drums, it was the instrument I dreamed of. I managed to raise US$ 600.00 and the girlfriend I had at the time had a trip to New York. I asked her to buy me a drum kit, when I think about it now I see how absurd it was, but since I am very lucky, her sister knew Manuel (Tejada) who was by coincidence in NY at the time and he went with them to buy me the drums and cymbals, with a slight difference, they bought me a beautiful natural mahogany Tama Superstar that, with cymbals included, cost US$ 1,369.00. When it arrived, I had no choice but to take a loan in order to complete the value of the drum kit.

So I called Wellington (RIP), whom I had become tight with, because I didn't even know how to tune it. When Wellington came into my room he opened his eyes and said, "But this is tops!" He taught me to tune it and so I began to "beat it" and learn by myself, on my own.

JenD: Who influenced you?

JM: Without a doubt I must start with Wellington Valenzuela (RIP), who was my mentor, more than anything in the sense of learning to listen to music, and especially in listening to the great drummers of the moment, we are talking from the end 1979. Unfortunately he did not have the time or the willingness to teach drumming, which I tried unsuccessfully several times.

He played for me, above all, two of the most important drummers at the time, Billy Cobham and Steve Gadd. The first an explosive machine, with an impressive mastery of technique. The second a true artist and creator, not only of rhythms, but of simple fills that are still studied today in various drummer festivals. An exponent of less is more, with few "licks" but masterfully placed in the course of a piece, not for nothing was he the most sought-after drummer for studio recordings. And of course, in its origins, Elvin Jones and Buddy Rich, whom I saw play with Frank Sinatra at the inauguration of the Chavón Amphitheater in La Romana, whose solo was immortalized in a video circulating on YouTube.

Also, I really like Antonio Sánchez, Vinnie Colaiuta, Jeff Porcaro, Bruford Carter and Dennis Chambers, among many more.

JenD: Did you do study music?

JM: No, I am a true self-taught person, but I am studying music all the time when I listen to it and analyze it. I even had the audacity to compose a piece when they invited me to participate with my group in the XIX version of the Santo Domingo Jazz Festival at Casa de Teatro. It is titled Desde la Casa (From the House). A participant in a Jazz Festival of that importance must compose something, right? And it seems that it was not so bad for us, because they invited us again the following year, in the XX version.

JenD: What were some of the recordings (albums) that had the biggest impact on you and your musical growth?

JM: More than records, I prefer to refer to artists.

After I learned to tune the drums and had already learned, in my own way, some rhythmic patterns, the first album I put on to "play on top of" was the album "Say it with Silence" by flutist Hubert Laws. I don't remember how it fell into my hands, but it was appropriate to begin with.

Chick Corea was also one of my first loves. I saw him at the National Theater, brought by the American embassy in a concert whose entrance cost the astonishing sum of seven Dominican pesos (RD$ 7.00). I love his music.

Michael Camilo's music has also had a lot of impact on me, he is one of my favorite artists, because he is also Dominican. The Cubans Chucho (Valdés), Gonzalito (Rubalcaba), the Lopez-Nussa brothers, etc.

Not to mention the greats, Bill Evans, Miles Davis, Brad Mehldau, Keith Jarrett and Herbie Hancock. Anyway ... I like good music.

JenD: Besides Guillo Carías, you got to play with Luís Dias, Fernando Echavarría y la Familia André. How were those experiences?

JM: I consider myself a very lucky person, because I have had the opportunity to play with many of the best musicians in our country, I even got to play in a symphonic jazz concert in a season of the National Symphony Orchestra at the National Theater, and I have had the joy of playing with musicians of the stature of Gonzalo Rubalcaba, Manuel Sánchez Acosta, among others.

In 1980 I went to Casa de Teatro to see a certain Luis Díaz (he still wrote with Z), whom I did not know. I was captivated by the music that this character made, he combined the guitar with the percussive sounds that he made on it, he reminded me of the Brazilian Egberto Gismonti. A couple of months later he gave another concert and I saw him again. After the concert I approached José Rodríguez, the poet, a great friend of his and mine, and I told him that I wanted to meet him. José introduced me as a percussionist, and without knowing me he told me, "Come, so you can play with me."

I started playing the atabales, which I had learned to play with Isidro Bobadilla, then musical director of the Folkloric Ballet of Fradique Lizardo, for a concert with Ana Marina Guzmán (Convite), until one day, while rehearsing at my house, he told me that his intention was to form an electronic group, electric guitars, bass and drums. I spoke with Héctor Santana and Juan Ordóñez, and that's how the first Transporte Urbano was put together. We gave a few memorable concerts at Casa de Teatro.

In those moments the music really dazzled me, imagine, playing with Guillo, with Luis, they also called me to record commercial jingles, and I even thought about leaving architecture to dedicate myself to it body and soul. I was in the last semester of architecture, and in one moment, I don't know whether to call it sanity or madness, I decided to finish my degree, because it was going to be very difficult to make a living from the music I like to make. I withdrew from all groups, applied for time off from my job, and locked myself at home to finish and present my degree thesis in architecture on January 25, 1984.

Once I graduated I went out to look for "my" groups, in the case of Transporte Urbano they had incorporated Guy (Frómeta) on drums, Guillo was not playing in those days, and I was left in the air for a bit. It was then that they called me to audition with the Familia André and I was selected as part of the "second generation" to play bongos and minor percussion. In that second generation, Chichí Peralta, Ivan Carbuccia (with whom I immediately formed a jazz trio), Freddy Simó, Roberto Bello... joined the original members Carlos Mario Echenique, Rafaelito Vargas and, of course, Fernandito Echavarría.

Although it was a group closer to that Módulo than to a jazz group, it was a very different experience. Playing in a group of such great popularity was impressive. Wherever we went, the public went crazy. Fernando's songs connected with the youth of the time, and the simple but catchy rhythm was the perfect combination for the success that this group had. Unfortunately, for work reasons I could only be with "los Andrés" for one year, after which I had a short break only interrupted by the birth of my daughter Vanessa, when they called me to record on the children's album Tobogán, which I thought a good legacy.

JenD: How do you balance your career as an Architect with jazz?

JM: Well, really, I have in my office, next to my desk, one of my drum sets. Starting at 6:00 PM, when the other architects have left, I sit down to lay some beats. Music is my escape valve from the pressures that originate my work, with the particularity that I do not pursue presentations, I play because they call me, that is why I consider myself very lucky.

Ironically, music brought me my first architecture job. So it was with Saint Michel's Grand Café, a project that won first place at the First Caribbean Architecture Biennial and which I developed together with Cuquito Moré, as a result of our playing together with Guillo Carías. Then I made the house for Manuel Tejada and Mariela Mercado, Juan Luis Guerra and Mariasela Álvarez ... all based on music. You never know where the blessings are going to come from.

JenD: Tell us about your project Jordi Masalles and Tiempo Libre. How did it come about? What defines it? What is the concept?

JM: The name Tiempo Libre (Free Time) has a double meaning, on the one hand, it reflects the freedom of time inherent in jazz, but on the other, it is when I make music, when I have free time, although in the end I have to generate that time when we have to prepare our presentations.

The concept started a long time ago when a very dear friend, Carlo Prandoni, owned the La Briciola Restaurant. He asked me to play once a week in the patio of that colonial house, without a doubt, one of the most beautiful in the Colonial Zone. He asked me to go with a trio, but it occurred to me to generate the concept of 3 + 1, but, different from Guillo's, the idea was that there would be a base trio (piano, bass and drums) to which a different special guest was invited every week. The concept worked like a charm, as, on the one hand, Carlo was enthusiastic about every surprise every week; on the other, I wasn't bored either. That gave me the opportunity to play with many of the best musicians in the country who were going on an adventure, generally a success.

There have also been many very young musicians who have had the opportunity to grab some "street play" as part of their musical development, boys who were winners of the Michael Camilo scholarship, etc.

JenD: When will a record production come out?

JM: I have been thinking about it in recent times, the experience of composing for the Casa de Teatro Jazz Festival was very interesting, I thought that when I retire from architecture, I would like to dedicate myself to composing music, it is a pending that every day is closer.

JenD: Does Afro Dominican jazz exist for you?

JM: I have a friend, Brian Farrell, a Harvard professor, an authority on entomology, who also plays drums. I met him through his wife Irina Ferreras, a Dominican, a friend from my days as an athlete. He pointed out to me that the Caribbean was the third most biodiverse region in the world. Can you imagine? One more aspect to enrich our Country-Brand, so fashionable these days.

He also told me that, within the Antilles, the island of Hispaniola (Dominican Republic and Haiti) was the one with the greatest biodiversity of all the islands in the Caribbean archipelago. Of course, this is no longer difficult to deduce, since we are the ones with the largest mountain ranges, culminating with Pico

Duarte, the highest in the Antilles, Lake Enriquillo, with salt water located 42 meters below sea level, the lowest point in the Caribbean, we have several types of tropical forests, deserts and the largest number of rivers.

And I mention all this because, in the same way, our side of La Hispaniola, that is, the Dominican Republic, houses the largest number of folk rhythms that we can find in a single country in the entire Caribbean (another aspect for the Country-Brand) in a syncretism caused by the meeting of Spanish culture and the different ethnic groups of African slaves who arrived in the country in colonial times, and sometimes even from other Caribbean islands.

This musical wealth is an inexhaustible quarry to be studied seriously, as the Convite group did in the 70s. Convite showed us all these rhythms, based on very serious sociological investigations.

I find it very valuable that new jazz composers are interested in our roots, they have a lot of merit, although I think that until now the productions are very mimetic, the different rhythms and instruments that characterize the different regions of the Dominican Republic are incorporated, the challenge will be to see where this rhythmic incorporation evolves.

Now, I have difficulties with the term Afro Dominican jazz, I do not like that we use English to name what we are (or what we pretend to be), our language is Castilian, in its Dominican version, which a "Spaniard from Spain" does not understand at all when he visits us. It does not seem authentic to me to use a language for marketing reasons, when, if we say Jazz Afro dominicano (Afro-Dominican jazz), everyone would understand it, the difference is a single letter.

Opinions.

What is your opinion about the state of jazz today in our country? The festivals, and live jazz spaces, the media.

JM: I think that if we look at how jazz has developed in the Dominican Republic, since the days of Federico Astwood, unfortunately not with us any longer, without a doubt, we have come a long way. There are several factors that have influenced:

Your work, Fernando, in this dissemination process has been very valuable. On several occasions I have awarded you the title of Federico's star reliever, because although he organized some concerts throughout the year, you have dedicated yourself to generating venues for jazz, making room for many young talents who have formed their groups and already today they have a very distinguished trajectory.

The success of the Popular Music Department at the National Conservatory of Music, started with the beloved Joe Nicolás and taken to stratospheric levels by Javielo Vargas, has generated a large number of extremely talented kids who have successfully ventured into jazz.

The large number of musicians who have gone out to study music in schools outside the country.

The Michael Camilo Scholarship, through the Berklee School of Music that has become an annual event of great expectations for young musicians to obtain scholarships.

The music schools created at the Autonomous University of Santo Domingo (UASD) and the Pedro Henríquez Ureña University (UNPHU).

Anyway, the future is on!

JenD: Jordi, let's visit the topic of the moment, since this virus has marked a before and after in everyone's life. What has it been for you? What would you like to share with our readers on this topic?

JM: We talked about that in a previous article, it seems that we have been living in a movie since the beginning of 2020, in which each of us is the protagonist in a situation of real danger. I have lost many friends in this period, some due to Covid-19 itself, and others due to other causes, I think that the state of anxiety that we are still experiencing has accelerated processes that have concluded with their deaths. It has been a period of great anxiety.

JenD: How do you think tomorrow will be, post pandemic?

JM: Many beautiful stories have been woven around how ecology has improved in these times of Covid-19, that pollution has decreased, in short, that nature has shown signs of recovery. Through this experience, humanity has had the opportunity to confirm the damage that we have been doing to the planet through centuries of "development", and hopefully we learn from this to treat our environment in a sustainable way. I fear that when vaccines free us from this virus, we will return to the same mess that we had been doing to Earth, I hope I am wrong.

JenD: Finally, do you have something to say to the readers?

JM: That, although we begin to see a glimpse of light at the end of the tunnel in regards to the pandemic with the arrival of vaccines, it is precisely in this last part that we should not neglect ourselves, because in a certain way we have relaxed the precautions that we had at the beginning of all this, and as in a distance race, the last meters are the determining factors, so that we are all winners.

I would like to thank Jordi for taking the time to answer each question with such dedication.

Clicking on the QR code that follows will take you to the presentation of Jordi Masalles & Tiempo Libre at Casa de España, enjoy it!

Fernando Rodriguez De Mondesert

This interview was published on December 30, 2020

The Interview "hunter" is hunted

Alexis Mendez interviews Fernando Rodriguez De Mondesert

For quite some time Musica Maestro and Jazz en Dominicana have had each others back, supporting each other, complementing each other, betting that through the promotion of the growing wave of new talents, which, based on jazz, has built an artistic bastion with personality. This collaboration reveals the complicity that made Fernando and yours truly, good friends.

One day this year (2020), the confinement motivated us to work on some ideas. Thus, between conversations, we placed the celebration of 14 years of Jazz en Dominicana in the pipeline, which led me to propose to Fernando that we do it the other way around: that this time he does not ask, rather he answers. Resulting in what you will read next: the story of an interview hunter who was hunted.

It occurred to me to start with a question that has become very common in him: **"Who is Fernando, according to Fernando?"** Laughter broke out and in the middle of it, then Fernando replied that he is "a free and spontaneous spirit who loves music." And the answer could not have been better, at least to me, as I understand it that way, because Fernando one day decided to turn his taste for music, his passion for jazz, into his lifestyle; and he is happy.

Alexis Méndez (AM) - Did you say a free spirit that loves music?

Fernando Rodríguez (FR) - Yes, I am. I live music. I can't imagine what life would be like without it, especially jazz, to which I dedicate myself 100%, which has given me the bravado to shout from the rooftops that our jazz has nothing to envy on jazz from anywhere else.

***

I said lifestyle. With jazz he maintains a marriage of which other pleasures are witnesses, especially his gift of people skills.

(FR) - I love listening to a good jazz while I enjoy a cigar accompanied by a Jack Daniel's, or a glass of wine or port. I like to live life as best as possible, every day. Each day offers us so much to do, so much to be thankful for and so much to live for. What I do, I do it to the fullest, respecting others, with heart in hand.

(AM) - Give me your curriculum in a few words.

(FR) - Let's see. I can tell you that I was born in Santo Domingo, that at a very early age I moved with my family to the United States, educating myself in Hempstead, New York. Then I did my higher studies at the University of Houston. In that city I worked in my hotel career with the Hilton chain until 1982, the year I returned to the Dominican Republic. From 1983 to 2008 I was dedicated to the courier, cargo transport and logistics sector, being, among other positions, Operations Manager of Island Couriers / Fedex; Caribetrans Air Division Manager; and Country Manager for DHL. In 2006 I created Jazz en Dominicana, and since 2008 I dedicate myself entirely to informing, promoting and positioning jazz in the country, and promoting the presence of Dominican jazz around the world.

(AM) - At what point in your life did you feel that jazz was part of your universe?

(FR) - I have always been, from a very young age, a music lover. I grew up in between the sounds of Big Bands that my dad enjoyed, and the voices of Frank Sinatra, Nat King Cole and Bing Crosby, which my mom enjoyed. In August 1974, at the University, I was presented with the Milt Jackson Quintet album, Sunflower. This production was the culprit that made me enter into the deep end of the musical genre that I love so much. In Houston a "who's who" of Jazz (and many other genres) in the 70's and 80's played. Having the facility to go one night to see a group, the next to another, etc., consolidated my taste for jazz.

***

Sunflower by the Milt Jackson Quintet. I remember hearing Fernando refer to this album, and sharing two songs during his participation in my Música Maestro radio program, in which he highlighted the participation of Milt Jackson on vibes, Freddie Hubbard on trumpet, Herbie Hancock on piano, Billy Cobham on drums and Ron Carter on the bass. He defined it as an additive album.

The following QR Code you can enjoy the album Sunflower by the Milt Jackson Quintet in Spotify:

(AM) -To what level did that album impact you?

(FR) - So much so that the first time I listened to it, I played it 17 times in a row, and to this day not a week goes by in which I don't play it. I never tire of listening to it.

(AM) - Let's talk about that moment when, with pride, you said "this being a jazz promoter is my thing"

(FR) - I think it was at the end of the first year of the live shows at our first venue: Jazz en Dominicana in Casa de Teatro. Knowing that there were comments and testimonials in favor of the project, both from the blog and the presentations, there were also negative ones, from people who did not understand why I could achieve success in favor of jazz. Both sides served as motivation. Also, seeing young musicians present themselves to a full house, seeing them present their proposals and being applauded, valued; seeing experienced musicians full of pride at this phenomenon that was emerging, for having one, and then several venues in which to play, that led me to accept that that was, and will continue to be, my life's mission.

(AM) - How did Jazz en Dominicana come to be?

(FR) - In a poetic way. It is born from the result of an inconformity while attending a jazz concert. I explain. Sitting alone, listening and enjoying a jazz solo in the bar of the National Theater (September 2006).

Neither the quartet (Guy Frometa, Jeremias King, Sandy Gabriel and Rafelito Mirabal), nor I understood why I was the only member of the audience that night. Yet, they played like it was full. Thank God it was not, because perhaps the story would had been different. I decided, at their request, to share a writing with the impressions and emotions of that night. That article, "A very good jazz in Santo Domingo", followed by a second, "Jazz is alive in Santo Domingo", managed to motivate friends and acquaintances to share the experiences.

Rafelito Mirabal (pianist) expressed "*that night that was left behind like so many and so many others around the world, and for more than a century where jazz musicians have delivered everything in one song, in one night and in a lifetime. The great difference of that night with respect to all the others is that Jazz en Dominicana was born there. There we can see, once again, how great projects are born from simple and simple things. The desire to share an evening with his friends, made a person propose and achieve, not only to attract his friends and relatives to the magical world of jazz, but also to create the most important jazz dissemination movement in recent years in our country, with a presence in public places and on the internet´.*

(AM) - How was the blog born?

(FR) - A few days after the "push" given by Los Cuatro - Guy Frometa, Jeremias King, Sandy Gabriel and Rafelito Mirabal - I decided to start the blog, so at dawn on October 23, 2006 the blog wat was born, with the intention of informing about the jazz that was being performed here, in the Dominican Republic, either by our own or foreign musicians, and the jazz that our musicians were doing abroad. The blog has developed an arduous task of promoting our talents, spreading - in more than 1,800 publications, articles, reviews of concerts and festivals, interviews, biographies, photographs and more - what we daily call "los músicos del patio" (the musicians of our backyard).

The blog, the venues and many other projects, we have carried out have served to support the promotion of the jazz genre, and have contributed to raising the country's music-cultural level, to diversifying the type of public that enters the world of jazz and other musical genres, has helped the growth of venues available to offer live presentations by local musicians. In the particular case of the blog, it has served as a consultation tool for those interested in the subject, music lovers, musicians, educators and students, the press, event organizers and the general public.

(AM) - What would you not do if time went back and you had to start over with this project? (FR) - Oops, the question is difficult; but I think I would do exactly the same, because even from mistakes I have learned.

......

Fernando gets a smile when he asks about satisfaction. Without hesitation he says that a great satisfaction is being an accomplice of that special moment that, amid applauses, the musicians live after interpreting a song or a solo.

(FR) - I like to see when in a presentation, at the moment of a single applause, the glances of each other arise (musicians), smiling, happy because they succeeded… they did it well and it got through! It is gratifying to see their faces, regardless of age and experience, as well as that of the audience.

I am happy to quantify writings, events. Statistics are good, as well as accolades too. All of that serves as motivation; but, I repeat, there is nothing like the one described above: to see one of those boys becoming a jazz player, and to hear people from outside say "wao" to a jazz proposal *made in the Dominican Republic*.

(AM) - Is Fernando Rodríguez de Mondesert Mr. Jazz in the Dominican Republic?

(FR) - I don't think so. I do not do what I do to be this, or that or the other. I never thought that my hobby, my passion could become the "perfect job". It is impressive to wake up daily with ideas, without being tired by what I do; it is satisfying to share jazz with family and friends; And above all I try to do everything I can in Jazz en Dominicana with dedication, enthusiasm, passion and a lot of love.

***

Fernando is excited to talk about the present and future of jazz, and of course, he does not stop in his efforts to motivate the actors of the jazz scene, and support them.

(FR) - In the country you can enjoy various live jazz events for an audience that is constantly growing. We have festivals, concerts, weekly and periodic events, as well as live jazz in restaurants; and that without counting the large number of private events, product releases, event closings and others, were jazz is present.

14 years ago there were almost no places to enjoy live jazz. Today we have events and concerts, not only in Santo Domingo, but throughout the national territory. And if we are talk about festivals, or events that call themselves festivals, we have the DR Jazz Festival, the Santo Domingo Jazz Festival at Casa de Teatro, Restauración Jazz Festival, Jazz in La Loma, Haina de Jazz, and those that have been taking place in La Vega, La Romana and San Francisco de Macorís.

I really liked that, in the middle of the work on the Jazz en Dominicana. The Interviews 2019 book, I was able to read a phrase from Alfredo Balcácer (guitar player and interviewee): "It is our social responsibility as musicians and artists to document what we do." The last few years have been golden in terms of record productions, and that is the best test to determine and feel where our musicians are and where they are going.

Our jazz is in an excellent moment and it is up to each of the actors to do their part, and do it well.

(AM) - Any shadow among so many lights?

(FR) - My complaint is that, being ours a work of cultural promotions in favor of a musical genre of great value, it does not find support, even if it is partial, on the part of our governmental entities, as well as the private sector, who protect themselves by using the phrase "jazz does not sell."

My biggest concern is that due to the lack of support, there are no more venues, more radio programs, more coverage in the local press, more support from government and commercial entities. These are the means for jazz to remain healthy and present, today and tomorrow.

***

I wanted to end the interview by asking him about other music. The truth is that we do not imagine, at least I do not imagine, Fernando without his cigar and his drink, and listening to something other than jazz; but his answer says that I am wrong, because as he always says, jokingly or seriously, "the man does not live from jazz alone."

(FR) - Having lived in so many places allowed me to get to know other genres and styles. Additionally, I had a homeschooling that included classical music, the great Latin American bolero musicians and singers, which I was able to listen to and appreciate from an early age. Add to that, that since elementary school I knew about the nascent R&B, rock and funk. In college I was exposed to country & western, southern rock, and more. At any given time I can enjoy from Liszt's Rhapsody No. 2, to Drexler's "Todo se transforma," to "Anacaona" in the voice of Cheo Feliciano, and Willie Nelson's "Blue eyes crying in the rain", and then finish with Led Zeppelin's "Black dog".

(AM) - No Dominican music and musicians?

(FR) - Of course there is! Our music is rich and I love it. Among my favorite compositions is "En la Oscuridad" by Rafael Solano. There is a version that I love, performed by him on piano and voice. Through Solano I was able to discover an important repertoire that ranges from boleros and ballads, popular music, folk music, meringues, bolemengues, choirs, religious music and more. Of his songs "Por Amor" and "Dominicanita" I have to mention.

Add the invitation of our jazz players to explore and learn about our folkloric heritage, with which I have been discovering, learning and valuing our cultural legacy through salve, sarandunga, palos, gagá music and other expressions. In the same way, I discovered as many values as Johnny Ventura, Fernando Villalona, Sergio Vargas, Sonia Silvestre, Luis Días and Juan Luís Guerra. I am proud of all of them, and of the musical quality that, in a general sense, our country has in any genre.

To all that has been said more things are added, in favor of jazz and Dominican musicians. At the time of this dialogue, Fernando has made his debut as a book author. Thanks to his blog, which was a finalist in the Global Blog Awards, he was able to publish a book that diagnoses the state of the jazz scene in the Dominican Republic. These are 11 interviews carried out in 2019 for *http://jazzendominicana.blogspot.com*, with 7 musicians and 4 radio program producers, an act of justice to our jazz, an acknowledgment of the battles fought by this Quijote who was not afraid of of the windmills of the establishment. It is what is coming.

Jazz en Dominicana - Las Entrevistas 2019 (Jazz en Dominicana - The Interviews 2019) can be purchased in Amazon in Paperback or Kindle. Clicking the QR code below will take you to the books Amazon page.

This interview was published on November 5th, 2020

You can also tune in to the Musica Maestro radio Program where Fernando participates with his specialised jazz sections every Sunday at 3:00pm (GMT -4). The QR Code before will take you to the home page, where you can enjoy the music programming 24/7 besides the Sunday event.

About the Author

Fernando Rodriguez De Mondesert was born in Santo Domingo, Dominican Republic; at a very young age moved to the United States where he lived and went to school in Hempstead, NY. He then studied at the University of Houston and exercised his early career with Hilton Hotels until 1982 when he returned to his home country. From 1983 to 2008 dedicated to the transport and freight logistics sector; having been, among others: Operations Manager of Island Couriers/Fedex; Manager - Air Division for Caribetrans, and Country Manager of DHL. In 2006, he created Jazz en Dominicana, and since 2008 he has been dedicated to informing, promoting, positioning and developing jazz in the country and Dominican jazz to the world.

Via Jazz en Dominicana, the cultural gestor and promoter has developed a series of products and services that complement the mission chosen for this musical genre. These include:

- Writer: He has written over 1,830 articles in the Blog; his articles have been published in Dominican national newspapers such as: "Listín Diario", "Hoy", "El Caribe" and "Diario Libre". He writes in the famous site All About Jazz in English. He is a member of the Jazz Journalist Association.

- Creator and producer of live Jazz venues: these have held more than 1,250 events since September of 2007. The venues currently are Fiesta Sunset Jazz and Jazz Nights at Acropolis in the city of Santo Domingo.

- Concert Producer: The World Jazz Circuit stands out, in which greats such as Peter Erskine, John Patitucci, Frank Gambale and Alex Acuña were presented; the concerts that for 10 consecutive years have been performed as part of International Jazz Day, among others.

- Liner Notes writer and producer of record production releases. To date he has written the Liner Notes for 11 albums, and produced 9 CD release concerts.

- Others: Speaker in events and others on the genre; participation in radio programs; taking Dominican groups to international festivals; member of the panel of judges for the 7 Virtual Jazz Club Contest; and member of weekly radio program Musica Maestro, among others.

-He has received many awards, including: the Ministries of Tourism and Culture of the Dominican Republic, UNESCO, Centro Leon, International Jazz Day, Herbie Hancock Institute of Jazz, Casa de Teatro, Festival de Arte Vivo,

MusicEd Fest, in 2012 the Casandra as Co-Producer of the Concerto of the Year Jazzeando (Dominican Republic´s Oscars/Grammys).

Fernando has been a member of the Judge´s panel for the 7 Virtual Jazz Club International Online Contest since it´s inception in 2016.

Winner of the Global Blog Awards 2019 Season II. With Ukiyoto Publishing Company he published his first book: *Jazz en Dominicana - The Interviews 2019* in February of 2020. His second book *Women in Jazz .. in the Dominican Republic* was published in February 2021. And is currently working on his third: *Jazz en Dominicana - The Interviews 2020*.

By the above mentioned, Fernando has and will continue to contribute to the culture of music, especially Jazz, in the Dominican Republic.

www.ingramcontent.com/pod-product-compliance
Lightning Source LLC
LaVergne TN
LVHW091612070526
838199LV00044B/770